Barbara Frischmuth

Verschüttete Milch

aufbau

BARBARA FRISCHMUTH

VERSCHÜTTETE MILCH

Roman

aufbau

MIX
Papier aus verantwortungsvollen Quellen
FSC www.fsc.org
FSC® C083411

ISBN 978-3-351-03710-9

Aufbau ist eine Marke der Aufbau Verlag GmbH & Co. KG

1. Auflage 2019

Einbandgestaltung zero-media.net, München
Satz LVD GmbH, Berlin
Druck und Binden CPI books GmbH, Leck, Germany
Printed in Germany

www.aufbau-verlag.de

TEIL I

DIE KLEINE

Das Dorf im Gebirge lebte nicht von seinen Agrarprodukten, dafür war das Klima zu rau, sondern vom Salz, das abgebaut, und vom Tourismus, der in den letzten eineinhalb Jahrhunderten aufgebaut worden war. Es gab zunehmend mehr Zweithaus- und Zweitwohnungsbesitzer als seit Generationen im Familienbesitz befindliche Bauern- und Bergarbeiterhäuser und wesentlich mehr Gäste, die jahrelang im selben Privatquartier anstatt im Hotel wohnten. Mit der Zeit trugen auch weitaus mehr Sommerfrischler ihre Zweitkleidung als die Einheimischen, die sich wenigstens auf diese ihre Kleidung als angestammte Tracht berufen konnten.

Sei's drum, alles fließt, und nichts bleibt, wie es ist, nicht einmal das Wetter. Dem allgemeinen Klimawandel folgend, verzichtete das Dorf auf die langen sommerlichen Regenperioden, die mit ihren unwirtlichen Kälteeinbrüchen samt unberechenbaren Überschwemmungen die saisonmäßige Zuwanderung einigermaßen im Zaum gehalten hatten.

Die Chancen für einen absichtlich herbeigeführten Sonnenbrand stiegen, wodurch er an Attraktivität verlor, während er noch Jahre zuvor den raren Tagen mit sommerlicher Hitze als Trophäe abgetrotzt worden war.

Inzwischen bedurfte es sogar mehrerer Schichten schützender Cremes, so dass die Oberfläche des Sees, aber auch der umliegenden größeren und der höher gelegenen kleineren Seen so gut geölt war, dass sogar Kleinkinder mit empfindlicher Haut gefahrlos, ohne mit unliebsamen Verbrennungen rechnen zu müssen, darin plantschen konnten.

Was die Hygiene betrifft, war *der See* mittlerweile durch effiziente Kanalisierung so perfekt von Abwässern gereinigt, dass man ihm Trinkwasserqualität nachsagte.

Wovon aber sollten nun die landesweit bekannten Fische leben, die sich nicht kannibalisch ernähren, sondern von Exkrementen, die, von Algen weiterverdaut, zu Fischfutter werden? Kein Wunder, dass die Bestände zum Nachteil der Gastronomie schrumpften, wobei die fortschreitende Erwärmung der Seen, auf denen auch im tiefsten Winter kaum noch Eis wuchs, ihren Teil dazu beitrug.

Womit wir wieder bei den Sonnenbränden wären. Juliane konnte sich noch an Gäste im Hotel ihrer Mutter erinnern, die abends in die Küche geschlichen kamen und um Topfen baten, um die Fahnenröte ihrer Haut an den Stellen, die am meisten schmerzten, mit dem weißen Frischkäse zu bestreichen, und so undanks einem Patriotismus zuarbeiteten (Rotweißrot), mit dem sie kaum was am Hut hatten (*Tu felix Austria nube*).

Juliane war der Einfluss des Orts auf die Entwicklung ihres Bewusstseins bewusst, jenes Orts, an dem Heil und Unheil Tisch an Tisch zur Sommerfrische saßen (und wohl noch immer sitzen). Mit ein Grund, warum die Gerüchte jeweils bis zur Baumgrenze emporkochten (reale Beispiele von Jungfernzeugung), Gerüchte, aus denen Geschichten mit angepasster Wahrheitsfindung entstanden und Teil einer breit aufgestellten chronistischen Geschichtsschreibung wurden, bei welcher es vor allem auf das Augenpaar hinter der Linse ankäme, wie Hermann Broch in seinem Essay zu Hugo von Hofmannsthal anmerkte. (Oder war es doch der Essay zu James Joyce?)

Mnemosyne, die Göttin des Gedächtnisses, der Erinnerung, wenn man so will, ist keine zuverlässige Gefährtin. Sie, die Mutter der Musen, ließ nicht von ungefähr ihre Töchter Hesiod, damals noch Schafhirte, ausrichten, sie wüssten wohl zu lügen, aber mehr noch dem Wirklichen Ähnliches und, wenn ihnen der Sinn danach stehe, Wahres zu verkünden.

Das kam Juliane in den Sinn, als sie ein bestimmtes Foto aus ihren jüngsten Jahren suchte und es lange nicht finden konnte, obgleich sie die drei größeren und die fünf kleineren Kartons immer wieder durchpflügt hatte. All die Jahrzehnte, die sie nun schon im Besitz ihrer Kindheitsfotos war (Fotos, über die ihre Mutter verfügt hatte und die sie ihr nach und nach überließ), hatte sie sich, trotz guter Vorsätze, nie dazu aufgerafft, sie in Alben zu kleben, ja nicht einmal dazu, sie chronologisch zu ordnen.

Die Fotos lagen, meist mit dem Gesicht nach unten, in den verschiedensten Größen schutzlos übereinander, und Juliane hatte sie im Bedarfsfall schichtweise, so viel sie mit einer Hand gerade fassen konnte, aus dem jeweiligen Karton gehoben und auf dem Schreibtisch ausgebreitet. Meist ging es dabei um einzelne Aufnahmen, an die sie sich aus irgendeinem Grund erinnerte und denen sie mehr Details zu entlocken hoffte als ihr im Gedächtnis geblieben waren. Indes sie die anderen, im Schnellverfahren und gefächert, wieder in die Kartons fallen ließ. Sie musste gar nicht das ganze Foto sehen, um zu wissen, ob es zu denjenigen gehörte, an denen sie ihr Erinnerungsvermögen testen wollte.

Diesmal war die Suche dem Gespräch mit einer Freundin geschuldet, die behauptet hatte, die Erinnerung an die eigene Kindheit reiche nicht weiter als ins vierte Jahr zurück, alles davor sei wissenschaftlich nicht zu sichern und daher unglaubwürdig. Aber da gab es dieses eine Foto, auf dem Juliane wohl höchstens zwei Jahre alt gewesen war und an dessen Tatsächlichkeit sie sich zu erinnern glaubte.

Wann auch immer sie zu einem der Kartons griff, war sie nicht nur ihrer Kindheit auf der Spur, auch der Ort, an dem sie geboren war und die ersten zehn Jahre ihres Lebens verbracht hatte, trat dabei mit eigenem Anspruch in ihr Bewusstsein und forderte Aufmerksamkeit, bildete er doch den Hintergrund all der Erzählungen, die sich aus den einzelnen Fotos ergaben.

Der Ort war nicht bloß Kulisse und Stimmungsvermittler, er war sich seiner landschaftlichen Anziehungskraft ebenso bewusst wie des Eindrucks, den er bei einer Vielzahl von Menschen hinterlassen hatte, die daher auch einiges zu ihm zu sagen, zu singen und zu schreiben gewusst hatten.

Als sie das Foto dann irgendwann doch gefunden und mittlerweile mehr Muße für Recherchen hatte, widmete sie sich auch jenen nicht gesuchten Fotos länger als gewöhnlich und saß plötzlich in einer Zeit fest, die sie wie *Alice im Wunderland* nicht bloß in einen selbst geweinten See von

Tränen fallen, sondern auch ständig kleiner und größer werden ließ. Sie entfremdete sich ihrer selbst, indem sie feststellte, als Kind eben noch nicht die Person gewesen zu sein, zu der sie nach all den Jahren geworden war, und dass sie bei der Einschätzung ihres früheren Ichs auf diffuse Erinnerungen, willkürliche Vermutungen, Aussagen anderer sowie auf die eigene Phantasie angewiesen blieb, die sich immer mehr Spielraum verschaffte, je weniger Zeugen noch am Leben waren, die ihr die eine oder andere Frage hätten beantworten können.

Eigentlich hätte die Kleine ein Kleiner werden sollen. Ihr Vater hatte mit einem seiner Freunde, einem Bäcker aus dem Nachbarort, um eine hundert Jahre alte Flasche Cognac gewettet, die derjenige bekommen sollte, der als Erster einen Sohn gezeugt haben würde. Ihrer beider Ehefrauen waren bereits schwanger, doch beide gebaren Mädchen, so dass die Wette hinfällig wurde und die Flasche Cognac die Chance bekam, in Ruhe weiterzureifen.

Die Kleine wurde auf den Namen Juliane Felizitas Hedwig getauft, war aber bis zu ihrer Einschulung die Kleine geblieben.

Ich! Ich und die Sonnenbrille, sagte das Foto. Eine zu große Sonnenbrille auf einer zu kleinen Nase in einem zu alten Liegestuhl. Vor dem Wohnhaus, diesseits der Buchenhecke, weit genug vom See, damit die Kleine nicht sogleich ins Wasser fiele, und nah genug an der Küche, dass d'Anna ein Auge auf sie haben konnte.

Wem gehörte die Sonnenbrille, und wer hatte die Kleine damit fotografiert?

Sie schaute in eine Welt voller Sonnenbraun, mit gezackten Löwenzähnen, spitzen Storchschnäbeln, gefiederten Hahnenfüßen, alles wie leicht angebrannt, sagte das Foto. Die Sonne selbst hatte einen stahlblauen Kern, und an manchen Stellen des Himmels rüschten sich Schäfchenwolken wie die Ränder eines Pralinenpapiers.

Juliane schüttelte den Kopf. Wo sollte sie, mitten im Krieg, Pralinenpapier kennengelernt haben? Höchstwahrscheinlich wusste die Kleine damals noch gar nichts von Pralinen. Das Hotel wurde weitergeführt. Requiriert, aber von der Mutter weitergeführt. Da kamen ganze Lieferungen mit Delikatessen aus Frankreich, damit die verdienten Offiziere merkten, wofür sie gekämpft hatten.

Wahrscheinlich das Trauerjahr der Mutter, der Vater war kurz vor Weihnachten 43 in Russland gefallen. Die Mutter hatte ihr später erzählt, sie habe sich von ihrer Schwägerin Ricarda ein Paar schwarze Strümpfe geliehen und sich damit auf dem Weg um den See wundgegangen. Die Blasen waren bereits auf halber Strecke geplatzt, am Ende wurde eine Blutvergiftung daraus.

Ich sitze und schaue, sagte das Foto, und halte die Sonnenbrille fest. Wenn ich sie ein bisschen runterziehe, blendet mich die Felswand, und wenn ich sie wieder raufschiebe, schaut der weiße Schmetterling aus, als hätte ihn d'Anna durch den Kakao gezogen.

Juliane glaubte noch immer zu spüren, wie die Sonnenbrille ihre Welt veränderte, dennoch war sie nicht mehr ganz sicher, ob sie sich tatsächlich an diese Sonnenbrillen-Geschichte oder bloß an deren Foto erinnerte, das sie seit vielen Jahren kannte.

Ich liege in der Sonne und schaue über die Hecke hinauf zum Loch in der Felswand, das viel schwärzer ist als sonst. Warum?

Juliane legte weitere Fotos wie Karten beim Rommé-Spielen auf den Tisch.

Wie mag die Zweijährige sich gefühlt haben, als ihr Vater und sein jüngster Bruder sie sich gegenseitig zuwarfen? Zumindest behauptet das Foto es. Hat sie die Luft gespürt, durch die sie geflogen ist? Oder heben sie sie nur in die Höhe, um sie einander in die Arme zu legen? Lacht sie ebenfalls wie Vater und Onkel Laurenz? Der Oberkörper des Kindes, dem das Mäntelchen beim Heben nach oben gerutscht ist und seinen kleinen Hintern preisgibt, ist von der Strenge des Formats gekappt worden. (Entweder Vater als Ganzes oder Kind als Ganzes.)

Angeblich hatte der Vater die Kleine bloß zweimal im Leben gesehen.

Vielleicht stammte dieses nächste Foto aus demselben Jahr wie das mit der Sonnenbrille. Juliane suchte nach Spuren von Erinnerung. Weihnachten 1943 steht auf der Rückseite. Keine Spur von Christkind oder Weihnachtsengeln. Ein paar mühsam zu einer Tolle gekämmte Seidenhaare, links und rechts störrisch abstehende Büschel. Kariertes Barchentkleid (vulgo Baumwollflanell) mit vorne geteiltem Bubikragen in Weiß. In den Händen einen Apfel, der Glanz der polierten Schale spiegelt sich in der Aufnahme. Kein Glanz in den Augen des Kindes, der Mund leicht geöffnet, wahrscheinlich zur Formung eines Lauts, der nicht nach Bekundung von Freude aussieht. Keine sichtbaren Tränen, aber eine erkennbare Andeutung von kurz davor oder gleich danach.

Juliane war im Sommer 41 auf die Welt gekommen. Eine ihrer legendären Großtanten, beide dem Sagen nach Schönheiten, wenn auch, ästhetisch gesehen, zu klein für ihre Zeit, hieß ebenfalls Juliane. Juliane hatte sie als Juli noch erlebt. Tante Schröck mit dem Hund, einer schwarzen Dogge, zweimal so groß wie sie, Juli, und Tante Bittenburg mit dem großen Hut und dem wackelnden Kopf, beide steinalt und befehlsgewohnt. In der Familie sprach man über sie nur mit ihren angeheirateten Namen, die Schröck und die Bittenburg.

Julianes Mutter fürchtete ihre Besuche. Sie hatten, bevor sie heirateten und wegzogen, gemeinsam das Hotel als Dependance des Stammhauses geführt und kamen gelegentlich zur Besichtigung, wobei sie nicht mit Ratschlägen sparten.

Einmal in Gang gesetzt, fingen die wachgerufenen Erinnerungen an, sich weit über die bildlichen Unterlagen hinaus zu verzweigen, aber auch zu verknüpfen, wie diese Kellergeschichte, für die es kein Foto gab. Da war der Keller. Juliane sah das Bogenfenster, das mit seinen Zwischenstreben an die Hälfte eines Tortenschneiders erinnerte, und spürte geradezu die kühle, leicht nach korkelndem Wein und lehmverkrusteten Erdäpfeln riechende Luft in der Nase. Sie wusste nicht mehr, ob die Kleine im Keller unten oder oben vor dem Kellerfenster gestanden war. Aber sie sagte: Nein! Ein Nein, das tief in ihr drin gehockt war und sich endlich aus dem Keller befreien hatte können. Aus dem stummen Keller. Sie sagte: Mama, nein!, Tante, nein!, Robi, nein!, Bigi, nein!, Moni, nein! Sie sagte: Nein und nein und nein! Einen ganzen Tag lang, bis sie dieses Wort auf die Welt gebracht hatte, anstatt zu weinen, wenn sie nicht sagen konnte, was sie sagen wollte. Und doch hatte Juliane das Kellerfenster noch immer vor Augen, so wie diesen ersten Baum, den sie als Baum angesprochen hatte und der als Blutbuche aufblitzte, wann immer sie das Wort Baum aussprach.

Anders Weihnachten 44. Eine Art Schaumrolle aus Haar mitten auf dem Kopf, links und rechts je ein Scheitel, von dem das Resthaar, leicht gelockt, beinah die Schultern erreicht. Ein anders kariertes Kleid. Der weiße Kragen mit leicht gefältelter Spitze gesäumt. Die Finger ineinander verhakt, nicht gefaltet. In den Augen freudige Erwartung, der Mund, als plappere er gerade.

In Julianes Kopf ist nur Dunkelheit, dann ein Glöckchen, Lichter an einem Baum, darunter eine Puppenwiege. Ihre Mutter noch immer in Schwarz und sehr groß. So groß wie der Christbaum und schwarz wie die hinteren Ecken des Zimmers, wo das Licht der Kerzen nicht hinfällt. Keine weiteren Details. Juliane konnte sich auch nicht daran erinnern, ihre Mutter weinen gesehen zu haben. Leise rieselte der Schnee.

Der Sommer davor oder danach, keine Datierung. Die Kleine in kurzen Ärmeln und Spiel-, das heißt Latzhose, im *Sportwagerl*, in dem Kinder nicht bloß liegen, sondern sitzen und selbst ein- und aussteigen. Sie können bereits einwandfrei gehen, ermüden aber leicht, haben dann keine Lust mehr, die Beine gezielt zu heben, ohne sich an jemandem festzuhalten.

Ich sitze und schwitze, sagt das Foto, und die Kleine kneift die Augen zusammen, diesmal ohne Sonnenbrille.

Das *Wagerl* hat weißlackierte Seitenteile aus Korbgeflecht, die auch als Armlehnen dienen, eine gepolsterte Rückwand und einen hohen, nach oben geschwungenen Griff aus mit Rattan umwickeltem Metall; »oben« heißt: in Ellbogenhöhe von Erwachsenen.

Hinter dem *Wagerl* mit der darin sitzenden Kleinen steht eine Bank vor der Wohnhauswand (leicht auszumachen, weil aus Stein, dem sogenannten Fludergrabenmarmor), weiter rechts der Stamm von mehrfach auseinanderlaufenden Ästen des wilden Weins, der bereits einen Großteil der ab dem ersten Stockwerk hölzernen Fassade erobert hat.

Auf der Bank eine alte Pferdedecke, darüber weiße, sichtlich aus dem dahinter liegenden Schlafzimmer von der Anna, Hausfrau mit Nebenpflichten, und Xaver, dem Gärtner, der auch Fuhrknecht war, ins Freie geholte Pölster. Sie wohnten zur ebenen Erde, wohin im Frühjahr manchmal das Wasser kam. Meist nach der Schneeschmelze, wenn der See überlief und man mit der Plätten (einem, ähnlich den Gondeln von Venedig, einrudrigen flachen Holzboot) um Wohnhaus und Hotel herumfahren konnte.

Die Kleine liebte das Wasser, trank viel, badete gerne, trat begeistert in tiefe Pfützen und hüpfte darin herum, hatte schon bald ihre Wertschätzung von Klospülungen bekundet und hielt, wenn ihr heiß war, den Kopf unter den Wasserstrahl des Springbrunnens im französisch angelegten Teil des Hotelparks.

Das alles war Juliane von der Kleinen geblieben, und sie erinnerte sich vage, auch ohne weitere Dokumentation, an den ersten Alleingang Richtung See.

Die Kleine hatte begonnen, das *Sportwagerl* öfter zu schieben, als bloß in ihm zu sitzen. Der geschwungene Griff war ihr viel zu hoch, und so stützte sie sich mit beiden Armen auf die Seitenlehnen unterhalb des Griffs und schob das *Wagerl* vor sich her. Anfangs noch nicht zielstrebig, aber irgendwann hatten ihre Arme begriffen, dass sie das *Wagerl* nicht bloß schieben, sondern auch lenken konnte.

Hänschen klein, ging allein, hatte d'Anna ihr beigebracht, und nachdem alle Zähne da waren, schien es nur eine Frage der Zeit, wann die Kleine auch *in die weite Welt hinein* trällern konnte.

Was aber ist die Welt?, hatte d'Anna einmal gefragt.

Alles, was der Fall ist, hatte der gebildete Sommergast während eines Gesprächs gemeint, als er sich von ihr etwas Kamillentee erbeten hatte, um seinen Magen wieder auf gleich zu bringen. Er war als Fronturlauber ins Hotel gekommen und hatte angeblich noch den Vater des Kindes gekannt, der jedoch inzwischen von mehreren Granaten zerfetzt worden war.

Was ist denn diese Welt?, hatte d'Anna gefragt und hinzufügen wollen, dass sie ein Irrenhaus sei. Aber der belesene Gast war ihr mit seiner Antwort zuvorgekommen und hatte weitergefragt: Und was ist nun der Fall?

D'Anna, deren einziges Kind kurz nach der Geburt gestorben war, überlegte einen Augenblick, bevor sie sagte: Alles rundum! Wenn es die Welt überhaupt gibt. Sie erschrak sogleich über ihren Zweifel an der Welt, der ihr einfach herausgerutscht war, fuhr aber mit umso größerem Nachdruck fort, dass das Dorf, die Berge, der See, dass das eben alles der Fall sei, je weiter weg, desto mehr im Krieg.

Die Kleine übte sich im Wagerllenken und sang sich in die weite Welt hinein.

Hänschen klein, zwitscherte sie gerade, als ihre Mutter kurz vorbeischaute, bevor sie sich nach dem Mittagsgeschäft ein wenig hinlegte, um dem Abendgeschäft gewachsen zu sein. Sie hatte die Kleine noch nie singen gehört und sich an den hohen Piepstönen entzückt, die sie von sich gab.

Irgendwann machte sich die Kleine auf die Reise. Das Kindermädchen hatte seinen freien Tag, die Mutter fiel immer tiefer in ihren Erholungsschlaf, und d'Anna, die die Kleine noch im Wagen schlafend gesehen haben wollte, war hinters Haus gegangen, um die Wäsche aufzuhängen.

Wahrscheinlich hatte die Kleine auch bereits von der weiten Welt geträumt, denn kaum war sie aufgewacht, stand sie auf, den kleinen Kübel und die kleine Schaufel vom Sandhaufen unter der Außentreppe zu holen, legte beides in den Wagen, man konnte nie wissen, was in der weiten Welt alles vonnöten war, und begann zu lenken.

Sobald sie auf die Schotterstraße kam, entschied sie sich für rechts, ahnend oder vermutend, das wusste Juliane nicht mehr, auch wenn sie sich noch so sehr aufs Erinnern konzentrierte, dass das in Richtung Klause führen würde, wo das Wasser des Sees sich zusammenzog, um Platz im Fluss zu finden, als der das Seewasser jenseits der Klause weiterhastete.

Entweder waren sämtliche Bewohner des Hotels, aber auch die gar nicht so seltenen einheimischen Spaziergänger wie von unbekannter Hand zum Verschwinden gebracht worden oder der Zufall hatte gerade wieder einen seiner unwahrscheinlichsten Auftritte, jedenfalls begegnete der Kleinen auf ihrem Weg zum Abenteuer niemand. Niemand fragte sie, wo sie denn hinwolle oder wem sie gehöre (lokale Redewendung zur genealogischen Herkunft), oder erkannte sie, was bei Einheimischen sehr wahrscheinlich gewesen wäre.

Die Kleine hörte das Wasser immer deutlicher rauschen, roch die Fische, die in ihm standen und sich mit leichtem Schwänzeln gegen die Strömung stabil hielten. Sie kannte die Fische vom Fischbehälter des Hotels, aber darin hatten sie kaum Platz zum Schwimmen, stiegen wie benommen auf und ab, und aus ihren Mäulern perlten winzige Blasen nach oben.

Hier aber, die Kleine stieß einen Schrei der Begeisterung aus, standen sie zwar auch eine Weile, doch immer wieder stob einer von ihnen gedankenschnell nach vor ins Dunkel des tiefer werdenden Sees, während andere sich bis zur Klause treiben ließen, um abrupt anzuhalten und leicht fächelnd stillzustehen.

Die Kleine klatschte in die Hände und beugte sich weit über die mittlere Geländerstange hinaus, um besser sehen zu können. Auf einmal erblickte sie im Wasser ein Kind, das ebenfalls in die Hände geklatscht und vor Freude seine Zähne gezeigt hatte. Die Kleine strampelte jetzt geradezu vor Freude. Sie winkte dem Kind zu, sang *Hänschen klein* und beugte sich noch ein wenig weiter über die Stange.

Das Wasser war so stark und so schnell, doch das Kind im Wasser streckte nur seinen Kopf vor, winkte und wurde nicht von der Strömung mitgerissen. Warum sollte sie nicht auch ins Wasser kommen zu diesem Kind, das winkte und sich ebenfalls zu freuen schien?

Die Kleine begann zu überlegen, ob sie nicht einfach ins Wasser springen sollte. Das andere Kind würde sie vielleicht auffangen oder ihr zeigen, wie sie sich selbst in der Strömung halten konnte. Sie winkten einander noch immer zu.

Da fiel ihr ein, dass sie am besten das *Wagerl* mitnahm. Dann könnten sie beide es schieben oder sich wenigstens hineinsetzen, wenn sie müde waren. Platz darin würden sie sicher beide haben, das wusste sie, hatte sich doch Robi, ihr Cousin, schon öfter zu ihr ins *Wagerl* gesetzt, allerdings ohne dass sie es wollte. Jetzt wollte sie, dass das andere Kind sich zu ihr setzte und sie beide vor der Klause hin und her fuhren oder weiter in den See hinaus.

Sie zog den Kopf zurück und versuchte, das *Wagerl* unter der mittleren Geländerstange hindurchzuschieben. Und als das nicht funktionierte, begann sie das *Wagerl* zu treten.

Das Kind im Wasser schien schon zur Seite gerückt zu sein, damit das *Wagerl* nicht auf es drauf fiel, aber wann immer sie den Kopf über die Geländerstange streckte, war das Kind wieder da.

Wart nur, sagte sie: Ich komme gleich. Das andere Kind schien auch etwas gesagt zu haben, aber das Wasser schäumte zu sehr unter der Brücke, als dass man es hätte verstehen können. Plötzlich gab die Griffstange des *Wagerls* nach, als sie mit beiden Händen danach griff, und es bäumte sich ein wenig auf.

In die weite Welt hinein, sang sie vor Glück darüber, dass sie nun wusste, wie es gehen könnte. Sie musste bloß die Griffstange noch mehr nach unten drücken. Sie hatte zu schwitzen begonnen vor lauter Sichplagen, und ihre Spielhose fühlte sich heiß und nass an.

Aber da war ja das Wasser, kühl und weich, nicht so kratzig wie die Strümpfe, die man ihr neulich an einem kalten Regentag angezogen hatte, zusammen mit einem gestrickten Kleid.

Ins Wasser rein, ins Wasser rein, summte sie anstatt *in die weite Welt hinein* und schickte ihre ganze Kraft in die Arme, um die Griffstange ein kleines bisschen weiter nach unten zu drücken.

Die Kleine war so erschrocken, dass sie noch im letzten Moment beinah unter dem Geländer durchgerutscht und in die Strömung gefallen wäre. Sie hatte den Xaver nicht kommen gehört. Der sie, wie er später erzählte, gerade noch an den Trägern der Latzhose erwischt, sie sich über die Knie gelegt und ihr den Hintern ausgehaut hatte.

Juliane konnte sich nicht an Schläge (*Dresch vergeht, Arsch besteht*), wohl aber an Xavers Fluchen erinnern. Sie bezweifelte, dass er sie überhaupt je geschlagen hatte. Aber damals hätte niemand es verstanden, wenn ihm die Hand *nicht* ausgerutscht wäre.

Woran sie sich erinnern konnte, war, dass er sie, noch immer heftig fluchend, mit festem Griff in das *Sportwagerl* gesetzt hatte.

Und da bleibst jetzt sitzen, ein für alle Mal! Dann hatte er die Griffstange mit einem Pferdestrick am Gepäckträger seines Fahrrads festgezurrt und ihr unter Androhungen aller Art befohlen, sich weder zu rühren, noch auch nur einen Mucks zu machen.

Die Kleine hatte sich noch nicht von dem Schrecken erholt, den Xaver verursacht hatte, und rührte sich weder, noch machte sie einen Mucks. Ihre Hose fühlte sich jetzt kühl und nass an, und sie musste an das andere Kind denken. Ob es noch immer unter der Klause wartete, dass sie zu ihm ins Wasser springen würde?

Und wieder die Bank vor dem Wohnhaus. Diesmal bloß der Fludergrabenmarmor im Hintergrund und auf der Bank, im Schatten der Außentreppe, weder Decke noch Kissen.

Die Kleine mit einem anderen Kind. Cousin Robi, ein paar Monate älter als sie, mit Hut (schwarz) samt Hutschnur (höchstwahrscheinlich grün). Auf dem Spenzer-Revers je einen silbernen Knopf, auf dem Mittelstück zwischen den beiden Hosenträgern ein hirschhornernes Edelweiß, an den Nahtseiten der Lederhose ebenfalls Knöpfe zur Zierde, alles *en miniature*. Datiert 1944.

Die Kleine erstmals mit weißer Masche beziehungsweise Schleife im Haar und großkariertem Minimantel. Farben? Nicht eruierbar, da in Schwarzweiß. Darunter der Zipfl eines Kleides und die schon erwähnten Strümpfe in der Nicht-Farbe Taupe.

Cousin Robi erklärt ihr mit erhobenem Zeigefinger und weggestrecktem kleinen Finger etwas. Aus seinen Schuhen, die über die Knöchel reichen, schauen die weißen Socken hervor. Jahreszeit? Eher Mai mit Regen denn April mit Sonne. Vor Ostern waren nackte Knie undenkbar. Zu Pfingsten schon, aber fröstelnd bis frierend, je nach Niederschlag.

Die Welt, sagte die Kleine, ist weit, und man kann in sie hinein.

Die Welt, sagte Robi, ist ein Affenzirkus. Er bog sich vor Lachen, bis er pupsen musste (klingt präziser als die autochthone Version, nämlich *einen Buh lassen*).

Woher weißt du das? Die Kleine weiß, was ein Affe ist, nur im Zirkus war sie noch nie.

Das sagt der Papa, wenn die Mama sich über die Gendarmen ärgert.

Warst du schon im Zirkus?

Klar, in Wien. Da gibts auch Löwen.

Du lügst. Du hast noch nie einen Löwen gesehen. Der hätte dich sofort gefressen. Dabei fauchte sie wie eine Katze, wenn ihr einer der Hunde zu nahe kommt.

Nie! Nie hätten mich die Löwen fressen dürfen. Da steht immer einer in roter Uniform mit goldenen Quasten daneben und schlägt die Löwen fest mit der Peitsche, wenn sie jemand fressen wollen.

Und wenn der Löwe die Peitsche frisst? Was passiert dann mit dir?

Gar nichts!

Dann frisst er dich, wirst sehen.

Man merkt, dass du noch nie im Zirkus warst.

Warum?

Weil hinter dem Vorhang der Zirkusdirektor steht und den Löwen erschießt, wenn er mich fressen will.

Mit einer Flinte wie der Hase den Jäger?

Mit einer Pistole, kapiert?

Was ist eine Pistole?

Bist du so dumm, oder tust du nur so?

Dazwischen, das heißt zwischen den albumlos herumgeisternden Fotos, eine Aufnahme der Großeltern, 1953, acht Jahre nach dem Verlust ihres jüngsten Sohnes, Laurenz, der im Nachbarort, nach tagelangen Fieberschüben im aus Kriegsgründen auf einem Nebengleis abgestellten Verwundetentransport, schließlich doch noch im Lazarett landete und dort an Wundbrand starb. Es gab drei weitere von insgesamt sechs Söhnen, die ebenfalls gewaltsam zu Tode gekommen waren. Einer davon bereits während des Juli-Putschs 1934, als er, noch keine neunzehn, von Nazis aus der Region, die er bekämpfen wollte, erschossen wurde. Die anderen beiden, der Vater der Kleinen und sein ältester Bruder Robert, fielen knapp hintereinander in Russland.

Die Großeltern lächelnd, wie es sich am Tag der Hochzeit ihres jüngsten Kindes, der einzigen Tochter, Ricarda, gehört. Beide klein. Was die Stöckelschuhe der Omama samt Goldhaube an Höhe vorgeben, macht der Hut des Opapas mit aufrecht stehendem Gamsbart wett.

Worin sie einander ähneln? In der Farbe vom Schnauz des Opapas und der hervorlugenden Dauerwellen der Omama, ansonsten aber schon in gar nichts.

Hinter ihnen das Stammhaus, das große Hotel mit den hundert Betten, im Gegensatz zum kleinen, der ehemaligen Dependance, in dem Mutter und Vater zeigen hätten sollen, ob sie überhaupt imstande wären, ein Hotel zu führen.

Dabei war der Vater damals kein Anfänger mehr gewesen. Die Berufsbezeichnung Hoteldirektor stand bereits in seinem Pass, den er dazu brauchte, seine Praktika in Brighton, Cannes und im Mena-House in Kairo zu absolvieren. Doch der Opapa glaubte nur den eigenen Augen, und die waren überall.

Wohl aus jahre-, besser gesagt, jahrzehntelanger Vernachlässigung begannen manche der Fotos sich aneinanderzuklammern und ließen sich nur mehr durch vorsichtiges

Ziehen voneinander trennen, ohne dass die Bildflächen des einen am Rücken des anderen kleben blieben.

Es war ein ganz kleines Foto mit gezacktem Rand, das sich, Großeltern zu Großeltern, an das andere Großelternbild gepresst hatte und als eines der allerersten Zeugnisse der Existenz der Kleinen zu gelten hat, obgleich sie darauf gar nicht zu sehen ist.

Auf Grund der Umstehenden, Großeltern, der Gedichte schreibenden Tante Ricarda (zwölf Jahre vor ihrer Hochzeit), Onkel Robert (kinderlos), ist davon auszugehen, dass es in dieser Familienaufstellung tatsächlich die Kleine ist, die in dem hohen Kinderwagen mit Faltdach liegt. Die Omama und Tante Ricarda wenden ihr Gesicht wohlwollend dem Inhalt des Korbwagens zu, während sich der Blick der Mutter (in Fohlenfellmantel, hellgrauen Filzstiefeln und seidenem Kopftuch, unterm Kinn verknotet) träumerisch in der Schneelandschaft verliert. Fotografiert wird wohl Onkel Roberts Frau, Tante Seph, haben, die ebenfalls nicht zu sehen ist.

Xaver war als Invalide nicht rekrutiert worden. Er hatte sich beim Bäumefällen im Wald die Zehen abgefroren, und mit abgefrorenen Zehen ließ sich nicht marschieren. An diesem Morgen war er im Haus geblieben, um ein verstopftes Abflussrohr zu reinigen.

Als Gärtner deckte er die Mistbeete, die mit ausrangierten Glasfenstern gegen Kälte und Schnee geschützt waren, auch noch mit Schilfmatten ab, räumte im Winter die Palmen ins Glashaus, wo er im Sommer Salat, Paradeiser, Gurken zog, Gemüse, das dem Hotel in Kriegs- und Nachkriegszeiten zugutekam. Er betreute sein Fuhrpferd im Pferdestall hinter dem Eiskeller mit den meterdicken

Wänden, in dem sich die aus dem See gesägten Eisschollen bis in den August hinein hielten, die beiden Schweine im Saustall, die fraßen, was im Hotel übrigblieb, die Kaninchen in ihren mit Sägespänen ausgestreuten Hasenställen, die Hühner, Enten und Gänse im Hühnerstall, und d'Anna streute ihnen Körner, wenn sie sich im kleinen Hühnerhof aufhielten.

Die Kleine begleitete Xaver oft beim Füttern, schwänzelte um ihn herum, wenn er im Garten pflanzte oder jätete, obwohl er gedroht hatte, sie nie mehr in den Garten zu lassen, nachdem sie über die mit Schilf gedeckten Mistbeetfenster gelaufen war und dabei eine Menge Glas zertreten hatte. Zum Glück in Gummistiefeln, sonst hätten ihr die Glasscherben noch die Füße abgeschnitten, wie Xaver brüllte.

Ihre Schritte hatten das brechende Glas nicht nur zum Klirren, sondern auch zum Klingen gebracht und damit Töne erzeugt, die eine verführerische Wirkung auf die Kleine hatten. Sie krochen ihr ins Ohr wie eine herzhafte Musik, die zum Hüpfen und Springen aufforderte, und hätte Xaver die strampelnde Kleine nicht wieder einmal an den Trägern ihrer Latzhose hochgezogen, hätte sie unentwegt weitergetanzt, wahrscheinlich auch noch dazu gesungen.

So schrie und spuckte, heulte und schluchzte sie so heftig, dass sie sich beim Einatmen an den eigenen Tränen verkutzte (das Raushusten von in die Luftröhre Verschlucktem).

Xavers Flüche klangen hart, aber auch stimulierend. Als die Kleine sich beim Hinsetzen auf den Beetrand an einer Glasscherbe in die Hand geschnitten hatte, erkannte sie, dass Glas nicht bloß klingen, sondern auch wehtun konnte. Doch Xavers Drohung, sie nie mehr in den Garten zu lassen, war für sie so etwas wie die Aufforderung, erst recht wieder dorthin zu gehen.

Juliane glaubte sogar, sich an den hellblauen Strickanzug erinnern zu können und an die Blutflecken darauf, die nie mehr ganz herauszukriegen waren. Es musste so gegen Ende Winter oder Anfang Frühling, der meist voller letzter Wintereinbrüche steckte, gewesen sein, als Xaver an diesem sonnigen Tag die Hühner in den Garten ließ, damit sie an den aperen Stellen etwas zum Picken fänden. Und es gab Küken, jede Menge frischgeschlüpfter Küken, die man weithin piepsen hörte.

Xaver hatte der Kleinen eingeschärft, ja nicht alleine zu den Küken zu gehen. Sobald er Zeit hätte, würde er sie ihr zeigen, denn der Hahn sei dermaßen angriffslustig, dass man tatsächlich Angst haben müsse. Es war ein großer Hahn mit schillerndem Gefieder, das in allen Farben glänzte, und er spazierte ebenfalls über das Glas unter den Schilfmatten, die sich unter seinen Tritten duckten, um ihm ja keine Sicht auf die ersten keimenden Pflänzchen zu gewähren, Leckerbissen für seinesgleichen.

Der Hahn drehte ständig den Hals, um die Seinen, Hennen samt Küken, im Blick zu behalten, schüttelte alle paar Minuten sein Gefieder, wahrscheinlich um die Stallparasiten loszuwerden, reckte dabei den Kragen, um auch ein Auge auf den Zaun des Nutzgartens zu werfen, und verschickte krähend die Botschaft von der Reichweite seines Reviers und dessen gut gesicherten Grenzmarkierungen.

Die Kleine hatte sich lautlos der in einem ramponierten Korbsessel mit Pferdekotzen mittagsschlafenden Kinderfrau entzogen und die Maschendrahttür mit Spiralzug zumindest so weit aufgebracht, um hindurchschlüpfen zu können.

Das Tropfen der Dächer, das Wuseln der Küken mit dem andauernden Peilton *Ich bin hier, wo bist du?*, der Geruch nach frischer, aus dem Schnee gewaschener Erde, die Sonne, die den Hahn als Bewohner des Regenbogens präsentierte, das lautlose Singen des Glases, das alles stachelte die Kleine geradezu an, den gelben Flaumpäckchen, die unentwegt versuchten, ihren ersten Floh aus den dampfenden Krümeln zu picken, näher zu kommen. Dieser Überschwang aus gefundenem Fressen und gerade erlernter Fähigkeit, danach zu suchen, verlangte immer mehr danach, eine dieser gelben Kugeln in die Hand zu nehmen, sie an ihre Wange zu heben, Weiches an Weiches zu drücken und an dem verwandelten Ei zu riechen, das auch noch ununterbrochen Laut gab.

Und während die Kleine sich hinkniete, um nach einem der Küken zu greifen, verfinsterte sich mit einem Mal die Sonne, und der Hahn hüpfte ihr unter Gekreisch und breitem Flügelschlag in den Nacken, die sie noch gar nicht begriffen hatte, woher die Gefahr kam, jedoch bereits den Schmerz spürte, der hinter ihren Ohren zu brennen begann, peck, peck, linkes Ohr, peck, peck, rechtes Ohr, und dazu Krallen, die sich immer tiefer in ihren Rücken bohrten.

Sie schrie vor Angst und in Panik, der Hahn krähte, berauscht von seinem Triumph, die Küken flüchteten mit bloß noch wispernden Piepstönen unter die hysterisch gackernden Hühner, die sich auf ihnen niederließen, um ihnen Unterschlupf zu geben.

Und dann kam Xaver. Er kam mit einem großen Besen, dessen Stiel den Hahn in die Flucht trieb.

Und sie roch ihr eigenes Blut, sah, wie es sich von den Schultern herab in den hellblauen Strickanzug verlief, versuchte danach zu greifen, doch hatte die Wolle es bereits aufgesogen, feucht und warm, als Blut nicht mehr zu erhaschen.

Sie aber geriet immer tiefer in den Taumel eines Staunens hinein, so dass sie den Schmerz vergaß und bloß noch das Blut sah, ihr Blut, das da aus ihrem Körper davonlief, als hätte es nie zu ihm gehört.

Als die Kleine aufwachte, legte die Mutter ihr gerade eine Krenkette (ein Meerrettichgehänge) um den Hals, und die Kinderfrau wickelte in Essig getauchte Windeln um ihre Beine.

Und der Hahn?, fragte sie, die gerade noch geträumt hatte, wie der Hahn, *Wettermann heißt mein Hahn*, mit gespreizten Federn, leuchtend wie ein Kaleidoskop, in dem sich die farbigen Mosaikglasscherben immer weiterbewegen, zum Rauchfang (anderswo heißen Rauchfangkehrer Schornsteinfeger, was wie ein *upgrading* klingt) hinaufflog, um zu erkunden, wo sie geblieben war.

Der Xaver, sagte die Mutter, hat den angriffigen Hahn geschlachtet, damit er mein Julerl nie mehr pecken kann.

Am nächsten Tag fingen die Narben hinter den Ohren erst so richtig an wehzutun.

Soll ich dir etwas vorlesen?, fragte die Kinderfrau.

Die Kleine jammerte und fieberte vor sich hin.

Welches Märchen möchtest du denn am liebsten hören?

Die Kleine hustete, und die Narben taten noch mehr

weh. *Schneeweißchen und Rosenrot,* flüsterte sie und dachte dabei an den großen braunen Bären, der am Fußende des Bettes saß und ihr zunickte.

Anderntags kam die Mutter selbst mit dem Mittagessen ins Wohnhaus herauf.

Da, schau, sagte sie, Karotten mit Hühnerfleisch. Das isst du doch so gern.

Und der Hahn?, fragte die Kleine wiederum. Wo ist denn der Hahn?

Da ist der Hahn! Die Mutter spießte ein paar der kleinen weißen Fleischwürfel auf und wollte sie ihr in den Mund schieben. Aber das Fieber hatte ihr den Appetit genommen, sie brachte den Mund einfach nicht auf. Dabei hätte sie nichts lieber getan, als sich einen Teil dieses Hahns einzuverleiben.

Das ebenfalls eine Zeitlang verschollene allererste Foto der Kleinen war gegen alle Selbstbezichtigung der Schlampigkeit doch wieder aufgetaucht. Gefangen in einem blauen Kuvert, das sich viel zu leicht anfühlte, um etwas anderes als das weiße Seidenpapierfutter in sich zu tragen. Aber dann spreizte Juliane es mit den Fingern auseinander, drehte es um, schüttelte es mehr pro forma als in der Hoffnung, es würde noch etwas aus ihm herausfallen, und plötzlich war es da: Eine erschöpfte Mutter auf dicken weißen Pölstern, in frischem weißem Nachthemd, im rechten Arm einen Winzling mit haarigem Kopf, an seinen Fingern lutschend (also schon damals), das Gesicht in den Schatten des Kopfes der Mutter gekehrt, so dass nicht sicher ist, ob mit offenen oder geschlossenen Augen.

Eine Hausgeburt, deren Wehen sich einen Tag und eine Nacht hinzogen, dann ein stummes Kind. Selbst als die Hebamme es an den Füßen packte und mit leichten Schlägen traktierte, gab es keinen Laut von sich.

Die Omama hatte, jeder Hoffnung ledig und mit den Worten: Das wird nichts mehr!, den Raum verlassen. Es war Samstag, und sie musste zurück zum Mittagsgeschäft ins Stammhaus, wo sie an der Küchenkassa zu sitzen und die Bons mit den Bestellungen aufzuspießen und die Bestellungen lauthals an den Küchenchef weiterzugeben hatte. Auch sollte sie noch einen Kontrollblick in die Küche der ehemaligen Dependance werfen und schauen, ob das Personal wohl hielt, was es versprochen hatte.

Dann läuteten die Glocken. Ein heftiges Zwölfeläuten. Wer weiß, welcher von den Ministranten wieder einmal zu fest am Strang zog. Zwischen den Schlägen glaubte sie dann doch noch etwas zu hören. Sie lief die Außentreppe wieder hinauf, so rasch ihre Stöckelschuhe es erlauben wollten.

Die Kleine! Sie hatte doch noch geruht, sich in die Umstände zu fügen.

Die Omama lächelte nachsichtig. So ein widerständiges Trotzkopferl. Wenn sich alle so bitten ließen …

* * *

Ein knappes Jahr darauf wieder die Kleine. Mittlerweile mit hellblondem Haar, leicht gelockt, in weißer Strampelhose und weißem Jäckchen auf den Armen der Mutter sitzend, sich mit einer Hand an ihrem Halstuch festhaltend. Beider Blick direkt auf die Kamera gerichtet. Und beider Schatten sichtbar auf dem Kies, kleiner Kopf an großem Kopf.

Daneben der Schatten eines Mannes, deutlich erkennbar an Schulterbreite und kurzem Haar. Der Fotograf? Wessen Schatten hat er festgehalten?

Die Bäume dahinter, kaum wahrzunehmende Strukturen, fast zur Gänze im Dunkeln. Davor Gebüsch, Gestrüpp. Einzig erkennbar noch die junge Eibe am Fuße der Böschung hinter dem Haus, die die Kleine später ihren Wald nennen wird.

Ein Porträtfoto, im Wiener Fotostudio Dietrich & Co aufgenommen. Die Mutter in schöner Ernsthaftigkeit mit hochgestecktem Schopf und schulterlangen, wahrscheinlich kastanienbraunen Haaren (mit Henna gefärbt?). Dazu ein spitz auslaufender weißer Hemdblusenkragen auf dunklem Pullover, der Blick auf den Fotografen gerichtet, die geschminkten Lippen geschlossen. Offensichtlich gibt es keinen Grund zum Lächeln.

Juliane hatte erst viel später erfahren, dass die Mutter manchmal zu ihrer Schwägerin Hanna auf Besuch nach Wien gefahren war. Wie viele Evakuierte war die Schwägerin mit ihren mittlerweile drei Kindern erst, als in Wien bereits die Bomben fielen, ganz ins Dorf gezogen. Schon viel früher hatte sie der Mutter unter dem Siegel absoluter Verschwiegenheit erzählt und gezeigt, wo sie in Wien Juden versteckt hielt und wie sie einigen von ihnen mit gefälschten Pässen zur Ausreise verhelfen hatte können. Dazu brauchte es Kontakte zu Nationalsozialisten, die ihrer Sache nicht oder nicht mehr sicher und zu Hilfeleistungen bereit waren. Hanna, meinte die Mutter einmal, wollte helfen, und sie traute sich was.

Du musst die schreienden, stiefeltretenden Mannsbilder spüren lassen, sagte Tante Hanna mehrmals zur Mutter, dass sie ohne ihre Uniform nichts sind. Mit den anderen redest du besser, versuchst, ihre Schwächen zu finden, sie an ihre Gefühle zu erinnern und sie auszuhorchen.

Hanna war, als sie noch in Wien lebte, in ihrer Gruppe die, die das am besten konnte, vor allem das mit den gefälschten Papieren. Ab 44 gehörte sie dann auch der regionalen Widerstandsbewegung an.

Im Dorf wohnte sie ab 44 mit den Kindern abwechselnd in einer Villa, die Onkel Leo zeitweise für sie gemietet hatte, oder im Stammhaus, wo die hochrangigen Nazis logierten, um sich zu erholen und die Endphase der *Alpenfestung* (die es so gar nicht gegeben hat) zu planen. Da hat sie angeblich alles mitgekriegt. Kein Wunder, war sie doch der Meinung, dass sinnvoller Widerstand ohne Spionage nicht möglich sei.

Wie alles?, hatte Juliane gefragt.

Was weiß ich, da war ich fast nur noch im Hotel und hab das meiste gar nicht erfahren. Mehr war aus der Mutter nicht herauszubekommen, so als gelte das Siegel der Verschwiegenheit noch immer.

Tante Hanna wurde erst 1998, sechs Jahre vor ihrem Tod, für ihr Engagement mit der Auszeichnung *Gerechte der Völker* geehrt.

Die Mutter sprach selten über die Zeiten des Krieges. Juliane konnte sich vor allem an die Geschichte mit dem verfolgten und deshalb versteckten Widerständler erinnern, den die Mutter durch die Dachbodenluke seines Hauses gesehen hatte. Wie er sie übrigens auch. Sie war mit ihrer Schwiegermutter zum Nachbarort unterwegs, der über einen höher gelegenen Weg gut zu Fuß zu erreichen war, und hatte nur zufällig zum Giebel des Hauses aufgeschaut.

Der Mann, ein kommunistischer Bauernführer (auch das hat es damals gegeben), legte den Finger auf den Mund, und die Mutter nickte, ohne dass die Omama es bemerkt hatte. Das war wichtig, da die Omama, was Tante Hanna in einem Interview verraten hatte, das sie Jahre später einem jungen Historiker gab, vom Nationalsozialismus überzeugt war, im Gegensatz zum Opapa, der vor allem das Fortbestehen und Florieren seines Hotels im Sinn hatte. Über die Nazis soll er in diesem Zusammenhang einmal gesagt haben, dass sie einfach kein Niveau hätten. Er selbst war Monarchist.

Wochen später fand die Mutter ein in Zeitungspapier gewickeltes Stück Rinderfilet auf dem Fensterbrett oberhalb der Außentreppe. Offenbar hatte jemand heimlich geschlachtet. Auf den Rand der Zeitung war ein Satz in Blockbuchstaben hingekritzelt: Für jemanden, der es zu schätzen weiß.

Die Mutter musste jedes Mal lachen, wenn sie die Geschichte erzählte. Sie stammte nämlich aus der größten Fleischhauerei des Nachbarortes und kannte sich aus mit Fleisch.

Verglichen mit dem Porträtfoto sah sie auf ihrem Hochzeitsfoto beinah kindlich aus. Eine Neunzehnjährige im weißen kragenlosen Kleid mit Brautbüschl statt Brosche als Schmuck. Ein Brautschleier, befestigt am hinteren Teil des Brautkrönleins, bloß den Nacken bedeckend, strenger Mittelscheitel mit gewelltem Haar über den Ohren, an denen Ohrgestecke das Licht reflektierten. Der Mund zu einem Lächeln geöffnet.

Neben ihr der Vater, obgleich erst Ende zwanzig, bereits mit dürftigem Haarwuchs, in schwarzem Sakko samt hellgrauem Gilet, darunter weißes Hemd und breit gebundene Krawatte. Das Hochzeitsbüschl am Revers befestigt, knapp oberhalb des weißen Stecktuchs. Der Blick den Ernst des Lebens erfassend, jedoch die leicht hochgezogenen Mundwinkel scheinen einem guten Witz zum Thema nicht abgeneigt.

Als Juliane die Mutter nach ihrer Hochzeitsreise fragte, erzählte sie ihr, wie sie nach dem Essen in dem berühmten Budapester Hotel (der Opapa war eine Zeitlang Präsident der österreichischen Hoteliersvereinigung gewesen, also sollte der Sohn in einem angemessenen Hotel absteigen) nach oben gegangen war, während der Vater noch kurz in die Hotelbar wollte (um sich Mut anzutrinken?). Als die Mutter sich näher in der Suite umsah, bemerkte sie, dass über dem Brautbett das Porträt eines *wilden Mannes* in Uniform hing. So *wild*, dass sie sich beinah davor fürchtete, also versuchte sie, das Bild umzudrehen. Auf der hinteren Bildseite seien jedoch die Wanzen nur so auf und ab spaziert. Dabei schnitt sie ein Gesicht, das den Ekel äußerst lebensnah beschrieb.

Und dann?

Sind wir sofort umgezogen.

Bei Nacht und Nebel?

Bei Nacht und Nebel.

Eins der wenigen anderen Fotos ihres Vaters zeigt ihn als Tennisspieler, weit ausholend, mit professioneller Geste. Dahinter steht der Ballbub vor einem der kleineren Berge, der der Kleinen von seiner Silhouette immer wie ein wiederkäuender Ochse vorgekommen war. Ein Hinweis darauf, dass es auf dem ehemaligen Tennisplatz in der Nähe des Wohnhauses aufgenommen wurde.

Noch ein Foto aus dem Jahr 1936, dem Jahr, in dem die Eltern geheiratet hatten, jedoch noch vor der Hochzeit aufgenommen. Die Mutter in weißen Reithosen und schwarzen Reitstiefeln, einem Renndress in Satin und mit Jockeykappe auf dem Kopf. Mit der einen Hand hält sie ein ungesatteltes weißes Pferd am Halfter, in der anderen eine Gerte.

Die Mutter als Reiterin? Die immer dagegen gewesen war, dass Juli auf Xavers Fuhrpferd kletterte, weil das viel zu gefährlich wäre?

Fasching, sagte die Mutter auf Nachfrage. Ihr Fleischhauerbruder, einer der größten Faschings-Könner und -Betreiber, dazu berüchtigter Stegreif-Spötter und kunsthandwerklicher Leviten-Leser, habe sich ein Pferd, sogar mehrere Pferde gekauft, Trabrennpferde, mit denen er gelegentlich auch Rennen fuhr.

Sie, die Mutter, habe wieder einmal nicht gewusst, als was beziehungsweise als wer sie am Umzug teilnehmen sollte. Und da es sich bei diesen *heiligen drei Faschingstagen* (so im regionalen Brauchtumsregister vermerkt) um das wichtigste Fest des Jahres handelte, habe sie sich etwas einfallen lassen müssen. So sei sie auf das Renngewand ihres Bruders gekommen und habe sich darin fotografieren lassen, um sich beim Umzug als Rennfahrerin ausweisen zu können. In Wirklichkeit habe sie sich, wie sie zugab, immer vor Pferden gefürchtet.

Vielleicht steht sie deshalb auf dem Foto an der falschen Seite, will sagen, nicht an der, von der aus man aufsitzt.

Das erste Farbfoto. Oder doch bloß koloriert? Ein fuchsfarbener Hund mit wollweißer Zottelkrawatte und aufgestellten spitzen Ohren, von buschigem Langhaar umgeben, auf den Hinterbeinen sitzend. Den einen vorderen Lauf ausgestreckt wie zum Pfotendruck, den anderen am Gelenk geknickt, wie es sich für einen dazu angehaltenen Hund gehört. Es ist Jogl, der Hund von Tante Josepha, genannt Seph, die an einem abschüssigen Hang, vom Wasser bloß durch einen Gehweg getrennt, mit bestmöglicher Sicht auf See und Gletscher, wohnte.

Tante Seph war die Frau von Onkel Robert, der kurz nach dem Vater ebenfalls in Russland gefallen war. Die Witwe, weil ohne Mitgift in die Familie eingeheiratet, erbte zwar nicht, dafür hatte der Opapa mit seinen Fideikommiss-Verträgen schon gesorgt, doch stand ihr lebenslanger Fruchtgenuss, das heißt Wohnen in Haus mit Garten, zu.

Sie hatte ihrem Mann kein Kind geboren, wurde aber zur Anlaufstelle für Neffe und Nichten, besonders dann, wenn die jeweiligen Kinderfrauen ihren freien Tag hatten. In ihrem Wohnzimmer roch es nach Zirbenholz, so stark, dass der Geruch jahrzehntelang anhielt. Ihr Hund war ein gutmütiger Spielgefährte, der mit schief gehaltenem Kopf auch zuhören konnte, wenn man mit ihm sprach.

Wann immer Juliane Tante Seph in späteren Jahren besucht hatte, erzählte sie wieder die alte Geschichte von Jogl, dessen Futternapf wie gewöhnlich unter dem Esstisch stand und dem die Suppe darin nicht zu schmecken schien. Sie, die Kleine, sei ebenfalls unter den Tisch gekrochen, um Jogl zuzureden, die Suppe doch aufzulecken (O-Ton Dialekt: Jogl, friss d'Suppen, i han s'a fressen mian!).

Am liebsten gingen Neffe und Nichten mit Jogl und Tante Seph hinunter zum Strand, einem der wenigen privaten Badeplätze am See. Sie erlaubte all denen, die ihr zu Gesicht standen, ihn zu benutzen, schließlich war sie gerne in Gesellschaft, erst recht in einer, die sie sich aussuchen konnte.

Sie schwamm während der sogenannten Sommerhälfte des Jahres jeden Tag und bei jedem Wetter und das bis in ihre Neunziger. Sie war eine ausdauernde Schwimmerin, die sich, nachdem sie wieder an Land gestiegen war, noch immer wie *ein Fisch im Wasser* fühlte. Zumindest behauptete sie das.

So war auch die Kleine wieder einmal mit Jogl und ihr zum Strand hinuntergegangen, hatte Steine geworfen und war, wie alle Kinder aus der Gegend, ohne Anzeichen von Schmerz barfuß über die spitzen Kiesel gelaufen, hatte Sand in ihren kleinen Eimer geschaufelt und an anderer Stelle als Baumaterial abgeladen. Sie hatte Jogl Stöckchen geworfen, die er wieder aus dem Wasser holte, worauf er sich dann jedes Mal das Fell ausschüttelte, als wolle er die am Fuß des Abhangs wachsenden Büsche besprengen.

Tante Seph bräunte eine Zeitlang mit geschlossenen Augen auf ihrem Badetuch vor sich hin, bevor sie sich ins kalte Wasser stürzte, ein großer Genuss, wie sie all jene, die keinen Sinn dafür hatten, wissen ließ.

Sobald sie sich zum Genuss aufraffte, befahl sie der Kleinen, auf der Matratze sitzen zu bleiben, und Jogl, gut auf sie achtzuhaben. Jogl wedelte mit dem Schwanz, die Kleine nickte deutlich erkennbar, und die Tante lief ins Wasser, tauchte unter und an ganz anderer Stelle, als man vermutet hätte, wieder auf, lachend und mit triefenden Haaren.

Die Kleine war bald darauf mit der Gestaltung von nassem Sand beschäftigt, während Jogl sich im Schatten des nächsten Busches, mit dem Kopf auf den Pfoten und zumindest einem wachsamen Auge, ausgestreckt hatte und vor sich hin döste.

Oben auf dem Gehweg sang eine Kinderfrau, Tante oder Großmutter einem Kind *Hänschen klein!* vor, und es versuchte, das Lied mitzusingen. Es bedurfte mehrerer Anläufe, bis die beiden Stimmen zueinanderfanden.

Da war es also wieder, das Lied. Die Kleine unten am Strand lauschte, legte das Schäufelchen zur Seite und fing an, seinen eigenen Refrain zu intonieren: *Ins Wasser rein, ins Wasser rein …*

Irgendwann stand sie auf, ganz langsam, mit Blick auf Jogl, der sich wohlig stöhnend zur Seite gedreht hatte, während seine Läufe im Traum hin und her zuckten.

Ins Wasser rein, ins Wasser rein, summte die Kleine wiederholt und lief die spitzen Steine entlang (so bleibt man am ehesten unter der Schmerzgrenze) zum Seeufer. Schon stand sie mit beiden Füßen im Wasser, rutschte auf einem der glitschigen Wackelsteine aus, stand sofort wieder auf, obgleich sie selbst noch ein wenig wackelte, ließ sich aber nicht von ihrem Ziel abbringen.

Ins Wasser rein, ins Wasser rein, immer weiter ins Wasser rein!

Sie hörte Jogl bellen, aber da war sie schon bis zu den Schultern im Wasser und sah, wie da plötzlich keine Steine mehr waren, sondern ein wundersamer grüner Teppich sich vor ihr ausbreitete, während das Wasser sich an ihren Körper, dann an ihren Hals und letztlich an ihren Kopf schmiegte, und als sie den Kopf hob und nach oben schaute, konnte sie eine Decke aus Licht sehen, auf der die

Sonnenstrahlen tanzten und die Blasen, die von ihrem Mund aufstiegen, zerplatzten.

Das war so schön, dass die Kleine einen Jubelschrei ausstieß. Und da umarmte das Wasser sie so fest, dass sie keine Luft mehr bekam, denn auch die Luft, die sie unwillkürlich eingeatmet hatte, war zu Wasser geworden, so wie alles andere auch, sogar sie selbst, Wasser im Wasser, Schluck um Schluck.

Dann lag sie mit einem Mal auf den Schenkeln von Tante Seph, mit dem Kopf auf deren Knie, einer lauthals schimpfenden Tante, die gegen ihre Brust drückte, so dass das Wasser in einem Schwall aus ihrem Mund schoss, als müsse sie sich erbrechen, während Jogl pausenlos an ihr leckte.

Als die Kleine innen und außen wieder trocken war und Tante Seph sich heiser gescholten hatte, sagte sie, als wären sie beide gerade aus einem wütenden Gewittersturm, bei dem der Blitz mehrmals in den See eingeschlagen hatte, heil davongekommen: Wenn der Jogl nicht gewesen wäre … Der Schrecken saß noch immer tief in ihr drin trotz des ganzen Gescheltes, mit dem sie ihn zu vertreiben suchte. Erst in diesem Moment sprang der Schrecken auch auf die Kleine über, einen endlosen Augenblick lang, und sie begann zu husten und zu keuchen.

Du musst schwimmen lernen, sagte Tante Seph, so bald wie möglich, sonst ersäufst du noch.

Aus Jogls Rachen löste sich ein Rülpser, der wie ein Wuff! klang. Schließlich hatte er seine Aufsichtspflicht erfüllt.

* * *

Es ist Krieg, sagte die neue Kinderfrau immer wieder, die aus der Gegend stammte, nämlich vom anderen See. In ihrem Gesicht gab es eine kleine schwarze Kugel, nicht weit vom linken Mundwinkel, die aussah wie eine Heidelbeere, die ihr unter die Haut gerutscht war. Sie hatte die Kleine zu ihren Verwandten am anderen See mitgenommen. Über Nacht. Da musste sie dann mit ihr, sie hieß Traude, in einem Bett schlafen, zwischen ihr und der Wand. Und hatte die ganze Nacht nicht schlafen können, wie ihr vorkam, so nah lag sie an der Traude, die schwitzte und so viel Wärme und Schweiß abgab, dass auch die Kleine nass wurde.

Als sie es im Bett nicht mehr aushielt, legte sie sich auf den Bettvorleger. Wo sie dann nach einer Weile zu frieren begann, sich in den kleinen Teppich vor dem Bett wickelte, auf den die Traude dann auch noch trat, als sie erwachte und dringend aufs Klo musste.

Es ist Krieg, sagte die Traude, und eines Tages kommt der Krieg auch zu uns. Mit ihm kommen Flieger, lassen ihre Bomben fallen und: Gute Nacht allerseits!

Die Kleine hörte zu und konnte sich nichts vorstellen unter dem Wort, das sich zäh und klebrig wie Schneckenschleim anfühlte.

Es ist Krieg, sagte die Traude und wusste noch immer nicht, wie sie dem Kind den Krieg beibringen sollte. Wenn die Sirenen gehen, sagte sie, musst du sofort ins Haus. Bis jetzt haben sie bei uns nur leere Benzinkanister abgeworfen und keine Bomben. Aber wenn dich so ein leerer Kanister am Kopf trifft, bist du auch gestorben. Fleisch gibts auch keines mehr. Höchstens für die Parteibonzen im Hotel drüben.

Die Kleine hatte kein Bild für Bonzen und keines für Partei, obgleich sie Männer ins Hotel gehen und aus dem Hotel hatte kommen sehen, manche in Uniform, manche in schwarzen Ledermänteln. Sie hatte bereits unterscheiden gelernt zwischen Uniform und Gewand.

Als die Kleine zum Abendessen noch gerne ein zweites weiches Ei gehabt hätte, erklärte ihr Traude: Im Krieg gibts keine zwei Eier, schon gar nicht für ein Kind. Und als sie ein andermal bei der Anna noch um ein Keks bat, sagte d'Anna: Nein! und: Ein Vielfraß wird nicht geboren, sondern erzogen. Was glaubst du, wie viele Leute jetzt im Ort wohnen. Die sind alle vorm Krieg davongelaufen. Aber dass hier in den Bergen so gut wie nichts wächst, was man essen kann, kein Getreide, keine Erdäpfel, kein Kukuruz (heißt auch Mais), kein Obst außer zum Schnapsbrennen, daran haben die alle nicht gedacht. Und das Fleisch wird an die Front geliefert.

Die Kleine wollte wissen, was die Front sei.

D'Anna hatte sich so in Aufruhr geredet, dass sie sich auf dem Absatz umdrehte und schrie: Das ist der Strich, auf dem sie sich gegenseitig umbringen.

Die Kleine zerbrach sich beinah die Zunge an dem neuen Wort, das ihr die Traude vorsagte, wenn sie beim Spazierengehen immer mehr Menschen begegneten, die die Wege austraten, wenn Schnee gefallen war, oder mit Eimern und Stoffbeuteln zu den Beerenschlägen und geheimen Pilzplätzen unterwegs waren.

Evakuierte, sagte Traude. Die heißen E-va-ku-ier-te.

Und was heißt Evakuierte?

Evakuierte, sagte Traude so laut, dass die Evakuierten es hören konnten, sind die, die aus den großen Städten weggelaufen sind, wo die Bomben die Häuser kaputt machen. Frauen, Kinder und Männer, die für den Krieg zu alt oder zu krank sind. Meistens Wiener. Manche von ihnen sind sogar berühmt. Aber das ändert auch nichts daran, dass die Lebensmittel immer knapper werden.

Die Kleine schaute genau auf die Beerenbrocker und Schwammerlsucher, die, meist Österreicher, *die Beeren brockten* und *in die Schwamm* gingen, respektive *Schwammerln*, da die Eierschwammerl viel kleiner sind als die seltener vorkommenden Herrenpilze (sprachlogisch oder?), aber diese Brocker und Sucher sahen genauso aus wie die Gäste im Hotel oder die Einheimischen im Ort, zumindest konnte die Kleine keinen Unterschied erkennen, außer dass sie ein bisschen anders redeten.

Bis dann im Frühjahr 45 diejenigen kamen, die so anders redeten, dass sie sie überhaupt nicht verstehen konnte. Das Hotel war schon zuvor von den Nazis requiriert worden, wie Juliane später von der Mutter erfuhr. Sie hatte sie gefragt, woher all das Papier, die Post- und die Kunstkarten, Bücher, Ausweispapiere (angeblich gefälscht) und sonstigen persönlichen Dinge her waren, die sie als Kind auf dem Dachboden des Hotels gefunden und immer wieder angeschaut hatte. Selbst dann noch, als Juli bereits lesen gelernt hatte, jedoch nichts von alldem hatte entziffern können. Von den Ungarn und den Rumänen, hatte die Mutter geantwortet.

Von den Mitgliedern der faschistischen Exilregierungen Ungarns, Rumäniens, Bulgariens und deren Familien, die auf der Flucht vor den Russen in den Westen waren, wurden die Ungarn und die Rumänen von den verbündeten Nazis zwischenzeitlich im Hotel und die Bulgaren im Stammhaus untergebracht. Die Ungarn, so habe sie die Mutter sagen gehört, hätten sogar die berühmte Stephanskrone mitgenommen, sie dann aber, gar nicht weit von hier, den Alliierten übergeben müssen.

Selbst Juliane konnte sich noch vage an Kinder erinnern, mit denen sie gespielt hatte und zu denen sie auch hinauf in die Zimmer gegangen war. *Bilderbuch schauen*, wie sie zur Mutter sagte. Da habe manchmal jemand von einer Königin geredet, die Bücher für Kinder geschrieben habe.

Das sind wohl die Rumänen gewesen, die Mutter war sich nicht sicher. Die Rumänen seien als Erste gekommen und hätten die meisten Kinder dabeigehabt. Aber da habe sie sich bereits ins Wohnhaus zurückgezogen.

Für die Bonzen, wie Traude die höheren Chargen der Verwaltung genannt hatte, die zur Erholung ins Hotel kamen, war auf Befehl noch gekocht worden, für die geflüchteten Mitteleuropäer nicht mehr. Die mussten sich, so gut es ging, selbst versorgen.

Zu dieser Zeit gab es dann auch keine Traude mehr, zumindest solange die Mutter den privaten Haushalt selbst übernommen hatte.

Besser als an die Rumänen konnte Juliane sich noch an die Ungarn erinnern. Die hatten zwar keine Kinder dabei (oder hatten ihnen nicht erlaubt, mit der Kleinen zu spielen), dafür Pferde. Zwei Pferde auf der Wiese zwischen Wohnhaus und See, an Pflöcken festgebunden, um die sie kreisförmig grasten.

Die Kleine, und daran konnte sie sich auch noch als Juliane genauer erinnern, als ihr lieb war, saß ebenerdig auf dem breiten Fensterbrett von Annas Küche und schaute zur Felswand und zu den porösen Wolken empor, durch die sich gelegentlich ein Sonnenstrahl bohrte. Dabei aß sie eine Grammelpogatsche (Griebengebäck), wie nur d'Anna, die aus dem Burgenland stammte, sie backen konnte. Der Teil, in dem sie geboren und aufgewachsen war, gehörte damals zu Ungarn, und sie hatte in der Schule Ungarisch lernen müssen. Als die Kleine einmal d'Anna gefragt hatte, wie Ungarisch gehe, hatte sie ihr beigebracht, auf Ungarisch bis drei zu zählen: Egy, kettö, három …

Die Kleine saß da und schaute auf die grasenden Pferde, als ein Mann zu einem der beiden hinging, den Pflock aus der Erde zog und ihn dann vorsichtig über die Kruppe des Pferdes legte, ohne ihn loszulassen. Dabei deutete er kurz mit seiner anderen Hand auf eine bestimmte Stelle am Körper des Pferdes. Gleich darauf fiel ein Schuss, das Pferd begann zu taumeln und brach zusammen. Erst jetzt sah sie den anderen Mann, der sich mit einem Gewehr unterm Arm dem bereits liegenden Pferd näherte, während der Mann, der noch immer den Pflock hielt, ihm auf die Schulter klopfte.

Das alles war nah genug, dass sie es sehen konnte, doch zu weit weg, um mehr als den Lärm, den Menschen beim Schreien machen, wahrzunehmen. Sie hätte ohnehin nicht verstanden, was sie einander zubrüllten. Vor allem die Frauen, die mit Eimern und Schüsseln angerannt kamen, um das Blut des Pferdes aufzufangen.

Sie war wie erstarrt, doch als ihr dann das andere Pferd in den Blick kam, fing sie zu blinzeln an. Dieses Pferd bäumte sich gerade auf und riss dabei so heftig an seinem Strick, dass es den Pflock, an dem es festgebunden war, damit aus der Erde holte. Es flüchtete mitsamt dem Pflock über die Wiese, dass die Grasbüschel unter seinen Hufen nur so flogen, hetzte die kleine Böschung auf eine niedriger gelegene Wiese hinunter, immer in Gefahr, über den

Pflock zu stolpern, den es schlingernd neben sich herzog, und sich die Beine zu brechen. Und genau das schien gerade zu geschehen. Doch in dem Augenblick, in dem das Pferd kurz verhielt, blieb auch der Mann mit seinem Gewehr stehen.

Die Kleine schrie, und d'Anna, die ebenfalls zum Fenster gekommen war, hielt ihr die Hand vor die Augen. Durch einen winzigen Spalt zwischen Annas Fingern konnte sie dennoch sehen, wie der Mann anlegte und ein zweites Mal schoss.

Die Frauen schauten kurz auf und klatschten in die Hände, der Mann hatte auch dieses Pferd mit einem einzigen Schuss getötet.

Der andere Mann hatte damit begonnen, das erste Tier zu häuten und zu zerteilen, indes die Frauen ihm die einzelnen Stücke beinah aus der Hand rissen.

Istenem!, flüsterte d'Anna fassungslos, *ez nem lehet!* Dann sagte sie zu dem Kind: Sie sind hungrig, kapierst du, sie haben einfach nichts mehr zu essen.

Die Kleine sagte nichts. Sie sagte drei Tage lang nichts. Kein Sterbenswort. Weil sie nicht konnte oder weil sie nicht wollte. Das Bild von dem Pferd, das verstanden hatte, was ein Gewehr in der Hand eines Menschen bedeutet, und darum mitsamt dem Pflock, der an ihm hing, um sein Leben galoppiert war, blieb. Unauslöschlich.

* * *

Der Schlauste aus der dritten Generation war ohne Zweifel Robi. Er war beinah ebenso schlau wie der Opapa. Die Generationen wurden damals immer vom Opapa her gezählt. Der war bereits hier geboren worden, nachdem sein Vater zugezogen war und eine seit Urzeiten Ansässige mit

Besitz geheiratet hatte. Der Opapa war der Seeräuber (so nannten ihn die Einheimischen, weil er ein Seegrundstück nach dem anderen in seinen Besitz brachte und alles tat, um sein Hotel gut mit umliegenden Grundstücken zu sichern). Seine Kinder nannten ihn den Papa, und die Omama war die Mama (jeweils mit Betonung auf der zweiten Silbe).

Robi war der Erste aus der dritten Generation, noch dazu männlich, und erhielt den Vornamen des Großvaters. Robis Vater, Onkel Leo, war der zweitälteste Sohn des Papas, Urologe, Chirurg und Oberarzt im Wilhelminen-Spital in Wien. Er musste nicht einrücken, da er unabkömmlich war, bis auf ein paar Urlaubstage im Jahr. Tante Hanna war der Omama ein Dorn im Auge, war sie doch von Anfang an gegen alles, was die NSDAP von ihren Mitgliedern verlangte, und tat alles, um diese Forderungen zu untergraben, wo und wann immer es ging. Manche nannten sie später sogar eine kleine Mata Hari, als sie Nazioffiziere unter den Tisch soff, um ihnen Informationen, die für die kleine Gruppe von Widerständlern wichtig waren, zu entlocken.

Die wissenschaftliche Arbeit, die ein junger Historiker über den Widerstand in der Gegend geschrieben hatte, beinhaltete auch ein langes Interview, das er noch kurz vor Tante Hannas Tod 2004 mit ihr geführt hatte. Authentisch daran war der O-Ton, doch konnte manches von dem, was sie erzählte, auch behauptete, nie eindeutig verifiziert werden. Der Gendarmeriebericht, der 1945 angefertigt wurde, gestand ihr zwar einige ihrer Aktivitäten in Bezug auf das Verstecken von Juden und das Zustecken von Zigaretten und Brot an kriegsgefangene Zwangsarbeiter zu, aber die Taten, auf die sie am meisten stolz war, konnten so gut wie gar nicht belegt werden. Sie erklärte es damit, dass man ihr als Frau vieles von dem, was sie getan hatte, einfach nicht zugetraut habe. Jedenfalls bestand sie darauf, dass sie allein es gewesen war, die diesen Landstrich schusslos an die Amerikaner übergeben hatte. Auch habe sie den Mussolini-Retter, der sich angeblich mit SS-Truppen in der Stärke von achthundert Mann in der Nähe positioniert hatte, dazu überreden können, sich zu ergeben. Überhaupt seien es nur dreißig Mann gewesen, die ihm noch Gefolgschaft leisteten. Sie habe ihn zu einer Außenstelle der Amerikaner gebracht, die ihn zu zuvorkommend behandelt hätten, worauf er ihnen in der folgenden Nacht wieder entwischt sei.

In Julianes, aber auch in den Ohren vieler damals relevanter Leute eine unglaubwürdige Anmaßung, doch Hannas Erzählung klang authentisch und, wenn man alle bekannten Details zusammennahm, sogar einigermaßen wahrscheinlich. Wissenschaftliche Bemühungen, herauszufinden, was daran tatsächlich wahr war, hielten sich jedoch in Grenzen. Auch der Student hatte sich in seiner Magisterarbeit dahingehend abgesichert, dass er keine Haftung für die Richtigkeit der Darstellung übernehme.

Robi, der gerade erst vier Jahre alt geworden war, langweilte sich im Stammhaus, noch dazu wo seine Mutter so viel mehr und anderes zu tun hatte, als mit ihm und seinen kleinen Schwestern im Wald Rindenhäuschen für Zwerge oder Hüte aus Pestwurzblättern anzufertigen. Das war das Ressort von Tante Ricarda, die Gedichte, aber auch Märchen schrieb.

Irgendwann hatte Robi eine Idee, eine großartige Idee. Es war die Zeit, in der die bulgarischen Faschisten im Stammhaus untergebracht waren. Wahrscheinlich fand

Robi, als er durchs Haus streifte, die Schlüssel, die an manchen Zimmern außen stecken geblieben waren, obwohl man von drinnen Gesprächsfetzen hören konnte, zu verführerisch. Er versuchte einen davon umzudrehen, was ihm offenbar auf Anhieb gelang, und dann noch einen und noch einen. Im Rausch des Gelingens fiel ihm ein, dass es wohl lustiger wäre, die Schlüssel auch noch herauszuziehen und sie in einem Kamin zu verstecken. Schau ma halt!, wie die Wiener sagen. Aber einstweilen passierte gar nichts. Also ging er in Richtung See, von wo aus er die Fenster der Zimmer, die er versperrt hatte, im Blick behalten konnte.

Schon begann ihn das Ganze wieder zu langweilen, und er überlegte, ob er nicht allein in eins der Boote, die unten am Strand vermietet wurden, steigen und versuchen sollte, es von der Kette zu nehmen, als die ersten Fenster aufflogen und Leute die Köpfe herausstreckten und nach Hilfe riefen. *Sabotage! Sabotage!* Dieses Wort hatte er damals so oft gehört, dass er es für immer im Gedächtnis behielt.

Über kurz oder lang waren mehr Menschen am Strand als an einem sonnigen Sonntag, wenn Urlauber sich um die Boote rauften. Der Opapa kam höchstpersönlich und versuchte zu beschwichtigen. Niemand hatte auch nur den geringsten Schimmer davon, was das alles zu bedeuten hatte.

Irgendwann dauerte es Robi zu lange. Er ging zu seiner Mutter und sagte, er wisse, wo die Schlüssel seien, aber er würde es ihr nur für eine Tafel Schokolade verraten. Seine Mutter drohte, ihn windelweich zu schlagen, wenn er weiter Mätzchen mache.

Der Opapa, der in der Nähe stand, hatte sofort bemerkt, dass da etwas verhandelt werden sollte. Schlau, wie er war (*time is money!),* kam er sofort hinzu, und als er verstand, dass es um Erpressung ging, gleichzeitig aber auch die Hartnäckigkeit seines Enkels kannte, wischte er das Ganze damit vom Tisch, dass er der Omama befahl, eine Tafel Schokolade aus der Speisekammer (in Wirklichkeit sagte er *Safe* und zwinkerte ihr dabei zu) zu holen: Über alles Weitere reden wir später! Der Konflikt war, was die Bulgaren betraf, bereinigt.

Und nachdem alles vorbei war, nahm der Opapa seinen Enkel mit ins Büro und schloss die Tür. Was genau sie miteinander sprachen, hörte niemand. Auch die Mutter konnte Juliane nicht mehr sagen, womit Robi bestraft worden war. Sie zuckte bloß die Achseln und meinte: Eigentlich hat es dem Papa ja gefallen, dass der Robi so schlau war.

Um den wird man sich einmal keine Sorgen machen müssen, soll der Papa bald danach zu ihr gesagt haben.

* * *

Wer war der junge Mann auf dem Foto? Jung? Für die Kleine war er ein erwachsener Mann, und wenn Juliane ganz tief in ihrem Gedächtnis jene Laute wiederzuerkennen versuchte, die ansonsten in ihre Träume ausgelagert blieben, dachte sie, sie aufgrund ihres Akzents zuordnen zu können.

Wenn sie das Foto länger betrachtete, glaubte sie ein Lachen zu hören, ja zu spüren. Jemand hob sie auf seine Schultern, um mit ihr davonzugaloppieren. Wer aber war das gewesen? Das Foto trug auf der Rückseite an der rechten oberen Ecke sogar eine Datierung, nämlich 4. 2. 1945. Und darunter stand in grüner Tinte geschrieben: Für dich

Bobbylein! Zur Erinnerung an mein 24 Geburtstag und mein beste Dank für die glückliche Stünde die du mir immer geschenkt hast. Mücki.

Als sie das Foto zum ersten Mal in einem der Kartons entdeckt hatte, konnte sie es nirgendwo verorten. Aber wieso hatte ihre Mutter es herumliegen lassen? Damit sie es irgendwann fand? Und es nie zurückgefordert? Um nicht zu verhindern, dass sie sich intensiver damit beschäftigte? Das war zu einer Zeit gewesen, als sie ihre Mutter nach und nach als Frau, wie sie mittlerweile selbst eine war, zu begreifen begann. Nicht ohne Peinlichkeit und Verwunderung, aber immerhin.

Und sie hatte sie gefragt, eher wie nebenbei, ohne zu großes Interesse zu zeigen, wer das auf dem Foto denn sei. Die Mutter schien alles andere als verlegen zu sein.

Erinnerst du dich nicht an diesen Mücki? Er hatte einen Narren an dir gefressen.

Juliane schüttelte den Kopf.

Aber ja. Du weißt schon, der Franzose.

Was hatte ein Franzose Anfang der vierziger Jahre bei uns im Hotel zu tun?

Fremdarbeiter für die Gastronomie. Auch im Stammhaus hat es welche gegeben. Er hat im Hotel gekellnert.

Und die glückliche Stünde?

Es war Krieg, die Männer alle an der Front oder gefallen. Da brauchst du Personal, auf das du dich verlassen kannst. Fremdarbeiter waren keine Sklaven. Wenn du ordentliche Arbeit von ihnen verlangt hast, musstest du auch nett zu ihnen sein.

Viele Jahre später, als sie ein bestimmtes Foto von sich brauchte, ihr Sohn wollte eine Collage mit Kinderfotos aller Familienmitglieder zum siebzigsten Geburtstag seiner Großmutter machen, stieß Juliane wieder auf das Foto mit dem Kleid. Die Kleine saß auf den Armen der Mutter, die wie verzaubert in die Kamera lächelte, während die Kleine sich nach vor beugte, als würde sie am liebsten vom Arm der Mutter auf den des Fotografen gehoben werden.

Und mit einem Mal sprach das Kleid zu ihr, schlug eine Brücke, und da wusste sie den Namen wieder, Pierre war Mücki, und er hatte der Kleinen zwei Kleider mitgebracht. Ein Blümchenkleid aus Seide, mit Ajourstickerei in Brusthöhe, aber auch zu beiden Seiten an den Schultern, dazu ein Bubikragen und kleine Puffärmel und dann noch ein Kleid aus Samt. Pierre hatte die Kleidschen, wie er sagte, aus Paris mitgebracht, und sie hatte sich so darüber gefreut.

Das war später, hatte die Mutter auf Nachfrage erklärt. 1946. Da habe ich Paps schon gekannt.

Und Pierre hat eine Flasche Champagner mitgebracht?

Sie lächelte, als lebte sie für einen Augenblick in einer anderen Welt. Na siehst du, du hast dir sogar den Champagner gemerkt. Du warst ja ganz verliebt in diesen Mücki. Hast ihn ständig an der Hand gezogen und ihm etwas zeigen wollen.

Plötzlich sah sie das Foto, auf dem sie in diesem Blümchenkleid allein dasteht, anders. Das Haar des Kindes ist länger geworden. Ein leichter Wind struwwelt die Strähnen auf der rechten Seite ein wenig, die Tolle auf dem Kopf scheint kurz vor der Auflösung. Der Einfall der Sonne färbt dieses struwwelige Haar weißblond. Der Gesichtsausdruck aber ähnelt jenem, den Lewis Carroll all den kleinen Mädchen, die er in erwachsenen Positionen fotografierte, zu entlocken versucht hat.

Um schneller zu finden, was sie suchte, hatte Juliane den Karton umgestülpt und schob die einzelnen übereinanderliegenden Fotos gedankenverloren hin und her, und wieder leuchtete ihr Mückis grüne Tinte entgegen. Sie legte die beiden Aufnahmen nebeneinander. Wenn sie schon sonst nichts als eine vage Erinnerung verband, dann vielleicht das Datum. Oder auch nicht. Wenn es stimmte, dass Pierre Anfang 1946 noch einmal ins Dorf gekommen war, die *Kleidschen* und den Champagner gebracht hatte, dann … Ja was dann?

Dann gab es von diesem letzten Aufenthalt kein Foto von Mücki. Das einzige Zeugnis dieses Besuchs waren die beiden Kleider.

Sie sah sich das kleine Gesicht oberhalb des *Spitzenkrägelschens* genauer an. Was spiegelt sich wirklich darin? Ein letzter Versuch, Pierre zum Bleiben aufzufordern, und gleichzeitig das Wissen, dass er weder bleiben noch wiederkommen würde?

Mehr als dreißig Jahre später, die Mutter war schon seit zehn Jahren tot, kamen ihr die beiden Fotos wieder unter. Sie lagen im selben Stoß.

Das Bild des Kindes war auf anthrazitfarbenes Hintergrundpapier geklebt worden, das sich über die Jahre von dem Foto zu lösen begonnen hatte. Sie legte es neben das von Mücki, das laut Aufdruck in Wien (was machte einer wie er im Februar 1945 in Wien?) in einem professionellen Studio aufgenommen worden war.

Mit einem Mal glaubte sie zu erkennen, was die beiden Fotos miteinander verband. Es war der Mund. Ihrer beider Mund. Die vollen Lippen, die die Kleine auf dem Foto, auch noch ganz aus der Nähe betrachtet, aufgeworfen hatte, ähnelten auffällig denen des jungen Mannes, wie ihr schien. Die Augen? Das ließ sich nicht wirklich feststellen, da Pierre nicht auf den Fotografen, sondern in die rechte Ecke des Studios blickt, sozusagen in einer Halbprofilaufnahme, wie Berufsfotografen diese Position wohl nennen würden.

Die Ohren? Auch Pierre hatte beinah läppchenlose Ohren. Juliane griff nach den ihren, denen, seit ihre Haut nicht mehr so straff war, so etwas wie Läppchen gewachsen waren (verursacht durch das Gewicht mancher Ohrgehänge, die sie, seit sie es bemerkt hatte, nicht mehr tragen wollte), aber sie konnte sich an ihre läppchenlosen Ohren gut erinnern.

Die Nase? Nasen brauchen ziemlich lange, bis sie charakteristisch zu Ende geformt sind. Ihre Kindernase deutet Ähnlichkeiten an, ihre erwachsene kaum. Blieb der Mund. Niemand in der Familie hatte einen Mund, der dem ihren ähnlich gewesen wäre. Nur die Mutter ihrer Mutter hatte volle Lippen, dafür einen viel kleineren Mund.

Juliane fühlte sich so weit irritiert, dass sie zu rechnen begann. Gab es im Herbst 1940 überhaupt Fremdarbeiter? Wenn Mücki Anfang 1945 vierundzwanzig wurde, war er bei ihrer Geburt zwanzig, und die Mutter war fünfundzwanzig gewesen, also fünf Jahre älter. Warum nicht? Paps, den sie nach Kriegsende kennengelernt und dann geheiratet hatte, war sogar sechs Jahre jünger als sie.

Nein, dachte sie, dennoch nein. Sie trug den Namen ihres Vaters. Er hatte sie zweimal gesehen und sie als Tochter anerkannt.

Andererseits war ihre Mutter damals eine junge Frau, die ihren Mann zuerst an die Hotellerie, dann an den

Krieg verloren, ihn womöglich gar nie wirklich gefunden hatte. Wie ihren wenigen Kommentaren zu Ehe und Zusammengehörigkeit zu entnehmen war, konnte von einer Liebesheirat kaum die Rede sein. Sie wollte weg von zu Hause, weg von der Fleischhauerei, in deren Filiale sie gearbeitet hatte. Und der Vater? Der Opapa erwartete, dass seine Söhne für Nachwuchs sorgten. Geld auf der einen und Immobilien auf der anderen Seite verlangten nach gesetzlich geregelter Zusammenführung.

Der Vater, in jungen Jahren dabei, in aller Welt Erfahrungen zu sammeln, in Cannes, in Brighton, in Kairo. Ohne die junge Frau. Auf die hatten die Mama und der Papa schon aufgepasst. Ein Praktikum im Hotel war da recht nützlich, auch regional, nicht bloß international. Wenn die beiden spurten, würde der Papa irgendwann übergeben. Zuerst das Hotel, dann, wenn es ihm einmal zu viel wurde, auch das Stammhaus. Aber zuvor musste Kompetenz bewiesen werden.

Und wenn die Mutter sich mit einem Kuckucksei am ganzen Clan gerächt hätte? Schweigen konnte sie, sie war sogar bekannt für ihre Verschwiegenheit. Aber warum hatte sie nie, selbst später nie, auch nur eine Andeutung gemacht? Um Julianes Erbe nicht zu gefährden, auf das auch sie angewiesen war? Oder war das untergejubelte Foto von Mücki die Andeutung gewesen, die sie, Juliane, bloß nie begriffen hatte? Mit einem Wort, selber schuld, wenn die Mutter das Geheimnis mit in den Tod nimmt?

Sie nahm das Foto der Kleinen wieder in die Hand und löste das Hintergrundpapier ab. Der Klebstoff war nach all den Jahren erschlafft und hielt nicht mehr. Sie hatte einen letzten kleinen Hoffnungsschimmer gehabt, auf der

Rückseite irgendetwas zu finden, was zumindest über den Fotografen Aufschluss gab. Aber da war nichts, bloß jungfräuliches Weiß. Juliane hatte das Gefühl, durch diese Aufnahmen in eine Falle getappt zu sein, der sie nie mehr entrinnen würde.

Die Mutter hätte doch wenigstens auf dem Totenbett etwas sagen können. Aber da ging es um anderes, um ihr eigenes vergeudetes Leben, wie sie sagte, und darum, dass sie nicht, wie ihre Tochter, werden hatte können, was sie sein hätte wollen. Archäologin, hatte sie einmal vor langer Zeit angedeutet (in Wirklichkeit hatte sie Altertumsforscherin gesagt). Aber die familiären Verhältnisse, der Krieg, die Nachkriegszeit, ihre beiden Männer, ihre beiden Kinder … Nichts davon ein echter Glückstreffer.

Was wusste Juliane schon von ihrem Vater? Dass er ein Charmeur war, wie die Omama es nannte, und ein Teetrinker, der es nicht ertrug, wenn vor ihm jemand seine Zeitung gelesen hatte? Die Mutter schwieg. Wenn sie schon über ihn sprach, dann in Form von Anekdoten, präzise verdichteten kleinen Erzählungen, die dem Humor des Vaters gewidmet waren, nicht seiner Person.

Und Pierre? Von ihm wusste Juliane nicht einmal den Nachnamen oder wo er geboren war. Beide erschienen als Traumfiguren, die gelegentlich ihre Phantasie anregten, aber in der Realität schlichtweg nicht vorkamen.

Alles längst verjährt, in die Vergangenheit entsorgt. Im Gegensatz zum Krieg, dem stets neue Recherchen und Zuschreibungen eine immer deutlichere Kontur verliehen, so erforscht und detailliert, dass es keinen Krieg mehr geben könnte, würde das Zusammengetragene auch nur irgendjemand wirklich ernst nehmen. Und die persönliche Erinnerung? Eindrucksvoll, das schon, gelegentlich, aber begrenzt, beschränkt, auf die eigene Person bezogen oder verdrängt, durch einen Filter gesehen, der das Unerträgliche zum Verschwinden bringen soll. Mit einem Wort, unzuverlässig.

* * *

Der Krieg war zu Ende, aber die Evakuierten blieben, zumindest die Frauen mit den Kindern. Die Männer, so sie nicht im Osten oder im Westen als Kriegsgefangene einsaßen oder zu krank waren, fuhren zurück in die Städte, um zu sehen, was die Bomben von ihren Häusern, Wohnungen, Geschäften übriggelassen hatten.

Die Kleine war während des Krieges geboren worden und hatte die ersten vier Jahre ihres Lebens in einem Staat verbracht, der mit der halben Welt im Krieg lag. Der Krieg war wie eine Art diffuser Übergriff, den die Bewohner des Dorfes für so gut wie alles verantwortlich machten, der aber für ein Kind in der Mitte des Landes, noch dazu in den Bergen, nicht wirklich greifbar war.

Die Mutter lebte noch immer zurückgezogen im Wohnhaus. Sie im ersten Stock, d'Anna und Xaver im Erdgeschoss. Im Seitentrakt kamen und gingen Menschen, die noch nicht wussten, wo sie hinsollten oder -wollten.

Im Hotel gab es keine Rumänen oder Ungarn mehr, dafür amerikanische Besatzungssoldaten. Die Kleine bekam zum ersten Mal in ihrem Leben Kaugummi in den Mund gesteckt. Sie sah, wie die jungen Männer in der Hotelküche mit den Suppentassen Ziel warfen, und lachte, wenn diese am Boden zerschellten.

Die Amerikaner hatten ebenfalls Pferde, aber sie fütterten und bewegten sie täglich, anstatt sie zu erschießen. Die Kleine bettelte so lange darum, sie reiten zu lassen, bis einer der Soldaten sie zu einem anderen aufs Pferd hob, der dann mit ihr eine Weile am Seeufer im Trab entlanggeritten war.

Sie hatte das um sein Leben galoppierende Pferd nicht vergessen, aber diese Pferde hatten keine Angst, und sie mochte Pferde, einfach so, und würde sie später einmal noch viel mehr mögen.

Die Soldaten nahmen sie auch im Jeep mit, wenn sie ihre Rennrunden ums Hotel zogen, und sie lachten, wenn sie lachte, und sie lachte, wenn die Soldaten lachten.

Die Mutter hatte der Kleinen zwar verboten, zu den Soldaten ins Hotel hinüberzugehen, aber ihre Neugier war zu groß, und natürlich ging sie zu den Soldaten ins Hotel hinüber, denen offensichtlich zeitlang war. Auch hatte die Mutter anderes zu tun, wie sich bald herausstellen sollte, als ständig hinter ihr herzulaufen.

Einmal ging sie mit zwei Soldaten sogar in deren Zimmer hinauf, sah sich darin um und fragte, warum im Waschbecken Wasser stehe, warum man denn den Stöpsel nicht herausgezogen habe. Da meinte der eine (weiß Gott, in welcher Sprache sie sich unterhielten), man müsse das Wasser nur lange genug im Becken stehenlassen, dann wüchsen Fische darin.

Einfach so?

Einfach so, sagte der Soldat mit ernstem Gesicht. Sie war dermaßen fasziniert, dass sie an nichts anderes mehr denken konnte.

Sie stellte eine letzte zweifelnde Frage: Und warum sind dann keine Fische im Becken?

Weil das Wasser noch nicht lange genug drin steht, beteuerten beide Soldaten.

Die Kleine ging zurück ins Wohnhaus und versuchte bei sämtlichen Waschbecken, das Wasser stehenzulassen, bis Fische darin schwammen. Ohne Erfolg. Immer gab es jemanden, der sich die Hände oder seine Wäsche waschen wollte, und die zornigen Tränen der Kleinen wurden zu vergeblichen und schließlich zu traurigen, bis sie von etwas anderem fasziniert war und die Fische kurzfristig vergaß.

* * *

Ein Foto aus dem Jahr 1941, dem Juliane nie viel Beachtung geschenkt hatte, fiel ihr aus einem Buch entgegen. Es war die Lebensgeschichte eines der regionalen Freiheitskämpfer, der 1945 mit dem Fallschirm aus einem Flugzeug der Alliierten in der Gegend abgesprungen war, und enthielt auch eine sehr persönliche, handgeschriebene Widmung an die Mutter, die das Foto wahrscheinlich als Lesezeichen benutzt hatte.

Sie konnte sich aus späteren Jahren gut an die Frau an der Seite der Mutter erinnern. Beide saßen auf dem Balkon des Wohnhauses und präsentierten lachend die Kleine, eine jede eines ihrer Ärmchen haltend. Die Mutter hatte die Frau einmal als ihre beste Freundin bezeichnet, und als Juliane mehr darüber wissen wollte, erzählte sie nach längerem Drängen, wie sie selbst im Herbst 1941 das erste Mal mit ihr, der Kleinen, alleine gewesen war. Die Kinderfrau hatte ihren freien Tag, und d'Anna war Schwammerln suchen gegangen.

Die Kinderfrau habe ihr genaue Anweisungen gegeben, wann und wie viel sie in das Fläschchen zu geben und wie sie es zu wärmen habe. Da sie, die Mutter, das zuvor noch nie gemacht habe, sei sie in Panik geraten. Einmal kam ihr das Fläschchen zu heiß und dann wieder zu kalt vor, während sie, die Kleine, immer lauter geschrien und auch noch die Windeln voll gehabt habe.

In der Verzweiflung habe sie Frieda angerufen, die bereits eine Tochter geboren hatte und bei ihrem Kind habe bleiben können, nicht wie sie, die eine zum Glück starke Saison zu bewältigen gehabt habe. Ohne ihren Mann und mit oft wechselndem Personal, da der Koch krank geworden war und eine der Kellnerinnen hochschwanger den Dienst quittieren habe müssen.

Frieda kam und half (sie hatte ihr Kind bei dessen Großmutter gelassen), wickelte, fütterte das Baby ihrer Freundin und schärfte ihr ein, sich nicht von der Kinderfrau tyrannisieren zu lassen.

Sie, die Mutter, habe ihr erzählt, dass sie vor lauter Kindergeschrei immer weniger zum Schlafen komme, aber die Kinderfrau ihr verboten habe (sie sei ausgebildete Säuglingsschwester und wisse, wie man ein Kind zu erziehen habe, nämlich von Geburt an), die Kleine zu sich ins Schlafzimmer oder gar in ihr Bett zu nehmen.

Oder wollen Sie den Säugling zu einem dieser Nervenbündel (Fratzen, sagte sie) machen, deren Launen die Eltern nicht mehr Herr werden? Außerdem stärkt Schreien die Lunge.

Typisch BDM, habe Frieda zu ihr gesagt. Dabei sei Frieda selbst Mitglied der NSDAP gewesen und habe sie 1938 einmal zu einem Heimatabend des Frauenbundes mitgenommen.

Und, hatte Juliane gefragt, wie wars?

Die Mutter verzog das Gesicht. Du glaubst es nicht,

dieselben Frauen, die sich im Jahr davor noch mit den jüdischen Gästen im Hotel vergnügten (auf den Schößen der Wiener Juden an der Bar gehockt sind, sagte sie), hatten mit einem Mal den Altar des Vaterlandes für sich entdeckt, auf dem sie ihre Männer und Söhne zum Wohle des deutschen Volkes opfern wollten. Mir hat richtig gegraust vor denen.

Und Frieda?

Frieda war Frieda, wir waren seit unserer Kindheit befreundet. Sie hat mich sogar gefragt, ob sie bei der Partei ein gutes Wort für mich einlegen solle, als wir, der Papa und ich, die Nachbarvilla kaufen wollten und wir sie nicht gekriegt haben, weil dein Vater für *politisch unzuverlässig* erklärt worden war und wegen der Schikanen, die das ausgelöst hat, lieber in den Krieg gegangen ist.

Und du?

Ich war schwanger mit dir, und als Schwangere konnte man sich einiges erlauben. Zur Frieda habe ich gesagt, ja nicht! Und zu denen auf dem Gemeindeamt, ich wüsste eh, warum der Papa (es war sein Geld) und ich die Villa nicht kaufen könnten. Sie, die Mutter, habe nämlich gesehen, was sie (die von der Gemeinde) aus der Villa schon alles hinausgetragen hätten.

Es sei ohnehin eine Schnapsidee gewesen, aber dein Vater war mit dem ehemaligen Besitzer Manuel Königstein befreundet, und der habe ihn gebeten, die Villa nach der Arisierung zu kaufen. Nach dem Krieg würden sie beide schon eine Lösung finden. Mein Gott, der arme Manuel. Der hat sich gar nicht vorstellen können, was da noch alles passieren würde.

Es war einer der längsten mit dem Krieg zusammenhängenden Kommentare, die Juliane je von der Mutter gehört hatte. Und dann fragte sie doch: Und du, bist du auch irgendwann beigetreten? Die Mutter schaute sie an, und in ihren Mundwinkeln zuckte es, als wolle sie nicht lachen, obwohl es zum Lachen war: Als sie zu mir gekommen sind, um mich zu fragen, ob ich nicht Mitglied der Partei werden wolle, habe ich längst gewusst, was ich sagen würde, wenn es so weit wäre.

Und was hast du gesagt?

Mein Mann ist euch nicht gut genug gewesen. Was wollt ihr dann noch von mir?

Von dem Balkon, auf dem sie und Frieda gesessen und die Kleine dem Fotografen (wem?) präsentiert hatten, führte eine Außentreppe auf ein kleines Podest hinunter, von dem, um 90° versetzt, zwei weitere Stufen direkt im Kiesweg mündeten. Die Kleine war im Laufe ihrer frühen Jahre oft genug *Kopf über Loch* (sprichwörtlich zusammengefasst) hinuntergestolpert, -gepoltert, -geflogen und blutend oder mit einer Beule auf dem Podest gelandet, als hätte man es eigens als Auffangsstufe für sie der Außentreppe hinzugefügt.

Und ebendieser Balkon war es, der auch als Schauplatz für eine spätere, ganz andere Frieda-Geschichte hatte herhalten müssen. Eine Geschichte, die noch immer, wenn auch in immer längeren Abständen, in ihren Träumen aufblitzte und je tiefer in die Dunkelheit versetzt, umso gewalttätiger wurde, gewalttätiger, als Juliane sie in Erinnerung hatte, bis sie schweißnass aufwachte und sich nur damit beruhigen konnte, dass sie es gewesen war, die geschrien hatte. So laut, dass man es auch unten auf dem Podest deutlich hatte hören können.

Es war in der kurzen Zeitspanne, in der die Mutter

allein in der Wohnung im ersten Stock wohnte und das Hotel zwar nicht mehr besetzt (die Besatzungssoldaten waren in ein andres Quartier eingewiesen worden), aber auch noch nicht an sie zurückgegeben worden war.

Sie hatte die Kleine gebadet, abgetrocknet und ihr gerade das Nachthemd angezogen, als Frieda mit ihrem damaligen Freund, einem Dolmetscher, der nicht der Vater ihres Kindes war, zu Besuch kam.

Nach einer Weile hörten sie laute Männerstimmen, von denen eine ziemlich bedrohlich klang. Die Mutter glaubte in der weniger lauten Xavers Stimme zu erkennen. Also ging sie auf den Balkon hinaus, um zu sehen, was da vor sich ging.

Sie sah Xaver, wie er mit seinen abgefrorenen Zehen offenbar aus dem Hotel gehumpelt kam und immer wieder schrie, dass er nichts getan habe (I han nix tan!), während hinter ihm ein amerikanischer Soldat im Majorsrang (wie die Mutter später erfahren sollte), mit offener Uniformjacke und schlenkernder Gürtelschnalle, fluchend hinter ihm herschwankte.

Die Mutter wollte beschwichtigen und stieg die Treppe hinunter. Inzwischen waren auch die Kleine, Frieda und der Dolmetscher auf dem Balkon.

Als der Major die Mutter erblickte, kam er torkelnd auf sie zugelaufen (Xaver war da schon in der unteren Wohnung verschwunden), und als die Mutter auf ihn einzureden begann, fluchte er aufs Neue. Doch dann geschah etwas, womit niemand gerechnet hatte. Er packte mit der linken Hand die Mutter an der Schulter und schüttelte sie, während er mit der rechten nach seiner Pistole suchte, die korrekt an einem Waffengurt hing, der ihm offenbar wichtiger gewesen war als der Gürtel, der seine Hose halten sollte.

Friedas Freund, der Dolmetscher, begann vom Balkon aus, auf Englisch mit dem Major zu sprechen, der ihn jedoch nicht einmal eines Blickes würdigte.

Zu Frieda sagte der Dolmetscher leise: Stockbesoffen, der Kerl! Man kann nie wissen, was dem noch einfällt.

Geh runter, sagte mit einem Mal die Kleine zu ihm, geh, bitte, runter und hilf der Mama! Oder hatte Juliane sich das bloß eingebildet?

Der Major schüttelte die Mutter immer heftiger, die wieder etwas zu ihm sagte, was ihn nur noch mehr aufzubringen schien.

Die Kleine sah, was sie sah, und die Angst der Mutter kroch die Treppe herauf, geradewegs in sie hinein, so dass sie zu zappeln begann. Und dann schrie sie. Sie schrie so laut, dass Frieda erschrak und den Dolmetscher am Arm packte, um ihn dazu zu bewegen, die Treppe hinunterzusteigen. Aber er ging nicht.

Die Kleine schrie und schrie, nicht Mutti, dieses Wort war ihr immer peinlich gewesen, sie schrie Mama, wie ihre Onkel und Tanten die Omama nannten. Mama, Mama!

Und dieses Wort hüpfte ebenfalls *Kopf über Loch* die Treppe hinunter, geradewegs auf den Major zu. Mama, Mama, Mama! Und es lähmte den Major für einen Augenblick. Er hatte inzwischen seine Pistole gefunden und sie in die Luft gestreckt, verhielt eine Weile so, hob dann den Blick zu dem Kind, das ihn jetzt, Mama flüsternd, anstarrte, hob die Pistole noch höher und schoss in die Luft. Alle erstarrten wie Dornröschen mit seinem Gesinde nach dem Stich mit der Spindel. Sogar die Kleine hatte zu flüstern und zu zappeln aufgehört.

Der Major holte die Pistole wieder auf Höhe seines Mundes herunter, blies in Richtung Mündung, als wolle er den Schmauch wegwehen, lachte heiser, gab der Mutter einen Klaps auf den Hintern, blickte noch einmal zu dem Kind hinauf, winkte ihm mit der Pistole und taumelte zurück zum Hotel.

Anderntags, als die Mutter zum Postenkommandanten wollte, wo auch das Militärkommando untergebracht war, um Anzeige zu erstatten, sah sie den Major in der Amtsstube sitzen. Es war zu spät, umzukehren.

Er empfing sie äußerst höflich, fragte, was sie vorzubringen habe. Offensichtlich war er so betrunken gewesen, dass er keine Erinnerung an den Vorfall hatte.

Die Mutter gab zu Protokoll, dass sie von einem Angehörigen der amerikanischen Besatzungsmacht belästigt und in großen Schrecken versetzt worden war, noch dazu vor den Augen ihres Kindes, das so laut geschrien habe, dass sie noch immer die Ohren davon voll habe.

Als der zugezogene Dolmetscher (nicht Friedas Freund) die Sache mit dem Kind übersetzte, schien der Schimmer einer Erinnerung über das Gesicht des Majors zu gleiten, und Sekunden später stieg ihm, ebenfalls nur für Sekunden, eine leichte Röte auf. Aber seine Stimme hatte er weiter im Griff. Er notierte Ort und Zeit und versprach, der Sache nachzugehen.

Wie die Mutter dann von Xaver erfuhr, hatte er den Major beim Beischlaf (in Wirklichkeit sagte er: beim Budern) mit einer Frau, die er nicht kannte, wahrscheinlich einer Evakuierten, gestört, nicht ahnend, dass sich da einer von den Amerikanern wieder Zutritt verschafft hatte. Er selbst habe nur kontrollieren wollen, ob die Betten alle abgezogen und die Matratzen zum Lüften aufgestellt worden waren.

* * *

Bereits im Sommer 1945 wurde das Hotel wieder als Hotel eröffnet, obgleich es durch die verschiedenen Besetzungen und Besatzungen (die Amerikaner waren ein zweites Mal, wenn auch nicht für lange, eingezogen) Schaden genommen hatte, aber an Schäden hatten sich die Menschen mittlerweile gewöhnt.

Die meisten der ankommenden Sommergäste hofften, zumindest im Hotel für ihr Geld ordentliches Essen vorgesetzt zu bekommen, ob die Teller einen Sprung oder die Tapeten in den Zimmern einen Riss hatten, war nicht von Belang. Und die wenigen, die sich alles hätten leisten können, sogar im Ausland, kamen aus nostalgischen Gründen wieder zur Sommerfrische an den See. Sie hatten längst vom Waffen- auf den Schleichhandel umgestellt. Und die halbwegs Wohlhabenden unter den Evakuierten waren ebenfalls erpicht darauf, sich nicht für jedes kleine Stückchen Fleisch mit den Lebensmittelmarken in der Hand anstellen zu müssen, sondern für ihr gutes Geld auch gutes Fleisch vorgesetzt zu bekommen.

Es war wieder Personal im Haus, Menschen, die aus verschiedenen Ländern vom Krieg angeschwemmt worden waren, als Flüchtlinge, Heimatvertriebene, Arbeitssuchende, politisch Verfolgte, und nicht wussten, in welche Richtung sie weiterziehen sollten, wenn ihnen eine Rückkehr ins jeweilige Heimatland nicht möglich schien oder sie an einer solchen gar nicht interessiert waren.

Die Mutter verbrachte die meiste Zeit im Hotel drüben und saß, wie die Omama auch noch nach dem Verlust ihres vierten Sohns, an der Küchenkassa, spießte die Bons mit den Bestellungen auf die Nägel des dafür vorgesehenen Bretts und gab die Bestellungen an die Küche weiter.

Die Mutter kam nur am Nachmittag zwischen den Mahlzeiten für ein, zwei Stunden in die Wohnung herüber, wovon sie eine für den Mittagsschlaf brauchte, und dann erst spät am Abend, aber da schlief die Kleine schon. Die hatte eine Zeitlang gar nicht bemerkt, dass da meist jemand mit hinauf ins Schlafzimmer kam. Auch Traude war wieder im Haus, und die Kleine verbrachte viel Zeit damit, ihr zu entwischen, entweder zu Xaver in den Garten oder zu Anna in die Küche.

Natürlich kannte die Kleine Alwin. Sie hatte ihn im Hotel öfter gesehen, und er hatte sie immer angesprochen. Und doch hatte sie ihn nicht wirklich wahrgenommen und wenn, dann nicht als zur Mutter gehörig.

Als die Kleine zum ersten Mal mit der Mutter und mit *Onkel* Alwin, wie sie ihn neuerdings nennen sollte, am Nachmittag mit dem Boot gefahren war, hopste sie bei der Rückkehr ins Bootshaus so lange herum, bis sie ins Wasser fiel. Zum Glück war es an dieser Stelle nicht mehr sehr tief (sie waren schon beinah in der Bootshütte drinnen), so dass es für *Onkel* Alwin gar nicht so schwer war, sie herauszufischen, ohne dass er selbst ins Wasser springen musste.

Die Mutter, die so nahe am See lebte, scheute in Wirklichkeit das Wasser und hatte fürchterlich geschrien, als sie die Kleine ins Wasser fallen sah. Als diese dann triefnass wieder im Boot saß, redete die Mutter nur mehr davon, dass sie demnächst schwimmen lernen müsse.

Nicht von ungefähr sei sie im Sternzeichen Krebs geboren, einem Wasserzeichen, und so sei sie eben auch ein Wasserkind.

Onkel Alwin machte sich erbötig, mit ihr zum Schwimmenlernen ins Strandbad zu gehen, nämlich zum Schwimmlehrer Brandl, der schon unzähligen Kindern das Schwimmen beigebracht habe.

Die Kleine hatte zu ihrem vierten Geburtstag einen Badeanzug geschenkt bekommen, dazu noch ein Badetuch, an dessen einer Ecke ein Segelboot eingestickt war. Es stammte aus der Zeit, als die Mutter mit dem Vater der Kleinen noch gesegelt war, selten genug, denn der See war zu klein für einen richtigen Segelwind und zu sehr von Bergen verbarrikadiert. Außerdem gehörte das Segelboot einem der noch lebenden Brüder des Vaters, nämlich Onkel Heini, mit dem der Opapa sie gleich nach dem Tod des Vaters verheiraten wollte, damit der Besitz in der Familie bliebe. Und da sie nein gesagt hatte, brauchte die Mutter das Badetuch mit dem eingestickten Segelboot nicht mehr. Wohingegen die Kleine es nicht bloß zum Abtrocknen, sondern auch zum Draufliegen oder zum Sich-drin-Einwickeln brauchen konnte. Und da die Sonne im Strandbad immer so grell schien, bekam sie dazu noch eine Sonnenbrille, die von einer englischen Familie mit mehreren Kindern im Hotel zurückgelassen worden war.

* * *

Der Schwimmlehrer war ein muskulöser, ansonsten schlanker Mann mit bronzierter Haut und Stoppelglatze, der eine Badehose trug, die nur sein Geschlechtsteil (wie Juliane dazu sagen würde) bedeckte, während der andere

Teil zwischen seinen Arschbacken (wie *Onkel* Alwin sagte) verschwand. Er saß auf einem Steg, der das seichtere vom tieferen Wasser trennte, und hielt seinen rechten Fuß ins Wasser.

Steck den Kopf rein und schwimm!, sagte er zu der Kleinen. Geht ganz einfach. Ich zeigs dir. Er machte dem Kind die Tempi mit Armen und Beinen vor: Geschnallt?

Die Kleine nickte.

Und jetzt steck endlich den Kopf rein und schwimm! Schwimm meinen Zehen nach!

Sie steckte den Kopf ins Wasser (in ihren Gedanken sang eine Stimme: *Ins Wasser rein, ins Wasser rein!*) und versuchte die Tempi nachzumachen, die der Schwimmlehrer ihr gezeigt hatte, konnte aber seine Zehen nicht finden. Als ihr die Luft ausgegangen war, streckte sie prustend den Kopf aus dem Wasser und rief: Deine Zehen waren weg. Ich hab sie nirgendwo sehen können.

Der Schwimmlehrer holte seinen Fuß aus dem Wasser, beäugte seine Zehen und sagte: Meine Zehen sind da, wie du siehst. Und zuvor waren sie im Wasser, damit du dich an ihnen hättest festhalten können.

Die Kleine schüttelte die nassen Haare, wie Jogl es mit seinem Pelz machte, wenn er aus dem Wasser kam.

Der Schwimmlehrer sah die Kleine an und dachte nach: Könnte es sein, dass du die Augen zugemacht und meine Zehen deswegen nicht gesehen hast?

Die Kleine schaute den Schwimmlehrer an und dachte ebenfalls nach: Ich hab die Augen zugemacht, damit kein Wasser hineinkommt.

Siehst du, da liegt die Sonne auf dem Eis. Weißt du denn nicht, dass die Augen immer im Wasser sind? Was glaubst du, wo die Tränen herkommen? Direkt aus den Augen.

Das ist das Wasser, das in dir drin ist. Deine Augen stehen immer unter Wasser, sie sind von Haus aus nass. Du kannst sie also ruhig offen lassen unter Wasser.

Und wenn mir ein Fisch entgegenkommt?

Der Schwimmlehrer dachte wieder nach: Dann winkst du ihm!

Wenn er mich aber fressen will?

Dann vergiss nicht, dass du größer bist als er. Wenn schon vom Fressen die Rede ist, dann bist eher du es, die den Fisch frisst.

Die Kleine musste plötzlich laut und anhaltend lachen, und als sie wieder sprechen konnte, sagte sie: Ich mag ihn aber gebraten und nicht roh.

Da der Schwimmlehrer kein Taschentuch einstecken hatte, wandte er sich kurz dem tieferen Wasser zu und blies den Rotz aus seiner Nase.

Sehr vernünftig, sagte er dann. Jetzt gönn deinen Augen ein bisschen mehr Wasser, bevor sie bei der Hitze noch austrocknen. Und merk dir, *Mund zu, Augen auf!*

Auf dem Nachhauseweg erzählte die Kleine Onkel Alwin, dass sie unter Wasser einem Fisch begegnet sei, ihn aber nicht gefressen habe, obwohl er so viel kleiner war als sie. Und weißt du warum? Sie musste wieder laut und anhaltend lachen, so dass einiges von dem Wasser, das sie trotz *Mund zu, Augen auf* geschluckt hatte, wieder aus ihrem Mund herauskam.

Klar, sagte *Onkel* Alwin, weil es keine Petersilkartoffeln dazu gab.

* * *

Es gab aus dieser Zeit so gut wie keine Fotos, an denen Juliane sich hätte orientieren können, und wenn, dann nur solche, die sie zwar irgendwann gesehen, die die Mutter ihr jedoch nicht überlassen hatte. Mittlerweile war da immer mehr, woran sie sich auch ohne Fotos erinnern konnte. Zum Beispiel an die Sache mit dem Geißlein, das mit einem Mal vom Stall auf die Wiese gesprungen war. Die Kleine konnte gar nicht anders, als mit dem Geißlein um die Wette zu springen. Einmal rannte die Kleine dem Geißlein nach und einmal das Geißlein der Kleinen.

Dem Geißlein hingen zwei winzige fellbedeckte Klöppel vom Kinn, und darunter trug es ein Halsband mit Glöckchen, das die Kleine ihm jedoch abnahm, als sie beide sich am Abend vor Xaver hinter dem vom Sturm ausgerissenen Wurzelstock einer alten Fichte versteckten. Der mächtige Strunk lag immer noch dort, wo er verwurzelt gewesen war, nämlich in der Nähe des Komposthaufens in der hintersten Ecke des Gartens (der sich auf dem dritten, nicht zu den beiden Parkvierteln gehörenden Viertel befand). Und manchmal wuchsen sogar Leberblümchen oder Walderdbeeren auf der vermoosten Rinde des Baumstumpfs.

Xaver fand das Geißlein auch ohne Glöckchen und wollte es über Nacht in den Stall sperren.

Die Kleine wusste, dass das Geißlein, sobald es allein gelassen wurde, verzweifelt zu jammern anfangen würde. So war es auch bei den beiden kleinen Katzen gewesen, die zwei Nächte hindurch miaut hatten, nachdem sie von ihrer Mutter getrennt worden waren.

Aber Xaver kannte kein Erbarmen. Es ist nicht allein im Stall, sagte er, ich sperr es zu den Hasen.

Sie weinte und wollte ebenfalls im Stall schlafen, und das Geißlein määähte und wollte mit der Kleinen ins

Haus. Aussichtslos. Als sie bereits auf der Außentreppe stand und Xaver wieder einmal drohte, ihr den Hintern auszuhauen, wenn sie nicht aufhöre zu heulen, schrie sie schluchzend: Ich hass dich lieb, du blöder Xaver!

Xaver, der glaubte, sich verhört zu haben, sagte: Ist schon gut! Aber die kleine Geiß muss in den Stall.

* * *

Am nächsten Tag war die Hochzeit von Mutter und Onkel Alwin. Die Mutter sagte noch vor Standesamt und Kirche, die Kleine solle von nun an *Vati* zu Onkel Alwin sagen, aber sie weigerte sich.

Lass nur, sagte Onkel Alwin. Das kommt schon von allein.

Alle waren dabei, sich an- und umzuziehen oder auf die Uhr zu schauen, damit sie ja nicht zu spät ins Gemeindehaus, in dem auch das Standesamt untergebracht war, kämen.

Als die Kleine nach dem Geißlein fragte, sagte d'Anna, es würde noch schlafen, die viele Springerei hätte es furchtbar müde gemacht.

Juliane konnte sich nicht an die Hochzeitszeremonie erinnern und bezweifelte, dass sie und die anderen Kinder überhaupt dabei gewesen waren. Wahrscheinlich hatte Tante Hanna ihre Kinder einfach im Wohnhaus abgegeben. Wofür denn sonst habe man eine Traude im Haus als zum Kinderschauen.

Der Cousin und die beiden Cousinen wollten unbedingt die kleinen Katzen sehen, mit denen sie beim letzten Mal gespielt hatten. Aber die kleinen Katzen waren inzwischen größer geworden und hatten keine Lust mehr, sich Puppenkleider überziehen zu lassen. Schon beim letzten Mal waren sie so schnell wie möglich mitsamt den Puppenkleidern im wilden Wein verschwunden, der sich an der Fassade des Wohnhauses immer weiter nach oben rankte. Und genau dort oben hatte die Kleine sie vor kurzem wieder entdeckt, nachdem der Herbst die Blätter sich zuerst rot färben, dann bräunlich verhutzeln hatte lassen und der Wind sie schließlich davontrug.

Auf den rauen kahlen Stämmen und deren Verästelungen an der Südseite konnte man die vom Regen ausgewaschenen und von der Sonne gebleichten Puppenkleider hängen sehen. Viel zu hoch oben, als dass sie sie von dort herunterholen hätten können.

Und deine Puppe, fragte die um ein Jahr jüngere Cousine Moni, können wir nicht mit deiner Puppe spielen?

Die ist ganz und gar nackig, sagte die Kleine, seit ihre Kleider da oben im wilden Wein hängen.

Ich will Puppe spielen, sagte die um zwei Jahre jüngere Cousine Bigi.

Komm schom, hol sie, sagte Moni, die immer *schom* statt schon sagte.

Die Kleine dachte nach. Sie hatte länger nicht mehr mit der Puppe gespielt, hatte überhaupt so gut wie nie mit der Puppe gespielt. Es war eine schöne Puppe mit echten Haaren, aber sie hatte sich lieber mit den beiden Katzen unterhalten (das heißt es gab nur noch eine, die Tigsi hieß, die andere war seit einer Woche verschwunden) oder im Frühjahr mit den Kaulquappen, die, o Wunder!, in einer Pfütze, die das Hochwasser zurückgelassen hatte, von einem Tag auf den anderen zu kleinen Fröschen und Kröten geworden waren. Sie war ewig davor hocken geblieben, um zuzuschauen, wie die Winzlinge um die Wette sprangen und sprangen und sprangen, bis keiner von ihnen mehr in der Pfütze saß.

Wo war die Puppe überhaupt? Sie ging zur Treppe und sagte, dass die Puppe wahrscheinlich oben sei, in ihrem Zimmer.

Komm *schom*, hol sie.

Sollen wir auch raufkommen, fragte Robi, und deinen Teddy holen?

Sie erschrak: Auf keinen Fall, der Teddy ist krank.

Wie krank?, fragte Bigi.

Hat sich den Fuß gebrochen. Ihr könnt nicht raufkommen. Auch die Traude will nicht, dass ihr alle raufkommt.

Warum nicht?

Die Kleine dachte nach: Weil ihr das letzte Mal die Tapete angemalt habt und das Tischtuch auch.

Haben wir nicht.

Aber die Traude glaubt es.

Blöde Kuh, sagte Robi. Muh, muh, muh, machte Moni. Böde Guh, schrie Bigi.

Sie stieg die Treppe hinauf: Bin eh gleich wieder da.

Die Kleine hatte der Puppe eine alte Windel umgebunden, und als Moni sie ihr wegnahm, fing auch Bigi an den goldblonden Haaren der Puppe zu ziehen an.

Weißt du, was in ihrem Kopf drinnen ist?, fragte Robi, als die Puppe *Maman* sagte.

Weiß ich nicht. Sie hatte sich nie besonders für die Puppe interessiert, obwohl Pierre ihr wahrscheinlich auch die Puppe mitgebracht hatte.

Sollen wir nachschauen?

In diesem Augenblick hatte Bigi, die nicht aufgehört

hatte zu ziehen, die Perücke in der Hand, während Moni die Puppe noch immer umklammert hielt.

Lass mich schauen, sagte Robi und nahm Moni die Puppe weg, die sie ihm partout nicht geben wollte. Aber Robi war der Stärkere.

Lass mich auch schauen, sagte Juli.

Ihr Kopf schlug mit dem von Robi zusammen, als sie sich beide über den Kopf der Puppe beugten.

Nix, sagte Robi bedauernd. Gar nix, meinte sie, ebenfalls bedauernd.

Inzwischen balgten sich die beiden Kleinen um die Perücke.

Und warum kann sie dann *Maman* sagen, fragte Robi.

Das kommt aus ihrem Bauch, erwiderte sie. Du musst auf ihren Bauch drücken.

Robi drückte, und die Puppe sagte *Maman*.

Sollen wir nachschauen?

Sie zuckte die Achseln. Wenn die Traude das sieht, krieg ichs.

Robi drückte noch ein paarmal, aber mehr als *Maman* war aus der Puppe nicht rauszuholen.

Die Puppe schaute jetzt wirklich hässlich aus, so nackig und ohne Haare.

Weißt du was, sagte sie, ich mach ihr schnell rote Haare. Sie begann die verbliebenen, glühend roten Blätter des wilden Weins einzusammeln, während Robi die Puppe weiter untersuchte. Und sie fand noch genügend davon, um den Kopf der Puppe damit vollzustopfen. Schaut doch gut aus mit den roten Haaren.

Robi nickte, und die beiden Kleinen schauten von ihrem Gerangel auf.

Aber die da sind schöner, meinte Moni und schwenkte

das, was von der Perücke noch übrig war, wie eine Trophäe.

Die is noch söner, lispelte Bigi und drückte ihren Anteil von der Perücke zu einer Kugel zusammen, was Moni dermaßen erboste, dass sie sofort anfingen, sich gegenseitig an den Haaren zu ziehen.

Hat nicht einmal ein richtiges Putti, sagte Robi, der die Beine der Puppe auseinandergespreizt hatte, nachdenklich.

Woher weißt du, dass es Putti heißt? Sie war empört, hatte ihr doch die Mutter erklärt, dass Putti ein geheimes Wort sei, das bloß sie und vielleicht noch die Traude kennen würde.

Weil es so heißt, meinte Robi sachlich, noch immer mit seinen Untersuchungen beschäftigt.

Dann fragte er plötzlich: Hast du auch kein Putti?

Die Kleine war hin und her gerissen. Aber nachdem Robi das Wort kannte, war das Geheimnis ohnehin kein Geheimnis mehr: Klar hab ich ein Putti.

Zeigst dus mir?

Sie überlegte: Und was hast du?

Ich hab ein Pipi, und wenn du mir dein Putti zeigst, zeig ich dir mein Pipi.

Sie musste laut und anhaltend lachen. Dann rief sie mehrmals hintereinander, *pi, Pipi, pi,* wie d'Anna es machte, wenn sie die Hühner zusammenrief und ihnen Körner hinstreute.

Robi war ein Fuchs und wusste auf alles etwas: Lach nur, aber mein Pipi kann auch pecken.

Sie verschluckte sich beinah. Richtig pecken?, fragte sie voller Zweifel.

(Zur Aufklärung: Pecken ist mit viel mehr Kraft verbunden als picken, was dem Duden bei seiner Gleichsetzung der beiden Begriffe nicht ganz klar gewesen sein dürfte.)

Ich zeigs dir halt, wirst schon sehen.

Aber nicht da. Wenn die Traude runterkommt …

Wo dann?

Hinterm Baumstumpf.

Der, den der Wind ausgerissen hat?

Sie nickte.

Die Kleinen heulten inzwischen alle beide und gingen zur Hotelküche, auf der Suche nach ihrer Mutter.

Als Robi und sie beim Baumstumpf angekommen waren, fiel es der Kleinen wieder ein: Wir haben ein Geißlein, das musst du dir anschauen. In der Früh hat es noch geschlafen, aber jetzt ist es sicher schon aufgewacht. Komm, wir gehen zum Stall! Es ist das lustigste Geißlein auf der Welt. Wir können mit ihm Abfangen spielen.

Vor der Stalltür begegneten sie Xaver. Sie erklärte ihm, dass sie gekommen wären, um mit dem Geißlein zu spielen. Lässt du es heraus?

Er schien überrascht, als wisse er nicht, was er sagen sollte. Doch dann meinte er ziemlich unwirsch: Die kleine Geiß ist nicht mehr da.

Warum denn nicht?

Xaver zuckte die Achseln. Entweder hat sie der Wolf gefressen, oder sie ist zu ihrer Mutter nach Hause gerannt.

Aber warum? Wir haben doch so schön gespielt.

Würdest du auch tun, wenn dich jemand einfach mitgenommen hat. Da würdest du doch auch zurück zu deiner Mutter rennen.

In diesem Augenblick war sie sich gar nicht sicher, ob sie zu ihrer Mutter nach Hause laufen würde. Schon gar nicht, wenn sie mit jemandem so viel spielen konnte.

Wir gehen es suchen, sagte Robi. Vielleicht hat es dich gesucht und geistert jetzt im Park herum.

Bleibt in der Nähe, brummte Xaver. Die kommen bald aus der Kirche, und dann gibts was Ordentliches zu essen, mit viel Schlagobers. D'Anna kocht schon den ganzen Vormittag zusammen mit ihrer Schwester.

Um diese Jahreszeit war das Hotel bereits geschlossen und würde erst zu Pfingsten nächsten Jahres wieder geöffnet sein. Damals gab es noch keine Wintersaison in der Gegend. Daher war auch kein Koch und kein Küchenpersonal mehr im Hotel.

Annas Schwester war eine gefragte Köchin, die noch bessere Pogatschen backen konnte als d'Anna. Auch sie war einem Mann hierhergefolgt und sprang nicht bloß während der Saison, wann und wo immer sie gebraucht wurde, ein.

Robi und die Kleine suchten das ganze Areal ab, doch als sie gerade in den lebenden Zaun hineingekrochen waren, um auch da nachzuschauen, sahen sie die Hochzeiter mit ihren Gästen von der Kirche kommen.

Sie schüttelten die Blätter und kleinen Zweige aus ihrem Gewand und liefen hungrig, wie sie mittlerweile waren, auf die Hotelküche zu.

Wie schaut ihr beide denn aus? Hat euch die Traude nicht gesagt, dass ihr auf eure Sachen aufpassen sollt, zumindest bis zum Festessen?! Die Mutter klang mehr als spitz und redete immer von *euch beiden*, weil sie überzeugt war, dass Robi die Kleine dazu angestiftet hatte, mit ihm durch den lebenden Zaun zu kriechen.

Wir haben das Geißlein gesucht.

Die Erwachsenen zogen komische Gesichter und schauten einander an.

Dann sagten alle dasselbe: Das wird der Wolf gefressen haben. Oder es ist nach Hause zu seiner Mutti gelaufen.

Die Kleine fing zu weinen an und grub dabei mit dem Schuh ein Loch in den Kies.

Was für ein Wolf?, fragte sie verbohrt. Ihr habt immer gesagt, hier gibt es keinen Wolf.

Na ja, meinte Robis Mutter, eigentlich nicht, aber manchmal verirrt sich halt einer vom anderen See her. Wo sind übrigens Moni und Bigi?

Wahrscheinlich in der Küche, sagte Robi.

Was heißt wahrscheinlich? Tante Hanna klang jetzt genauso spitz wie die Mutter: Hab ich dich nicht gebeten, auf sie aufzupassen?

Robi, der Schlaumeier, der mit seinem Fünf-Monate-älter-Sein längst bemerkt hatte, dass sich etwas zusammenbraute, sagte ebenfalls: Vielleicht hat der Wolf auch sie gefressen. Dabei lächelte er ein wenig schief, denn er sah die Ohrfeige kommen und duckte sich hinter der Kleinen, die zwar nicht die ganze, aber einen Teil davon abbekam.

Die Kleine war so baff (sie hatte noch nie eine Ohrfeige bekommen), dass sie nicht einmal schrie.

Die Mutter stürzte auf sie zu, hob sie hoch und fauchte die Schwägerin an: Mein Kind schlägt niemand, verstanden!

Paps, wie die Kleine ihn später kompromissweise nennen würde, übrigens der Jüngste in der Gruppe der Erwachsenen, sprach ein Machtwort: Lasst doch die Kinder in Ruh!

Die sollen sich waschen gehen und zum Essen kommen. Aber dalli! Heiraten macht hungrig! Die Freunde lachten erleichtert.

Robi hatte sich bereits in Richtung Klo davongemacht, und die Kleine lief Traude in die Arme, die sie schon überall gesucht hatte. Sie weinte noch immer und wäre am liebsten zu der Anna gelaufen, um sich trösten zu lassen, aber d'Anna war in der Hotelküche, um den Befehlen ihrer Schwester zur Zufriedenheit aller nachzukommen.

Es war Abend, und Tante Hanna hatte ihre drei Kinder bereits in einem der leeren Hotelzimmer auf die Doppelbettmatratzen gelegt, eine Decke über sie gebreitet und ihnen gedroht, extra einen Wolf vom anderen See kommen zu lassen, wenn sie sich unterstünden, noch einmal aufzustehen und in die Gaststube, die nun *Juli-Bar* hieß, zu kommen.

Und du, Mama?, hatte Robi gefragt.

Ich bin als erwachsener Mensch zu einer Hochzeit eingeladen worden und habe die Verpflichtung, mit dem Brautpaar zu feiern.

Und warum dürfen wir nicht mitfeiern?

Tante Hanna war noch schlauer als ihr Sohn: Weil heiraten kein Kinderspiel ist.

* * *

Juliane besaß kein Foto von dieser Hochzeit. Was sie aber in einem der Kartons gefunden hatte, war ein späteres Foto von Paps, ein um Jahre späteres, aus der Zeit, als die Mutter ihm, nachdem die Schäferhündin Holle krankheitshalber erschossen werden musste, eine zehnwöchige getigerte Dogge zum Geburtstag geschenkt hatte. Ihre Ohren waren bereits kupiert und mit Heftpflaster zusammengeklebt, damit der Rest der Ohren spitz nach oben stand, wie bei einem Eichhörnchen, bloß ohne Haarbüschel.

Auf dem Foto war Paps neben der Welpin zu sehen, wie er auf einem Bein kniete und sich auf das andere, abgewinkelte stützte, während sie ihm dennoch schon bis zur Hüfte reichte. Hinter ihnen war der See zu sehen, darüber die Felswand, rechts davon der wiederkäuende Ochse.

Paps trug den ortsüblichen Hut, und wenn Juliane genau hinschaute, sah sie den Zweitagebart auf seinem ebenmäßigen Gesicht. Ein gut aussehender Mann, das musste man ihm lassen, ein mehr als gut aussehender Mann. Der Alkohol hatte noch keine deutlichen Spuren in seinen Zügen hinterlassen, und seine Figur war, wie sie in seinem Alter sein sollte. Der einzige Makel, so gesehen, wurde nur sichtbar, wenn er in der Badehose zum Schwimmen ging, dann aber deutlich.

Man hatte seinem Oberschenkel Fleisch entnommen und damit die von einer Granate weggerissene Ferse geflickt. Eine chirurgische Meisterleistung, wenn man die Bedingungen in einem Feldlazarett sowie die Zeit berücksichtigte, in der die Operation stattfand.

Er war mit noch nicht einmal zwanzig eingezogen worden und mit vierundzwanzig, kurz vor Kriegsende, als Invalide aus dem Militär entlassen worden. Davor hatte er eine Fleischhauerlehre abgebrochen, weil ihm das Schlachten zuwider war, und danach eine Spenglerlehre (Klempner werden immer gebraucht) aus Kriegsgründen nicht beenden können.

Jetzt war er verheiratet und herrschte über einen Getränkekeller, betrieb die Bar chefmäßig generös und führte tagsüber Gäste und Gästinnen, vor allem Gästinnen, auf die Berge der Umgebung oder fuhr mit ihnen bei Schlechtwetter ins Salzbergwerk ein.

Am Tag nach der Hochzeit, als alles wieder an seinem Platz stand, suchte die Kleine noch immer nach dem Geißlein. Es war ein sonniger Herbsttag mit Farben, an die nicht einmal ein Regenbogen herangekommen wäre, selbst wenn man ihn zeitgerecht erspähte. Die Kleine wollte zum See und erkunden, ob auch das Wasser wieder wärmer geworden wäre.

Im Gastgarten stand nur noch ein Tisch mit Stühlen, sozusagen zum Hausgebrauch. Dort saßen Paps und seine Freunde beim *Nachrausch* (repräsentativer Bestandteil der regionalen Folklore), tranken Bier aus der Flasche und sprachen über das vergangene Hochzeitsmahl, lobten die Koch- und Bratkünste von Annas Schwester, am besten aber habe ihnen das Zickerl geschmeckt. Sie hoben sogar die Flaschen und prosteten einander zu: *Aufs Zickerl, das beste Bratl, das es je geben kann!*

Die Kleine, die auf dem Land aufgewachsen war, hatte eine Ahnung davon, wie das Fleisch, selten genug, aber doch, auf den Teller kam. Sie brachte zwar von dem Hahn, der sie attackiert hatte, des Fiebers wegen keinen Bissen hinunter, hatte aber gesehen, wie Hühner geschlachtet wurden oder wie man Fische aus dem Behälter holte, sie mit dem Kopf gegen die Eisenkante schlug und ihnen dann den Bauch aufschlitzte, um die Gedärme und sonstigen Innereien zu entnehmen. Selbst Schweine hatte sie schon in Todesangst quieken gehört. Gar nicht zu reden von den beiden Pferden, die den Hunger ihrer Reiter hatten stillen müssen.

Aber bei dem Geißlein war das etwas anderes.

Die Kleine lief auf den Tisch zu, schreiend und unter Tränen: Was habt ihr mit dem Geißlein gemacht? Es war doch noch klein, und wir haben miteinander gespielt. Die jungen Männer, die gerade dabei waren, ihren Pegel wieder aufzufüllen, lachten erst ein wenig verunsichert, dann sagte einer: Wenn wirs nicht gegessen hätten, hätt es sich der Wolf geholt.

Ihr habt es gegessen? Die Kleine konnte sprechen und schluchzen zugleich: Das Geißlein?

Paps, der vom Hochzeitsfest noch ganz rote Augen hatte, sagte: Du doch auch. Und wies dir geschmeckt hat!

Das verschlug ihr die Rede. Sie konnte nicht glauben, dass sie selbst von dem Geißlein gegessen hatte, und war darüber so verzweifelt, dass sie Xavers schlimmsten Fluch fluchte, den er nur fluchte, wenn wieder eins der Schweine es geschafft hatte, vom Stall aus in Richtung Hühnerhof auszubrechen, um dort die für die Hühner gedachten Körner aufzufressen, nämlich *Kruzitürken fix Sakrament no amal!*

Die jungen Männer schmunzelten verlegen und brachen dann in schallendes Gelächter aus, so dass die Kleine sie vor lauter zornigen Tränen gar nicht mehr sehen konnte. Sie begann in Richtung See zu laufen. Einmal würde sie dem Wassermann schon begegnen und ihm erzählen, was mit dem Geißlein geschehen war. Dann würden sie schön blöd schauen.

* * *

Im Gegensatz zum Hotel, in dem nur während der Sommersaison Gäste wohnten, gab es im Wohnhaus immer jemanden, Evakuierte, Flüchtlinge, die zu Kinderfrauen wurden oder sich im Haus sonst irgendwie nützlich machten. Im Seitentrakt lebte vorübergehend nun auch der Schwimmlehrer mit Frau und Kindern. Auf dem Dachboden gab es ebenfalls Zimmer, eines mit und eines ohne Balkon.

Zum Waschen standen ein Becken in der Wohnküche, eines vor dem Klo sowie je eines im Seitentrakt und im Parterre zur Verfügung. Einmal in der Woche wurde im Hotel drüben der Boiler beheizt, damit alle ein Bad nehmen konnten.

Im Dorf logierten noch immer mehr als doppelt so viele Menschen als vor dem Krieg. Jeder, der ein Zimmer, ein Haus, eine Wohnung zu vermieten hatte, überließ sie denen, die dafür bezahlen konnten. Alle gaben darauf acht, ihre Lebensmittelmarken griffbereit in der Tasche zu haben, wenn das Gerücht aufkam, es gäbe gerade Mehl, Fett oder gar Zucker.

Die Einheimischen waren, und in der Nachkriegszeit erst recht, davon überzeugt, dass die Menschen, die von auswärts kamen und jetzt auch noch hier lebten, ihnen das meiste wegaßen. In der Gegend wuchs nicht viel, was man hätte essen können. Alles war wie schon in früheren Zeiten noch oder schon wieder kontingentiert, aber die Lebensmittelkarten konnten nicht immer eingelöst werden, weil manchmal gar keine Lieferung eingetroffen war. Im Gegensatz zum Ersten Weltkrieg gab es nach dem Zweiten wenigstens keine Hungertoten in der Gegend.

Der Tod war dennoch allgegenwärtig. So gut wie jede Familie erhielt irgendwann ein hehres Verständigungsschreiben, das ihr weismachen wollte, dass der Vater, der Sohn, der Bruder, der Enkel für sein Vaterland in diesen Krieg und damit in den Tod gegangen wäre. Einem Vaterland, dem es, wie die meisten mittlerweile erkannt hatten, nach diesem beabsichtigten Beutekrieg ganz und gar nicht gutging. Offensichtlich hatte man nicht daran gedacht, dass sich die Angegriffenen erfolgreich zur Wehr setzen könnten.

Geblieben waren Millionen von Toten an allen Fronten. Der Tod hatte weder Uniformen erkennen noch Abzeichen lesen wollen. Nicht bloß das warme Blut dampfte gen Himmel, auch der Rauch aus den Schornsteinen der Vernichtungslager. Geblieben waren auch Millionen von Waisen- und Halbwaisenkindern, die man dazu anhielt, für ihre getöteten Väter zu beten, egal, ob es die Kinder von Opfern oder von Tätern waren, eine Unterscheidung, die diese Kinder erst als Erwachsene oder beinah Erwachsene zu treffen lernten. Und dennoch hielt das Erlernte kaum länger als eine Generation vor.

Der erste Tote, den die Kleine zu Gesicht bekommen hatte, war Onkel Laurenz, der jüngste Bruder ihres Vaters, ein Student, der an einer Kriegsverletzung im Lazarett gestorben war.

Juliane erinnerte sich nicht daran, mit wem sie ins Stammhaus, wo Laurenz aufgebahrt lag, gekommen war. Die Kleine hielt einen Blumenstrauß in der Hand, den sie zu all den anderen Blumensträußen und Kränzen neben den offenen Sarg legen sollte. Wahrscheinlich hatte Tante Ricarda, die einzige Schwester der sechs Brüder und Patin der Kleinen, sie ins Stammhaus geholt. Nun hielt sie sie am Arm, hob sie auch hoch und ließ sie den Toten anschauen, solange sie wollte oder konnte, drückte ihr dann den kleinen Weihwasserbesen in die Hand, damit sie den Sarg damit besprengte.

Woran Juliane sich noch erinnerte, war das schmale bleiche Gesicht, das in den vielen Blumen rundum zu versinken drohte, als wäre es selbst zur Blüte geworden. Allerdings zu einer welkenden Blüte, die von frischen Blumen überwuchert wurde.

Ob sie das Gesicht von Onkel Laurenz tatsächlich erkannt oder es im Nachhinein von dem großen Familienfoto aus der Zeit, als alle noch lebten, Papa, Mama, die sechs Brüder, die Schwester, abgelesen und so im Gedächtnis behalten hatte, dass sie es in der Erinnerung auf das Gesicht im Sarg übertragen hatte können, war nicht mehr zu klären.

Bald darauf, es musste im Frühsommer gewesen sein, denn die Kleine war für ein paar Tage bei Tante Seph untergebracht (wahrscheinlich wegen unvorhergesehenen Wechsels der Kinderfrauen), nahm diese Tante sie zu einer weiteren Totenschau mit. Es ging um einen alten Mann, den die Kleine nie zuvor gesehen hatte, einen Verwandten von Tante Seph. Im Gegensatz zu dem düsteren Zimmer, in dem sie Onkel Laurenz zum letzten Mal gesehen hatte, war der Raum, in dem der alte Mann aufgebahrt lag, taghell. Auch Tante Seph hob sie hoch, damit sie das Weihwasser auf den Sarg sprengen konnte.

Dabei erblickte sie ein wächsernes, beinah glänzendes Gesicht mit dicken weißen Brauen und einem noch dichteren weißen Schnauzbart, der sich nahe den Lippen gelbbräunlich verfärbt hatte.

Es war bereits sommerlich heiß, und die Kleine roch, wie die Tante schwitzte.

Spritz schon, sagte die nach einer Weile. Lang kann ich dich nicht mehr halten.

Da setzte sich eine Fliege auf die Nase des Toten, aus der ein paar schwarze Härchen vorstanden. Die Kleine spritzte auf die Fliege, die dem Wasser gerade noch ausweichen konnte, aber sogleich versuchte, wieder auf dem Gesicht des Toten zu landen. Diesmal an seinen Lippen. Da spritzte sie noch einmal und heftiger, so heftig, dass die Fliege in Panik geriet, und da ihr der Flug durch einen neuen Weihwasserregen zu riskant erschien, flüchtete sie in eines der Nasenlöcher des Toten.

Die Kleine war einerseits begeistert davon, dass sie die Fliege verscheucht hatte, andererseits musste sie sich die Nase reiben und dann niesen. Und sie konnte nicht einmal, nachdem die Tante sie wieder auf den Boden gestellt hatte, gleich damit aufhören, so stark spürte sie das Kitzeln der Beinchen und Flügel in der eigenen Nase.

Die Tante, die die Fliegenjagd gesehen hatte, meinte: Sie ist schon weggeflogen und sitzt drüben auf dem Fenster. Und gleich darauf musste auch sie mehrmals hintereinander niesen.

* * *

Die Kleine hatte zu ihrem sechsten Geburtstag ein Fischglas geschenkt bekommen, das eine der beiden älteren Damen, die zusammen mit einem Dichter jeden Tag ins Hotel Essen holen kamen, bei der Mutter für mehrere Gratisportionen eingetauscht hatte.

Juliane erinnerte sich noch an den Dichter anhand eines Aquarells, auf das er ein Gedicht zum dreißigsten Geburtstag der Mutter geschrieben und das ein Maler mit feinst gepinselten Illustrationen umrahmt hatte. Es war derselbe Maler, der die Juli-Bar mit einem Fresko zum Leben der Einheimischen an der hinteren Thekenwand zu etwas Besonderem gemacht hatte. Aber auch das Porträt der Kleinen in Öl stammte von ihm, datiert auf das Jahr 46, das Juliane später erbte. Darauf war das zweite *Kleidschen* aus Paris zu sehen, aus dunkelblauem Samt mit altrosa Rohseidenkragen und dünnem Spitzenrand vor petrolfarbenem Hintergrund. Das helle Haar, dicht und glatt, von beiden Seiten der Tolle bis zum Hals reichend, die Augen zu hellblau, die Wangen – *Butterbrot macht Wangen rot!*

Die Kleine war zum Modellsitzen nur zu bewegen gewesen, wenn Tante Ricarda, die den Maler kannte (der übrigens in einer Hütte am Waldrand überkriegt hatte), ihr vorlas. Tatsächlich vorlas. Die Kinderfrauen erzählten meist nur und sparten dabei nicht mit Kinderreimen als Lob oder Drohung: *Wer nicht kommt zur rechten Zeit, muss essen, was halt übrigbleibt.*

Vorlesen war etwas anderes. Vorlesen war *Däumelinchen*, war *Zwerg Nase*, war *Das steinerne Herz*. Vorlesen ließ Unheimliches, Düsterkeit, vor allem aber Sehnsucht entstehen. Die Kleine nahm das Gehörte in sich auf, wo es erst richtig Gestalt annahm und sich dabei ihre Phantasie zunutze machte.

Ernst, sagte die Mutter, als sie das Porträt zum ersten Mal sah: Die Kleine schaut so ernst auf dem Bild.

Beim Zuhören lernte die Kleine Wörter, mit deren Hilfe sie mit einem Mal sagen konnte, was sie kannte, aber noch nicht benennen hatte können.

* * *

Paps half der Kleinen beim Pfrillenfangen am Seeufer. Er hatte einer Weinflasche mit noch intaktem Korken den obersten Teil des Kegels (damals hatten die meisten dieser Flaschen eine kegelförmige Einbuchtung am unteren

Ende) eingeschlagen, so dass die von Natur aus kleinen Fische zwar in die Flasche hineinfanden, sich aber mit dem Rückweg schwertaten. Wahrscheinlich weil die Strömung sie in die Flasche zurückdrückte.

Sie nahm die Pfrillen mit nach Hause, leerte sie mitsamt dem Seewasser in das Fischglas, dessen Form der Monstranz ähnelte, die der Pfarrer beim Gottesdienst hochhielt, damit alle sie sehen konnten. Bloß dass keine Hostie drin war, sondern Fische, die am liebsten ungeweihte Hostien fraßen, wie einer der Hotelgäste, der das Interesse an Pfrillen zu teilen schien, ihr erklärt hatte.

Wo aber diese Hostien hernehmen?

D'Anna behauptete, dass sie Oblaten wahrscheinlich genauso gerne mögen würden, man müsse nur zuerst den Zucker abstreifen.

Die Kleine leckte den Zucker so vollkommen von der Oblate ab, die d'Anna ihr genehmigt hatte, dass davon nur noch eine weiche, mit ihrem Speichel vollgesogene Masse übrigblieb, die sie dann ins Fischglas bröckelte.

Die kleinen Fische schossen sogleich darauf zu, balgten sich sogar um einzelne Brösel, aber als am nächsten Tag die ersten Pfrillen bauchoben im Fischglas schwammen, wurde klar, dass die Oblate keine ungeweihte Hostie war.

Paps meinte, dass das mit den Pfrillen so eine Sache wäre. Die seien es eben gewöhnt, dass die Enten, die Schwäne, die Haubentaucher und einige Schwimmer in den See pinkeln (er sagte: brunzen), und deren Urin (er sagte: Geludel), gemischt mit Seewasser, würde ihnen besser als alles andere schmecken.

Sie wusste, dass er gerne Witze riss, und schaute ihn ungläubig an. Da sagte er mit scheinheiliger Erwachsenenmiene: Du weißt doch, was unsere Schweindeln (abweichende Sonderform, nicht zu verwechseln mit Schweinderln, was von der Größe her unrichtig wäre) alles fressen.

Die Kleine nickte, und er bestätigte: Alles, was wir stehenlassen, weil uns schon davor graust. Aber den Schweindeln schmeckts.

Sie dachte nach, und der Paps verschwand im Weinkeller.

Gleich darauf hüpfte sie die Außentreppe hinunter, nahm ihren kleinen Sandkübel, schob die Lederhose, die bereits zu ihrem fünften Geburtstag angefertigt worden war, bis zu den Knien runter, setzte sich, so gut es gehen mochte, drauf, ließ Wasser, zog die Lederhose wieder rauf, nahm den kleinen Kübel, trug ihn die Außentreppe hoch, dachte noch einmal kurz nach und kippte dann dessen Inhalt in das Fischglas.

Die Pfrillen reagierten sofort, schwammen umher wie die Pfeile, als wollten sie durchs Glas schießen, und freuten sich offensichtlich über den Gefallen, den sie ihnen getan hatte. Sie versuchten sogar vor Freude aus dem Glas zu springen, um persönlich Danke zu sagen. Worauf auch sie, glucksend vor Vergnügen, die Hände zusammenschlug und dabei vor Überschwang zu zappeln begann.

Das neue Kindermädchen namens Inge hatte mittags zum Essen gerufen, und die Kleine gehorchte aufs Wort, was Inge misstrauisch stimmte: Was hast du denn jetzt wieder angestellt?

Nichts! Sie wollte ihre Freude nicht mit dieser Inge teilen.

Am Nachmittag waren bloß noch zwei Pfrillen am Leben.

Wahrscheinlich hatten sie sich überfressen, die kleinen Fische. Das hatte d'Anna neulich auch zu ihr gesagt, nachdem sie mehrere unreife Äpfel gegessen und daraufhin heftige Bauchschmerzen bekommen hatte. Ihr Bauch hatte richtig wehgetan.

Ihr armen Pfrillen, sagte sie ins Glas, bevor sie zum Abendessen ging: Man darf nicht so viel auf einmal runterschlucken, auch wenn es noch so gut schmeckt.

* * *

Sämtliche Kinderschwestern, -frauen und -mädchen, an die die Kleine sich erinnern konnte, hatten ihren Ehrgeiz darein gesetzt, ihr das Daumenlutschen abzugewöhnen. Dabei wandten sie die verschiedensten Methoden an. Inge hatte ihr, da sie nur am rechten Daumen lutschte, die rechte Hand verbunden und mit Leukoplast so fest zugeklebt, dass sie den Verband am nächsten Morgen mit der Schere aufschneiden musste.

Aber die Kleine hatte sich innerhalb von ein paar Tagen auf den linken Daumen umgewöhnt, bis Inge es bemerkte und ihr abends beide Hände verband und mit Leukoplast verklebte.

Die Mutter hatte schon früher verstanden, dass die ganze Kleberei nichts helfen würde. Und seit ein Sommergast, Nervenarzt von Beruf, ihr erklärt hatte, dass das Daumenlutschen wohl daher komme, dass sie die Kleine nicht gestillt habe, war sie eher geneigt, sie damit in Ruhe zu lassen.

Was hätte ich denn tun sollen? Erstens hatte ich keine Milch und zweitens mitten in der Hochsaison?

Eine andere, die Sigrid hieß, hatte ihr schlecht riechende Salben, ja sogar Pech auf die Daumen geschmiert. Aber sie rubbelte und wusch so lange daran, bis zumindest einer der Daumen wieder zum Lutschen taugte.

Die neue Kinderfrau, eine Sudetendeutsche namens Gusti, hatte der Kleinen tatsächlich gedroht, den *Schneider mit der Scher'* zu holen.

Sie war flennend zur Anna hinuntergelaufen und hatte ihr erzählt, dass der *Schneider mit der Scher'* demnächst in ihr Zimmer kommen würde.

D'Anna hatte die Hände über dem Kopf zusammengeschlagen und laut: Der Trampel, der dumme!, gesagt, jedoch sofort den Finger auf den Mund gelegt und geflüstert: Das darfst du ihr ja nicht sagen, dass sie eine *Trutschen* ist.

Die Kleine verschmierte die Tränen in ihrem Gesicht und nickte.

Hab keine Angst!, fuhr d'Anna fort: Niemand traut sich, dir den Daumen abzuschneiden, und weißt du warum? Weil man dann ins Gefängnis muss.

Gefängnis? Sie wusste schon, dass es Kriegsgefangene gab, zumindest hatte sie das Wort öfter gehört, aber Gefängnis?

D'Anna holte tief Luft: Da wird man in einer winzigen Zelle eingesperrt, ohne Radio, ohne Spazierengehen und nichts als Wasser und Brot. Jeder Mensch, der einem Kind etwas wegschneidet, wird eingesperrt. Schluss, fertig, Amen!

D'Anna hatte sie so nachhaltig getröstet, dass sie an einem der nächsten Tage sogar die Daumenlutscherschere mit aufs Klo nahm und sich mit ihr darin einsperrte.

Die Mutter, die es eilig hatte, rüttelte immer heftiger an der Tür, wollte wissen, ob sie Bauchweh habe oder brechen müsse. Sie solle sofort aufmachen. Aber sie sagte nur, sie käme gleich, sei aber noch nicht ganz fertig.

Als die Mutter keinerlei Geräusch hörte, das auf Entleerungen der einen oder anderen Art hindeutete, wurde sie noch ungeduldiger: Was machst du denn dadrinnen?

Haare schneiden, sagte sie.

Was für Haare? Die Mutter schien etwas irritiert.

Die Locken, erwiderte sie.

Die Stimme der Mutter wurde spitz: Das gibts doch nicht. Komm sofort heraus!

Ich komm eh gleich!

Sofort!, hab ich gesagt.

Sie stellte sich auf die Zehenspitzen und drückte den Haken auf.

Der Mutter verschlug es für einen Augenblick die Rede, und die Kleine gab ihr die Schere. Sie hatte nicht alle ihre Locken erwischt, und die, an denen sie blindlings herumgeschnipselt hatte, schoben sich ihr jetzt ins Genick und juckten.

Gusti!!! Die Stimme der Mutter war wieder da.

Gusti kam und gab sich überrascht.

Die schönen Locken, rief die Mutter. Dieses Kind bringt mich noch ins Grab.

Und zum verdatterten Kindermädchen: Schneiden Sie ihr die Haare ganz ab! So kann sie ja nicht herumlaufen. Was hast du dir eigentlich gedacht dabei?

Es war wegen der Lederhose, sagte sie. Seit ich eine Lederhose habe, möcht ich auch ausschauen wie ein Bub.

Die Mutter fand aus dem Kopfschütteln nicht heraus: Ich muss schnell da rein. Sie sehen ja, Gusti, dass das mit der Daumenlutscher-Schere nichts bringt, außer dass die Kleine jetzt begriffen hat, was man mit einer Schere alles anstellen kann. Wer weiß, in was sie noch hineinschneiden wird.

Als die Mutter die Tür wieder eingehakt hatte und auf dem Klo saß, flüsterte Gusti: Komm, ich schneide dir eine richtige Stoppelglatze. Wirst schon sehen, wie du dann aussiehst.

* * *

Dem Mangel an Kraftfahrzeugen, wie man damals noch sagte, war es zuzuschreiben, dass die Kleine sich auf dem ganzen Areal frei bewegen konnte. Sie war überall und nirgends, weniger ihrer Nase als ihrer Neugier folgend. Sie wusste, wo Tigsi, die dreifärbige Katze, die Maulwürfe, die ihr nicht schmeckten, ablegte, wo die Erdkröten unter den Kohlköpfen hockten oder auf welchen Steinen sich die Eidechsen sonnten.

Nachdem Gusti sie mit ihrem Kamm so heftig auf den Mund geschlagen hatte, dass es noch lange zu sehen war (sie hatte sich im Zorn dazu hinreißen lassen, die Gusti eine *Trutschen* zu nennen, allerdings ohne zu verraten, dass es d'Anna gewesen war, die das über die jetzige Kinderfrau gesagt hatte), gab es ein paar herrliche Tage, an denen sie bei Anna und Xaver im Parterre schlafen durfte, bis eine neue Kinderfrau kam, und der Anna musste sie bloß versprechen, pünktlich zum Essen zu kommen. Dazu brauchte sie nicht einmal eine Uhr, denn um zwölf kamen ohnehin die ersten Gäste in den Gastgarten, und das Geklapper von Tellern und Besteck war weithin zu hören.

Sie ging wie Tigsi, die mittlerweile große Katze, ihr Revier ab, schaute nach, was sich über Nacht verändert hatte, warnte hin und wieder ein Eichhörnchen, wenn Tigsi es beutemäßig ins Auge gefasst hatte, lauschte, ob Xavers Fuhrpferd, mit dem er Holz aus dem Wald holte, schon von irgendwoher zu hören war, sprach gelegentlich mit einer Hummel oder einer Weinbergschnecke, schaute ins Glashaus und von dort in den kleinen Hühnerhof, ging jedoch nie hinein, obwohl der neue Hahn einen wesentlich besseren Ruf hatte, aber man konnte nie wissen.

Manchmal besuchte sie auch noch den alt gewordenen schwarzen Rammler und brachte ihm ein Stück Kohlrabi oder eine Karotte, die sie dem neuen Küchenchef abgebettelt hatte mit dem Versprechen, sie in den eigenen Mund zu stopfen.

Der schwarze Rammler war sehr groß für ein Kaninchen und hatte angeblich die Tellerwäscherin, die sie insgeheim für eine Hexe hielt, in den Finger gebissen, als sie ihn streicheln wollte.

Die Kleine hatte sich schon früher mit ihm vertraut gemacht und die Bekanntschaft mit kleinen Geschenken über lange Zeit aufrechterhalten, ohne dass es zu mehr als gegenseitigem Tolerieren geführt hatte. Als sie damals alle zusammen, auch sie selbst, das Geißlein aufgegessen hatten, war sie dermaßen wütend und traurig gewesen, dass sie zum See gelaufen und angezogen ins Wasser gesprungen war. Das Wasser war doch viel kälter, als sie der Sonne wegen gedacht hatte, dennoch blieb sie eine Weile drin. Strafe muss sein, dachte sie.

Als sie dann schließlich triefend und mit blauen Lippen aus dem Wasser gestiegen war, hatte sie keine Lust, sich von der Mutter, der Traude oder der Anna jede Menge Tadel abzuholen, und schlich heimlich zum Stall des schwarzen Rammlers, aus dem ihr die Wärme nur so entgegendampfte, hielt ihm den letzten Kohlstrunk, den sie im

Garten gefunden hatte, hin und sagte beinah tonlos vor Niedergeschlagenheit: Rück ein Stück! Dann legte sie sich in die dicke Streu und steckte den Daumen in den Mund. Und wie oft, wenn sie traurig oder wütend oder beides war, lutschte sie sich nicht bloß in den Schlaf, sondern auch in einen Traum hinein, diesmal in einen, in dem das Geißlein und der schwarze Rammler um die Wette liefen und der Rammler immer schon da war, wenn das Geißlein angehopst kam.

Als sie nicht und nicht zum Essen kam und die Traude bereits nervös geworden, ja sogar zum Seeufer gelaufen war, musste wieder der Xaver ausrücken, weil er angeblich am besten ahnte, wo sie sich versteckt halten konnte.

Xaver ging weder zur Klause noch zum Badeplatz, weder zum ausgerissenen Fichtenstumpf noch in den Garten, da war ja auch die Traude schon überall gewesen. Er ging durch das Glashaus und dann zu den Ställen, wo er Witterung aufnahm.

Die Hühner waren bereits in ihren Unterkünften, die beiden Schweine schnorchelten in ihrem Koben und fingen sofort zu randalieren an, in der täuschenden Hoffnung, Xaver hätte eine außertourliche Portion dabei. Einige Kaninchen kamen zum Gitter ihrer Boxen und drückten erst ihre Nasen daran platt, dann schauten sie nibbelnd dabei zu, wie Xaver seinen scharfen Blick schweifen ließ.

Alles war wie sonst, wie immer. Bis auf die Stalltüre des schwarzen Rammlers, die bloß angelehnt zu sein schien. Schon fing Xaver zu fluchen an: Jetzt hat sich das Rabenvieh auch noch selber das Türl aufgemacht und ist auf Lepschi (würde am ehesten mit dem Wort *flanieren* übereinstimmen) gegangen, Sakrawalt! Reflexartig schaute er in jede Ecke, in der der Rammler sich versteckt haben könnte. Erst danach warf er einen Blick in dessen Stall.

Der schwarze Rammler zog kurz die Lefzen hoch, als wolle er in Gelächter ausbrechen, während die Kleine sich gerade im Schlaf auf die andere Seite wälzte.

Xaver schüttelte den Kopf, er schüttelte und schüttelte, dann redete er leise auf sie ein, damit sie nicht zu abrupt aus dem Schlaf schrecken und der schwarze Rammler doch noch auf dumme Gedanken kommen sollte. Er zog sie vorsichtig aus dem Hasenstall, dabei auf den Rammler einredend, bis er sie zur Gänze herausgeholt hatte.

Du machst Sachen!, murrte er ihr ins Ohr, die sie sich schlaftrunken an seine Schulter lehnte, noch immer mit dem Daumen im Mund.

Erst beim Abendessen erzählte er Anna, wie es wirklich gewesen war. Traude hatte er die Kleine bloß auf den Arm gesetzt und gesagt: Da hinten, er machte eine vage gestische Andeutung, war das *Gfrast* (wenig schmeichelhafte Bezeichnung für Minderjährige). Traude war so froh gewesen, dass der Kleinen nichts passiert war, dass sie gar nicht weiter nachfragte.

Stell dir vor, sagte der Xaver zwischen zwei Löffeln Brotsuppe: Der Rammler ist nicht einmal abgepascht (eher harmlose Fluchtbewegung). Der ist bei ihr geblieben und hat sie gewärmt. Dabei stand das Türl die ganze Zeit über einen Spaltbreit offen.

* * *

An Stelle von Gusti kam eine Frau von jenseits des Passes. Sie hatte ihren kleinen Sohn dabei, der ein Jahr jünger war als die Kleine. Sie schliefen alle drei im selben Zimmer, Rita, Fritzi und sie.

Die vier Räume im ersten Stock waren wieder einmal neu verteilt worden, bis auf das Schlafzimmer von Mutter und Paps. In dem Raum, wo früher die jeweilige Kinderfrau und sie schliefen, entstand eine Art Wohnküche. Die anderen beiden Räume wurden vorübergehend je zu einem Wohnzimmer und zur Schlafstätte der Neuen mit den beiden Kindern.

Niemand hatte viel. Rita und Fritzi waren mit einem größeren und einem kleineren Koffer gekommen. Ein normaler Schlafzimmerkasten genügte für alle drei. Der größte Raum war das Elternschlafzimmer mit zwei Schränken, einem für Kleider und einem für Wäsche. Drunter befanden sich jeweils zwei geschlossene Laden mit allem Möglichen.

Trotz Wohnküche wurde das Essen während der Saison vom Hotel geholt, oder man aß gleich im Personalraum des Hotels. Der Paps hatte darauf bestanden, die Gaststube mit der Juli-Bar auch im Winter zu betreiben.

Der Kleinen erzählte man, dass sie nächstes Jahr um diese Zeit bereits in der Schule sitzen würde. Bis dahin solle sie sich das Daumenlutschen abgewöhnen, sonst würden die anderen Kinder sie auslachen.

Sie dachte nach und schlief von da an mit dem Kopf unter der Decke.

Die neue Kinderfrau hatte genug mit ihrem Fritzi zu tun, der wie viele der Kriegs- und Nachkriegskinder Bettnässer war.

Als Fritzi sie immer öfter auslachte und ihr ständig *Daumenlutscherin* ins Ohr dudelte, dachte sie wiederum nach und holte zum Gegenschlag in der Art von *Wie du mir, so ich dir!* aus: Und du ludelst jede Nacht ins Bett!

Fritzi leugnete mit schriller Stimme und fuchtelte mit den Armen.

Sie hingegen meinte ungerührt: Glaubst du, ich riech nicht, wie es stinkt. Und wenn du weiter so schreist, machst du auch noch bei Tag in die Hose.

Alles war im Fluss. Juliane hatte Schwierigkeiten damit, sich kontinuierlich zu erinnern, in welcher Reihenfolge die verschiedenen Kinderfrauen ins Haus gekommen waren oder wann genau wer in welchem Zimmer geschlafen hatte. Die einzelnen Bilder scherten sich nicht um Chronologie, aber einer Sache war sie sich sicher, dass sie ein paar Wochen nach ihrem sechsten Geburtstag zwei Goldfische bekommen hatte, die jemand von den Stammgästen auf Ersuchen der Mutter aus Wien mitgebracht hatte, da es in der Gegend keine Tierhandlung gab. Sie war dermaßen fasziniert, dass sie die Goldfische auf ihrem Nachtkästchen stehen hatte, um sie, wann immer sie wollte, beobachten zu können. Und Fritzi durfte hin und wieder das Fischfutter ins Glas streuen, wenn er sich entsprechend aufführte.

TEIL II

JULI

Man hatte der Kleinen seit einem Jahr so viel von der Schule vorgeredet, dass sie sogar die Tage zu zählen begann. Als es dann so weit war, bestand sie darauf, alleine zur Schule zu gehen.

Weder Mutter noch Paps, der ohnehin noch schlief, weder Xaver noch d'Anna, weder Rita noch Fritzi durften sie begleiten. Sie war von nun an Juli, und Juli wusste genau, wo das Schulhaus stand.

Warum sollen wir denn nicht mit dir zur Einschulung kommen?, fragte die Mutter, fragte Paps, fragte d'Anna, fragte Rita. Fritzi heulte sogar, weil er nicht mitdurfte, und Xaver war ohnehin längst im Wald.

Weil die anderen Kinder mich auslachen, wenn ich nicht allein in die Schule finde.

Alle schüttelten den Kopf. Lasst sie, sagte die Mutter: Wenigstens gehört sie nicht zu den Kindern, die man in die Schule scheuchen muss.

Auf dem Schulweg begegnete sie einem Nachbarn. Er hatte gerade geprüft, ob die Birnen schon reif wären, und hielt eine davon (die so gelb war wie die gelben Herbstblumen, die wie Zäune vor jedem Haus wuchsen) in der Hand, um daran zu riechen.

Er wandte sich ihr zu und sagte: Na, Julerl, wo willst du denn so früh hin?

In die Schule, sagte Juli.

Ganz allein?

Ich weiß ja, wo die Schule steht.

Tapfer, tapfer, sagte der Nachbar, und seine weißen Haare gleißten in der Morgensonne: Dafür schenk ich dir diese Birne. Die kannst du gleich essen, sie ist genauso, wie sie sein soll.

Juli bedankte sich. Sie hatte nicht gefrühstückt aus Angst, sie würde womöglich schon am ersten Tag zu spät kommen.

Als sie nach einer Stunde wieder nach Hause ging, war sie enttäuscht. Sie hatte gedacht, sie würden gleich mit dem Schreiben beginnen. Aber da gab es bloß eine allgemeine Begrüßung. Alle mussten ihren Namen sagen, damit alle wussten, wie alle hießen, auch die Lehrerin. Und als alle wussten, wie alle in der Klasse hießen und auch dass die Frau Lehrerin Frau Lehrerin Moser hieß, sagte die Frau Lehrerin Moser, was sie am nächsten Tag in die Schule mitbringen sollten. Aus. Das wars.

Es war ein sonniger, blauhimmliger Septembertag geworden. Juli holte die Birne aus ihrem Ranzen. Sie duftete so stark, dass der ganze Ranzen wie eine riesige Birne roch. Sie biss hinein, leckte sich die Lippen, biss wieder hinein. Es war die beste Birne, die sie je gegessen hatte, und sie stammte von dem Spalierbaum an der Hauswand des Nachbarn, den alle Kinder, die öfter daran vorbeikamen, schon seit Tagen im Auge behielten.

Anstatt *Spannenlanger Hansel, nudeldicke Dirn* sang Juli *nudeldicke Birn*, und als sie bei der Einfahrt zum Hotel angekommen war, spuckte sie die Kerne samt Gehäuse auf einen Maulwurfshügel, denn der Xaver hatte ihr erklärt, dass Maulwurfserde die beste Erde sei. Vielleicht würde schon nächstes Jahr hier ein Birnbaum wachsen, ihr Birnbaum, voller *nudeldicker Birn.*

* * *

Der Paps hatte von irgendwoher eine Truthenne mitgebracht, aber da die Hühner sich nicht mit ihr oder die Truthenne sich nicht mit den Hühnern verstand, ließ der Xaver sie in den Garten, was ohnehin nur im Herbst ging, wenn es keine Jungpflanzen mehr gab. Aber die Truthenne fand immer wieder eine Stelle, an der der Zaun nicht ganz dicht war oder der Dachs ein Loch gegraben hatte, das tief genug war, um eine junge Truthenne unterm Zaun zum Park hinausschlüpfen zu lassen. Sie konnte einem richtig leidtun, wie sie da so alleine durchs Gras schritt und vor Langeweile nicht wusste, was sie tun sollte.

Als Juli von der Schule kam, sie konnte bereits eine Reihe von Buchstaben lesen und sogar schreiben, lag die Truthenne in einer Mulde, die noch vor kurzem eine tiefe Pfütze gewesen war, und rannte nicht davon, wie sie es bisher immer getan hatte, wenn ihr jemand zu nahe kam.

Juli hockte sich neben sie und versuchte sie zu streicheln. Sie ließ es sich gefallen und gluckste dabei.

Du kannst hier nicht liegen bleiben, sagte Juli. Stell dir vor, der Onkel Wast kommt mit seinem neuen Auto daher und sieht dich nicht, weil er lenken muss.

Onkel Wast (Schrumpfform von Sebastian) war der ältere Bruder der Mutter, der hin und wieder zu Besuch kam und dann eine Weile an der Theke der Juli-Bar stand und trank, was Paps ihm großzügig spendierte.

Die Truthenne gluckste wieder. Das Streicheln schien

ihr zu gefallen. Sie streckte ihre Rückenfedern Julis Hand geradezu entgegen.

Juli hatte es eilig, ihren Ranzen loszuwerden, und hungrig war sie auch.

Komm, sagte sie zur Truthenne.

Aber die Truthenne blieb liegen.

Komm schon, sagte sie und stemmte die Truthenne mit aller Kraft hoch, was bei deren Gewicht gar nicht so einfach war. Die Truthenne schien es zu mögen, zumindest wehrte sie sich nicht.

Vor der Hotelküche setzte sie die Truthenne auf das Brett über dem Brunnen am kleinen Steingarten, dessen Wasser bereits abgesperrt war.

Wart hier!, sagte sie. Ich schau, was es gibt. Die Truthenne tat, als habe sie verstanden, und blieb sitzen.

Kurz darauf kam Juli mit ein paar Zwetschken in der Hand zurück. Sie versuchte den Kern herauszuholen, bevor sie eine davon an die Truthenne weitergab. Aber die schien aus ihrer Trägheitslangeweile erwacht und war wesentlich schneller als sie. Sie pickte ihr die Zwetschke aus der Hand, zupfte den Kern heraus, und schon hatte sie die Zwetschke geschluckt.

Juli teilte die restlichen vier Zwetschken gerecht, aber die Truthenne war plötzlich so flink, dass sie sich auch noch eine schnappte, die sie für sich vorgesehen hatte.

Juli überlegte, ob sie nicht auch das Stück Zucker, das sie jeden Abend für den Storch aufs Fensterbrett legen sollte, damit er ihr einen Bruder oder eine Schwester bringe, heimlich der Truthenne geben sollte. Denn sosehr sie sich auch umgeschaut hatte, nirgendwo war ein Storch zu sehen, sie hatte überhaupt noch nie einen echten Storch gesehen. Die Truthenne aber war da, hier neben ihr, und ließ sich sogar streicheln. Sie selbst machte sich ohnehin nicht viel aus Würfelzucker. Sie musste sich nur etwas einfallen lassen, damit Paps, falls er dahinterkam, nicht glaubte, sie habe den Zucker selbst aufgegessen.

Von diesem Tag an saß die Truthenne immer in derselben Mulde oder umkreiste sie, wenn es regnete, solange, bis Juli aus der Schule kam, und ließ sich von ihr bis vor die Hotelküche tragen, wo sie ein *Gutserl* (ungefähr gleichbedeutend mit Leckerli) erwartete. Und was auch immer es war, sie entkernte und schluckte es.

Eines Tages saß die Truthenne dann nicht mehr in der Mulde, das war kurz vor Allerheiligen. Und als Juli vergebens nach ihr gesucht hatte, behauptete Paps, er habe es ohnehin kommen sehen, so dumm wie diese Pute war: Legt sich einfach auf die Straße. Kein Wunder, dass sie überfahren worden ist.

Juli aber hatte ihre Unschuld in puncto Verschwinden von Haustieren längst verloren. Vorbeugend aß sie zwei Wochen lang kein Fleisch. Und holte sich auch den Zuckerwürfel nicht mehr, wenn Paps am Abend in der Bar zu tun hatte. Aber der dachte ohnehin nicht mehr daran (oder war doch Fritzi heimlich auf den Würfel gekommen?). Paps hatte vergessen, weshalb sie so lange kein Fleisch essen wollte, und es eine Marotte genannt.

Irgendwann vergaß sie dann selbst darauf.

* * *

Mittlerweile hatte es zu schneien begonnen, viel zu früh, wie oft in dieser Gegend, und Juli war in Schimpf und

Schande geraten. Sie hatte, nachdem die Glocke das Ende des Unterrichts ankündigte, nicht auf das Schulklo gehen wollen, es war dreckig und stank. Sie schlüpfte in ihre Windjacke und rannte nach Hause. Es hatte tatsächlich stark geschneit, und sie wollte, da sie es eilig hatte, die Abkürzung durch den Park nehmen, wo jedoch nicht gefräst war. Sie stapfte, so schnell sie nur stapfen konnte. Der Schnee reichte ihr bis zu den Hüften, und sosehr sie sich auch beeilte, es war zu spät. Sie spürte, wie ihr zwischen den Beinen heiß wurde, und lief sofort zur Anna. Das Pech war, dass Rita und Fritzi gerade bei ihr in der Küche saßen.

D'Anna sagte nicht viel, zog ihr die Hosen aus und bat Rita, sie solle so rasch wie möglich etwas Warmes zum Anziehen herunterbringen. Fritzi konnte sich vor Schadenfreude gar nicht lassen, endlich war er mit ihr auf *Ludlhöhe.*

Als die beiden gegangen waren, fing auch noch d'Anna damit an, dass sie doch schon viel zu groß sei, um in die Hose zu machen.

Aber der viele Schnee, jammerte Juli, und ich hab die Abkürzung genommen …

Ja, ja, sagte d'Anna. Für alles gibt es eine Ausrede. Aber wenn du rechtzeitig aufs Klo gegangen wärst, wär dir das nicht passiert.

Juli hatte das Gefühl, schon immer in der Schule gewesen zu sein. Sie hatte zu lesen begonnen, Wort für Wort, was sie mit verschiedenfarbigen Stiften in ihr Heft geschrieben hatte.

Am Morgen wartete sie meist auf die Kinder, die weiter her von den höher gelegenen Weilern herunterkamen, um die letzten paar hundert Meter mit ihnen zusammen zur Schule zu gehen. Die Klassen waren groß, es gab sogar zwei erste Klassen, eine für die Evakuierten und eine für die Einheimischen. Aber die Evakuierten waren zahlreicher, und so gab es auch Kinder von Evakuierten, die mit den einheimischen Kindern in derselben Klasse saßen.

Als sie eines Tages aus der Schule kam, es war im Spätherbst gewesen, war das Glas mit den Fischen verschwunden. Juli konnte und wollte es nicht glauben. Sie schrie Fritzi an, was er mit ihren Goldfischen gemacht habe, aber Fritzi schien wirklich traurig und noch dazu unschuldig zu sein. Er sagte, er habe am Vormittag einmal ins Zimmer geschaut, und da seien die Fische plötzlich nicht mehr da gewesen.

Juli rannte sofort hinüber in die Hotelküche. Geradezu hysterisch fragte sie jeden, der ihr in den Weg kam, was mit den Fischen passiert sei. Paps, der noch frühstückte, seine Nächte wurden immer länger, sagte, es habe wohl so kommen müssen. Der Storch, für den sie nie mehr Zucker auf die Fensterbank gelegt habe, habe sich dafür die Fische geholt. Sie solle kein solches Geschrei machen, sondern lieber wieder Zucker rauslegen, besser zwei Stücke als bloß eines, zur Versöhnung.

Juli war verzweifelt. Ausgerechnet ihre beiden Goldfische. Noch dazu während sie drinnen im Haus, in ihrem Zimmer waren.

Wie konnte der Storch denn so einfach rein?, fragte sie Paps.

Der zuckte die Schultern. Wahrscheinlich beim Lüften. Die Rita wird euer Zimmer gelüftet haben, und da wird der Storch die Fische gesehen und sie sich geschnappt haben. So einfach ist das.

Und das Glas?

Das Glas ist dabei auf den Boden gefallen und zerbrochen.

Juli spürte, wie ihr die Tränen aufstiegen. Sie wollte nicht, dass Paps sie weinen sah, und lief zur Anna hinüber. Plötzlich hatte sie Angst vor dem Storch. Wenn der so einfach ins Haus kommen konnte, ohne dass jemand es bemerkte, wer weiß, was ihm sonst noch alles einfallen würde.

* * *

Robi war immer noch der Schlauste. Er und seine Schwestern waren an einem verschwommenen Oktobertag wieder einmal zu Besuch gekommen, weil ihre Mutter nach Salzburg gefahren war, um im amerikanischen PX einzukaufen. Dieses Privileg hatte sie dem amerikanischen Militärkommando zu verdanken, das ihren Anteil am Widerstand glaubwürdiger fand als die Verfasser des Gendarmerieberichts und ihr während der Besatzungszeit ein Auto samt Chauffeur zur Verfügung stellten in der Hoffnung, sie würde es mit Informationen versorgen. Als sie nicht oder nicht zufriedenstellend lieferte, war es dann mit dem Auto samt Chauffeur schnell vorbei gewesen.

Sie blieben den ganzen Tag über. Es goss und schauerte anhaltend, und so blieben sie alle zusammen im Wohnzimmer, auch Fritzi war dabei, und spielten mit was immer ihnen in die Hände fiel.

Im selben Jahr geboren, saß Robi in der Klasse der Evakuierten, obwohl er inzwischen im Dorf wohnte und seine Großeltern im Stammhaus lebten.

Und, hatte Juli ihn gefragt, wie ist es bei euch in der Klasse?, während Fritzi Moni und Bigi seine Spielsachen zeigte.

Robi schaute mit Duldermiene vor sich hin: Langweilig. Lesen und schreiben kann ich eh schon.

Für Juli war das wie eine Ohrfeige. Sie war von der Frau Lehrerin Moser bereits ein paarmal gelobt worden, weil sie immer mehr Wörter schreiben und dann auch lesen konnte. Aber wirklich lesen können …

Robi, der wohl gemerkt hatte, dass Juli neidisch war, zuckte die Achseln: Ist doch nichts dabei. Die Buchstaben kennt man bald, und schon kann man lesen. Offensichtlich war ihm seine Aufschneiderei selbst eine Spur zu groß, und er sagte: Na ja, man kommt einfach schnell rein, wenn man öfter übt. Aber ich will nicht Schreiber, sondern Pilot werden, verstehst du?

Juli verstand nicht.

Das heißt, ich will fliegen. Und Leute, die ein Flugzeug lenken, heißen Pilot.

Juli kannte bloß Kampfflugzeuge, von denen einige die Region überflogen hatten, was dann den Fliegeralarm auslöste. Sie war dermaßen beeindruckt, dass sie unwillkürlich den Daumen in den Mund steckte, ihn aber, als sie es bemerkte, sofort wieder herauszog.

Und wohin willst du fliegen?

Hinauf in die Wolken. Dort lege ich mich ein bisschen hin, und wenn ich mich ausgeruht habe, steige ich wieder in mein Flugzeug und fliege nach Afrika.

Und wie wird man ein Pilot? Sie konnte sich das gar nicht vorstellen, dass man mit einem Flugzeug wirklich fliegen konnte, einfach so.

Man muss üben.

Üben?

Ich übe schon die ganze Zeit.

Er ist vom Baum runtergeflogen, sagte Moni, die sich wieder Julis zerfledderte Puppe geholt hatte.

Und hat sich wehtan, quakte Bigi, die unter Julis Spielsachen eine kleine Ente zum Aufziehen gefunden hatte.

Ach was, sagte Robi, ich hab geübt und mir mit dem Hubert einen Landeplatz aus Heu gemacht.

Aus Heu? Juli war noch immer beeindruckt.

Sein Vater hat bei uns das Gras gemäht, und der Hubert und ich, wir haben einen Haufen draus gemacht und sind geflogen. Du kannst nicht einfach in ein Flugzeug steigen und fliegen, wenn du nicht vorher geübt hast.

Das leuchtete Juli ein. Kann ich auch mit euch üben?

Robi schaute sie an und schüttelte den Kopf: Nein. Höchstens wenn du einen Drachen hast.

Paps hatte vor ein paar Tagen versucht, einen Drachen für sie zu bespannen. Noch dazu einen mit einem Schwanz, an dem viele Schleifen aus buntem Seidenpapier hingen. Aber der Wind hatte ihn brutal in die Höhe gerissen, so dass er sich gleich ganz oben in der Blutbuche verfangen hatte und seither dort hing, weil die Leiter nicht zu ihm hinaufreichte.

Und warum brauch ich dazu einen Drachen?

Robi schaute drein, als wäre er tatsächlich schon der Pilot, der er werden wollte.

Weil Mädchen einen weicheren Kopf haben. Wenn du dich am Drachen festhältst, fliegst du nicht so schnell vom Baum runter.

Juli seufzte und überlegte, wer ihren Drachen von ganz oben aus der Blutbuche herunterholen sollte: Und warum willst du dann nach Afrika fliegen?

Sie hatte eine ziemlich vage Vorstellung von Afrika, das sie nur aus *Hatschi Bratschis Luftballon* kannte, wo es ebenfalls ums Fliegen ging, wenn auch in einem Ballon.

Robi plusterte sich ein bisschen: Weißt du denn nicht, warum alle nach Afrika wollen?

Weil dort immer die Sonne scheint?

Weil es dort Elefanten und Krokodile gibt, verstehst du?

Jetzt war Juli wieder auf vertrautem Boden: Elefanten sind riesig, sagte sie, hundertmal so groß wie du.

Robi nickte gönnerhaft: Ungefähr. Aber hast du schon einmal ein Krokodil gesehen?

Juli nickte ebenfalls, und es war nicht einmal gelogen. Der Vater von Paps hatte zu Hause ein dickes Buch mit allen Tieren, die es gab, aus dem sie und Kari, der Neffe von Paps, jedes Mal mit einer Stricknadel die Konturen der Tiere auf ein Blatt Pauspapier ritzten: Die Krokodile haben eine Goschen (Schnauze, daher auch: Halt die Goschen!), die länger ist als unser Esstisch, und so viele spitze Zähne, dass du sie gar nicht zählen kannst.

Das ging Robi ein bisschen zu weit. Ja, sagte er scheingeduldig, aber das ist gar nichts gegen die Eier, die sie legen. Riesige Eier, in denen lauter kleine Krokodile liegen und nur darauf warten, dass sie endlich ins Wasser können.

In Juli regte sich Widerstand. Sie wusste, dass Hühner Eier legen, auch Enten, Gänse und Truthennen und alle Vögel, aber Krokodile? Das konnte nicht sein.

Du lügst, sagte sie zu Robi, du lügst wie gedruckt.

Wie gedrückt, schrie Bigi und drückte einen alten Tennisball, der nicht mehr dicht war und wie der Hut eines Pilzes aussah.

Ich lüge nicht, sagte Robi, wenn du willst, zeichne ich dir ein Krokodil-Ei auf, dann wirst du schon sehen.

In diesem Augenblick ging die Tür auf. Julis Mutter und Robis Mutter kamen zusammen mit Rita ins Zimmer.

Alles heil geblieben?, fragte Tante Hanna.

Die Kinder schauten einander an und sagten dann eines nach dem anderen: Heil, heil, heil, heil, heil!

Ihr sitzt ja da wie die Häschen in der Grube, Tante Hanna lachte erleichtert: Ich habe Erdnussbutter aus Salzburg mitgebracht.

Keines der Kinder hatte das Wort je gehört.

Nicht nur aus Milch, auch aus Erdnüssen kann man Butter machen.

Aus Erde, bäh!, sagte Bigi und spuckte in Julis Malkasten, den sie gerade entdeckt hatte, worauf Juli ihn ihr sofort aus der Hand riss.

Denk lieber an die Nüsse als an die Erde, sagte die Tante zu ihrer Kleinsten. Ihr werdet schon erfahren, wie das schmeckt, die Marie und ich backen jetzt Palatschinken mit Erdnussbutter, kapiert? Und wer von euch randaliert, schaut durch die Finger!

Wollen wir nicht einstweilen miteinander singen?, fragte Rita und setzte sich neben Fritzi, der weltvergessen in sein kleines Kaleidoskop schaute. Sie nahm ihm das Kaleidoskop weg und intonierte: 's war einer, dem 's zu Herzen ging, zu Herzen ging, dass ihm der Zopf so hinten hing, so hinten hing, er wollt es anders haben …

* * *

Der Schnee meinte es ernst mit der Jahreszeit, und Juli ging noch in der Schule aufs Klo. Dennoch war ihre Hose nass, wenn sie nach Hause kam, aber diese Nässe kam von außen. Noch war der Schnee leicht griffig, und die Schneebälle flogen den ganzen Heimweg über, wobei die beiden Buben, mit denen sie den Schulweg teilten, sich hinterm Zaun versteckten, um dann gleich mehrere hintereinander zu schießen, während Juli und die beiden Mädchen, darunter eines aus der dritten Klasse, nur darauf warteten, dass die Buben, ihren Triumph auskostend, wieder auf die Straße kamen und von ihnen mit einem Schneeballhagel empfangen wurden.

Dann kam der Tag, an dem es hieß, die Mutter sei krank und niemand dürfe zu ihr ins Schlafzimmer, nicht einmal Paps, nur Rita und die alte Laura, die nah beim Herd saß, sich die Finger an der Teetasse wärmte und von Zeit zu Zeit ins Schlafzimmer ging, wenn die Mutter nach ihr rief.

Am Nachmittag fuhren Rita, Fritzi und Juli mit dem Autobus in den Nachbarort, der um einiges größer war als das Dorf. Sie sollten warme Unterwäsche für die bevorstehenden Kälteschübe besorgen, und als sie das getan hatten, ging Rita mit ihnen sogar ins Kaffeehaus, damit sie nicht draußen in der Kälte auf den Autobus warten mussten. Es gab Himbeersaft und Puddingcreme-Schnitten, und die Besitzerin des Kaffeehauses fragte Rita, wann es denn so weit sei, und die sagte: Demnächst!

Zu Hause war es stockfinster, nur auf dem Gang und im Elternschlafzimmer brannte Licht, wie man von draußen sehen konnte. Auch die Bar war schon in Betrieb. In der Wohnküche saß die alte Laura und wusch sich wieder einmal die Hände. Rita schubste die Kinder in ihr Zimmer und meinte, sie sollten sich jetzt selbst beschäftigen und sich ja nicht unterstehen, ins Elternschlafzimmer zu kommen. Kurz bevor Rita die Tür schloss, hörten sie eine Art Stöhnen und dann ein Schreien, wie zumindest Juli es noch nie gehört hatte. Rita legte den Finger auf den Mund und wisperte: Das gehört zur Krankheit dazu, aber das vergeht bald wieder. Juli war schon an der Tür, doch Rita ließ sie nicht aus dem Zimmer, und damit sie es nicht nochmals versuchte, sperrte sie die Tür von außen zu.

Auch Fritzi setzte sich erschrocken neben Juli aufs Bett. Das Schreien hatte aufgehört, dafür waren ständig Schritte zwischen der Küche und dem Schlafzimmer zu hören, Tür auf, Tür zu, und wieder Schritte. Von Paps keine Spur.

Fritzi glurte (den Blick etwas versenken) weiter in sein Kaleidoskop, und Juli hatte eins ihrer Bücher aus dem Regal geholt und schaute zum hundertsten Mal die Bilder darin an. Kaum hatten sie sich beruhigt, fing das Stöhnen und Schreien, das wie elendes Jammern klang, wieder an. Fritzi begann zu weinen und rief nach seiner Mutter, obwohl er wusste, dass die, wenn sie einmal die Tür zugesperrt hatte, nicht so schnell wiederkommen würde.

Der flennende Fritzi machte alles nur noch schlimmer. Fritzi war ganz nah an sie herangerückt, und als sie sagte, er solle endlich aufhören zu heulen, legte er sogar den Kopf in ihren Schoß und wischte sich dabei seine Rotznase an ihrer Hose ab. Hör auf, sagte sie, du bist kein Baby mehr. Da weinte Fritzi nur noch still.

So war es immer. Wenn Juli weinte, weinte sie Rotz und Wasser, und je mehr man auf sie einredete, desto heftiger heulte sie. Doch wann immer ein anderes Kind weinte, weinte sie schon deshalb nicht, weil sie dachte, sonst würde das andere Kind noch lauter weinen wollen als sie.

Hör auf!, sagte sie noch einmal, bugsierte Fritzi von ihrem Schoß, griff nach einem Taschentuch und befahl ihm, seinen Rotz hineinzublasen und Ruhe zu geben. Dann würde sie ihm aus ihrem Buch vorlesen.

Fritzi schaute auf: Aus dem, wo vorne der Löwe und der Bub mit dem Stock drauf ist?

Woher weißt du das, fragte Juli streng. Ich hab dir doch verboten, dass du meine Sachen herausnimmst, wenn ich in der Schule bin.

Fritzi verteidigte sich: Hab ich gar nicht, log er, aber meiner Mutter ist beim Abstauben das Buch runtergefallen, da hab ich gesehen, was drauf ist.

Juli verkniff sich jedes weitere Wort, holte das Buch und setzte sich wieder neben Fritzi. Sie konnte noch nicht lesen, aber die Sigrid hatte ihr das Buch so oft vorlesen müssen, dass sie es riskieren konnte.

Juliane besaß das Buch noch immer. Sie wunderte sich selbst, warum sie es noch nicht entsorgt hatte, immer skurriler kam es ihr vor, je weiter sein Erscheinungsdatum zurücklag. Sie hatte es ihrem eigenen Sohn weder gezeigt noch vorgelesen, dieses Buch namens *Waudibaudibauxi. Seine Reise ins Land des Professors Doktor Fitzli-Putzli, und was er auf der Fahrt erlebte,* das 1945 in Linz erschienen war. Eine Abenteuergeschichte von einem Kobold namens Waudibaudibauxi, einem spaßigen Kerl, der sich in einem hohlen Baum in den tiefen Wäldern des Mühlviertels ein Nest aus Heu und Blättern gebaut hatte. Allerdings erzählen die Illustrationen eine zeitgemäßere Geschichte. Da scheint Waudibaudibauxi alles andere als ein Kobold zu sein, nämlich ein Bub in Joppe und Lederhose mit Kniestrümpfen und Haferlschuhen, das blonde Haar streng gescheitelt, und mit einem Wanderstock versehen, dessen Knorrigkeit auch einem Rübezahl Ehre gemacht hätte.

Waudibaudibauxi bekommt eine Einladung von Prof. Fitzli-Putzli, den er offenbar von früher kennt und der in einem zur Gänze ihm zu eigenen Land wohnt, das Paradiesqualität zu haben scheint und sich aus drei Teilen zusammensetzt, einem Schlaraffenland, in dem alles wächst, was man essen kann, einem Maschinenland, in dem alles von U-Boot über Magnetauto bis zur Raumfahrt geplant und ausgeführt wird, und der Hauptstation einer Untergrundbahn, die durch alle Berge der Welt fährt.

Um tatsächlich in dieses Gelobte Land zu kommen, muss Waudibaudibauxi sieben Abenteuer bestehen, die ihn jeweils durch einen Berg führen, dem der Riesen, dem der Zwerge, dem der wilden Tiere, dem der Vögel, dem der Fische und dem der guten Fee. Wer jetzt glaubt, er habe es mit einem traditionellen Märchen zu tun, der irrt. Obgleich der Form die Struktur der Märchen zugrunde liegt, stammt die Welt der Dinge, die den *Kobold* in seiner Tapferkeit und Gewitztheit unterstützen, eindeutig aus dem *Hightech*-Bereich.

Und die Art, in der Waudibaudibauxi vom Professor empfangen wird, mit dem Ansinnen, er solle für immer bei ihm, dem einsamen Helden, bleiben, er wünsche sich keinen besseren Freund, würde aus heutiger Sicht eher den Verdacht auf Kindesmissbrauch schüren. Juliane war selbst nicht klar, warum sie sich immer wieder an dieses Buch erinnerte. Waren es die Namen der Protagonisten, die sie als Kind verzaubert hatten, oder die Keckheit des kleinen Kobolds mit dem strammen Seitenscheitel?

An jenem Tag, der in Julis Leben einen mehrfachen Einschnitt bedeuten sollte, tat sie so, als könne sie tatsächlich fließend lesen. Und wenn ihre Erinnerung sie im Stich ließ, erfand sie, was ihr dazu passend erschien. Fritzi hatte sich an sie gelehnt, und jedes Mal, wenn es eine Illustration gab, beugte er sich so weit über das Buch, dass Juli ihm gar nicht hätte vorlesen können, verdeckte doch sein Kopf den Text, den sie unangefochten weiter aus dem Gedächtnis vorsagte, ohne dass Fritzi es bemerkt hätte. Dabei sparte sie weder an dramatischen Erhöhungen noch an Verweisen auf das wenige in ihrer beider Alltag, das mit den Beschreibungen wenn schon nicht mithalten konnte, so doch vergleichbar war.

Das Merkwürdige daran schien, dass Juliane sich nicht mehr erinnern konnte, ob sie weiterhin das Stöhnen und Schreien der Mutter gehört oder das *Vorlesen* dieses ausgeblendet hatte.

Irgendwann mussten sie und Fritzi eingeschlafen sein. Als sie wieder aufwachte, hörte sie das Schreien umso lauter. Sie geriet in Panik, stellte sich an die Tür und suchte mit dem Ohr das Schlüsselloch. Sie riss und zerrte an der Schnalle (Klinke sagt man anderswo), aber die Tür war immer noch versperrt.

Eine Zeitlang hörte sie nichts, dann schrie wieder jemand, aber es klang so anders als die Mutter. Sie hörte die alte Laura sagen, der Vater solle verständigt werden. Der Ton der Stimmen hatte sich vollkommen geändert, alle klangen, als sei nun alles gut. Ein großer Augenblick, der gefeiert werden müsse.

Das nächste Mal erwachte Juli vom Schlag der Tür, die Rita aufsperrte. Juli war wohl in die Knie gegangen und direkt an der Tür eingeschlafen.

Es war die Nacht, in der Alwin geboren wurde, das letzte, wie die alte Laura entschied, von zig anderen Kindern, denen sie im Lauf ihres langen Lebens auf die Welt geholfen hatte. Alwin, der Sohn von Paps, das Wunschkind, dem alle Aufmerksamkeit sicher war. Angeblich habe der Storch die Mutter ins Bein gebissen, deshalb habe sie so geschrien. Aber jetzt sei alles vorbei, und Juli könne sich über einen wunderhübschen kleinen Bruder freuen, den der Storch nicht bloß der Mutter und Paps, sondern auch ihr gebracht habe.

* * *

Alles hatte sich verändert. Juli war nicht mehr die Kleine, der Kleine war Alwin, Sohn eines Vaters, der ebenfalls Alwin hieß. Alwin schrie, Alwin fuchtelte mit seinen winzigen Fäusten, strampelte mit den angewinkelten winzigen Füßen und stank, wenn Rita oder die Mutter seine Windeln öffneten, sein Gekacktes abwischten und seinen winzigen roten Hintern mit warmem Wasser wuschen. Juli durfte zuschauen, Rita oder der Mutter den Puder reichen oder die frischen Windeln, die, zum Dreieck gefaltet, über das winzige Pipi gelegt und übereinandergeschlungen, von einer Sicherheitsnadel zusammengehalten wurden. Darüber kam eine Art Gummihöschen aus demselben Material wie die Gummihandschuhe des Dr. Sallinger, damit das Gepinkelte nicht gleich die ganze Strampelhose nässte.

Es war tiefster Winter, ein besonders kalter tiefster Winter, in dem man mit der *Schlittgoaß* (vom Bild her authentischer als Rodel) aus dem Fenster ins Freie fahren konnte. Xaver und gelegentlich auch Paps schaufelten sich Blasen an den Händen, und zu beiden Seiten der Einfahrt wuchsen die Mauern aus harschem Schnee, über die Juli nicht mehr drübersah. Wenn Rita oder d'Anna einkaufen gingen, nahmen sie die *Schlittgoaß* mit und banden ihre Einkaufstaschen daran fest.

Alwin war ein Winterkind und musste deshalb viel mehr weinen, als Juli geweint hatte. Im Winter konnte ein Baby damals nicht so lange nackt bleiben, bis die Haut auf seinem Hintern trocknen und sich an der frischen Luft erholen konnte, damit die Entzündungen abklangen.

Puder allein genügt nicht, sagte Rita, die ihren Fritzi selbst großgezogen hatte: Der Babypopo braucht warme Luft.

Die Mutter legte Alwin auf ein Badetuch und breitete ein Seidentuch über ihn (Seide wärmt ein wenig). Aber es dauerte nicht lange, und jedes der Tücher war nass und der Babyhintern wieder feuerrot.

Die Mutter hatte keine Ahnung gehabt, wie viel Arbeit so ein kleines Kind machte, und Rita stand dauernd am Becken, um die verschiedenen Tücher und Windeln zu waschen. Selbst die Kautschukunterlage half nur insofern, als die Matratze halbwegs verschont blieb.

Die Saison war noch Monate entfernt, aber in der Hotelküche wurde weitergekocht, vor allem mittags, wenn die paar Evakuierten zum Essenholen kamen. Die Frau des Malers, der Juli porträtiert und das Juli-Stüberl mit einem

Fresko zu etwas Besonderem gemacht hatte, die beiden Begleiterinnen des Dichters, der zum dreißigsten Geburtstag der Mutter gedichtet hatte, der Schlagerkomponist (er wohnte in der Nähe der Klause), der so berühmt war, dass er immer mit Sonnenbrille und Schirmkappe unterwegs war. Sie alle verfügten über keine Küche in ihren Quartieren und konnten sich höchstens auf Elektrokochern Wasser heiß machen.

Die Frau des Schwimmlehrers durfte sich ihr Essen auf dem kleinen Herd in der Hotelküche, den auch die Mutter verwendete, selber kochen, da es im Seitentrakt zwar einen Kachelofen, aber keinen Herd gab. Der große Herd hätte viel zu viel Holz und Kohle verbraucht, da tat es auch der kleine, der gut genug heizte, damit man sich ohne Mantel in der Hotelküche aufhalten konnte.

Die Mutter kochte ohne Personal, woran sie sich auch erst gewöhnen musste, während Paps gezwungen war, die Gläser, wenn d'Anna keine Zeit hatte, selbst zu waschen, bevor er sie wieder vollschenkte. Zum Putzen kam sie, wie ausgemacht, in der Früh, aber sobald Paps anfing, sie herumzukommandieren, trat sie vor ihn hin, brachte ihr Mundwerk in Stellung und erklärte ihm, dass sie das alles schon länger mache, als er auf der Welt sei. Er solle sich lieber um die vielen leeren Flaschen kümmern, die unter der Budl (dem Tresen) stünden und sie daran hinderten, auch dort ordentlich, das heißt *hügiänisch*, saubergzumachen.

* * *

Juli war knapp daran, tatsächlich lesen zu können, vor allem Geschriebenes, das sie schon einmal vorgelesen bekommen hatte, während sie sich bei vollkommen Neuem noch ein wenig schwertat. Aber eines Tages schlug der

Gedankenblitz ein, und sie hatte begriffen, worauf es ankam. Sie lag mit Husten, Schnupfen, Heiserkeit im Bett, was d'Anna als die *ungarische Krankheit* bezeichnete (und ihrer Sicht nach arbeitsfeindlich deutete), und las in der *Wunderwelt*, einer Zeitschrift für Kinder, die Tante Ricarda ihr geschenkt hatte. In der Schule hatten sie gerade gelernt, dass man s-c-h nicht als s-c-h aussprach, sondern als *sch*, und sie zerbrach sich den Kopf darüber, was dieses Hän*sch*en war, das wie in Men*sch*en ausgesprochen werden sollte, aber so nicht zum Rest des Satzes passte.

Es war später Nachmittag, als es mit einem Mal ping! machte. Und Juli sagte laut: Hän-s-ch-en. Es war wie das Hänschen in *Hänschen klein ging allein …*

Als die Mutter ins Zimmer kam, um Juli frische Essigwickel zu machen und ihr eine neue Krenkette um den Hals zu legen, erklärte Juli: Ich kann jetzt echt lesen.

Die Mutter, die ihren Kopf bei Alwin hatte, fragte, während sie die nassen Umschläge mit je einem trockenen Handtuch umwickelte: Habt ihr schon alle Buchstaben gelernt?

Klar, aber ich kann jetzt echt lesen.

Die Mutter wiegte den Kopf: Das braucht seine Zeit.

Ich kann echt lesen, schrie Juli, fischte sich die *Wunderwelt* und las: Hänschen war in der Nacht aufgewacht und hatte Angst, dass das Gespenst (nachdem sie die Hürde mit dem Hänschen genommen hatte, war es ihr gelungen, auch mit dem Gespenst klarzukommen), von dem der Großvater ihm in der Burg erzählt hatte, ihnen bis nach Hause gefolgt wäre und nun zu heulen begonnen hätte. Oder war es doch nur der Wind oder eine Eule, die sich verflogen hatte?

Erst jetzt begriff die Mutter und meinte verblüfft: Du

hast es aber eilig mit dem Lesen. Und als sie Juli wieder zugedeckt hatte, versprach sie ihr, wenn sie das nächste Mal in den Nachbarort käme, aus der Buchhandlung ein Buch mitzubringen, damit sie es selber lesen könne.

* * *

Alwin wurde krank. Er war so krank, dass er nichts mehr bei sich behalten konnte, weder was aus der Brust der Mutter noch was aus dem Fläschchen kam. Seine Windeln mussten so häufig gewechselt werden, dass Rita nicht mit dem Waschen nachkam und die Mutter auf Handtücher aus der Hotelwäsche zurückgriff, um das Kind trocken zu halten. Es sollte sich nicht auch noch erkälten.

Dr. Sallinger konnte genauso wenig helfen wie die alte Laura. Alwin war das letzte Kind, dem sie auf die Welt geholfen hatte, und sie sorgte sich um ihn.

Juli ging zu ihm ins Elternschlafzimmer, das bloß mit einem elektrischen Öfchen beheizt werden konnte. Er lag, dick eingepackt, in der Mitte des Ehebetts und erschien ihr so winzig mit seiner Babyhaube auf dem Kopf und den kleinen Fäustlingen an den Händen, dass sie sich seinen kleinen Körper vorstellte wie den ihrer haarlosen Puppe. Sein Gesicht wirkte verschrumpelt, und seine Augen wurden immer größer.

Das Einzige, was helfen könne, sei Reis, sagte Dr. Sallinger, sagte die alte Laura, sagte Rita.

Woher nehmen? Alle nannten Namen von Ansässigen, von Evakuierten, von Bewohnern des Nachbarorts. Aber niemand schien Reis zu haben oder wenn, ihn nicht hergeben zu wollen. Sogar zur Omama ins Stammhaus ging die Mutter, obgleich sie nach der Hochzeit mit Paps nie mehr bei ihr gewesen war. Vergebens. Die Omama hatte keinen Reis für ein ihr fremdes Kind.

Juliane konnte sich nicht gleich erinnern, von wem die Mutter schließlich doch Reis bekommen hatte, mit dessen Hilfe Alwin überlebte. Erst nach einiger Zeit fiel es ihr wieder ein. Woher sollte der Reis denn sonst gekommen sein als aus dem PX in Salzburg? Und ja, die Geradenoch-Schwägerin Hanna war rechtzeitig aus Wien zurückgekommen, um anderntags den Reis aus Salzburg zu holen.

High time, sis!

* * *

Und wieder machte Robi von sich reden. Jenö, der aus Ungarn geflüchtet war und nun für Robis Mutter die anfallenden Schwerarbeiten erledigte und dafür im Haus wohnen durfte, hatte Robi einen Finger abgehackt. Um genau zu sein, das erste Glied seines linken Zeigefingers. Robi hatte Jenö gebeten, seinen Haselstock an einer bestimmten Stelle zu teilen, und ihm in dem Augenblick, als er die Hacke bereits in Schwung gebracht hatte, noch einmal mit dem Finger zeigen wollen, wo genau er hinhacken sollte.

Zum Glück war Robis Mutter in der Nähe, und als sie sah, was passiert war, schrie sie Jenö dermaßen an, dass man es bis zum See hinunter hörte.

Jedoch, widerstandserfahren, wie sie war, band sie Robis Hand ab, setzte ihn zusammen mit Jenö ins Auto, befahl ihm, dass er Robis Hand hochhielt, und raste mit den beiden über den Pass zum nächsten Landeskrankenhaus. Das abgehackte Fingerstück hatten sie in der Eile nicht gefunden, und aus Angst, dass Robi inzwischen verbluten könne, während sie weiter suchten, fuhr sie einfach los. Wer weiß, ob man damals in einem Provinzkrankenhaus überhaupt darauf vorbereitet gewesen wäre, das Fingerglied eines Sechsjährigen wieder anzunähen?

Im Krankenhaus wurde die Haut drübergezogen, genäht und ein Verband angelegt. Man wolle Robi noch ein paar Tag behalten, hieß es, falls es zu Schwierigkeiten bei der Heilung käme. Als sein Vater, der noch immer in Wien lebte, dann zu Besuch kam, bestätigte er den Kollegen nach Begutachtung der Narbe, gute Arbeit geleistet zu haben.

Während Robi im Krankenhaus lag, besuchte ihn Julis Mutter, die extra eine Torte für ihn gebacken hatte, zusammen mit seiner Mutter. Noch bevor sie in Robis Zimmer waren, kam ihnen eine gut gelaunte Krankenschwester entgegen und meinte, sie bräuchten sich um ihn keine Sorgen zu machen. Er sei frisch und munter und würde allen, die ihn fragten, und natürlich würden alle ihn fragen, was er denn mit seinem Finger angestellt hätte, erzählen, er habe ihn sich abgebissen. Sogar dem Primar bei der Visite. Die Krankenschwester musste all ihren Ernst zusammennehmen, um nicht lauthals zu lachen. Auch die Mutter vibrierte noch ein wenig, als sie es Juli zu Hause erzählte.

Und, haben sie seinen Finger noch gefunden?, fragte Juli, die noch immer an den Finger dachte, wobei sie an ihrem eigenen rubbelte, der noch dran war. Die Mutter schüttelte den Kopf.

Oje, dann hat ihn sich bestimmt dieses Rabenvieh geholt, das in der Tanne hinterm Haus sein Nest hat.

Die Mutter schien befremdet: Woher willst du denn das wissen?

Weil es sich neulich auch das Butterbrot geholt hat, das Moni runtergefallen ist.

* * *

Es war die Zeit des Gedichteaufsagens. Für gewöhnlich merkte Juli sich ein Gedicht, wenn man es ihr einige Male vorsagte und es nicht allzu lang war. Aufgesagte Gedichte waren gefragt, ob zu Weihnachtsfeiern oder beim Nachmittagskränzchen für die Kriegswaisen, zu Geburtstagen oder Jubiläen.

Als der Oberlehrer sein Dienstzeitjubiläum, das zugleich seinen Pensionsantritt bedeutete, feierte, fiel die Wahl auf Juli, ihn mit einem aufgesagten Gedicht zu ehren. Es war das erste Gedicht, das Juli nicht nur innerhalb der Klasse, sondern vor vielen Leuten im Schulhof draußen aufsagen sollte. Man hatte ihr einen Stuhl hingestellt, auf den sie mit Hilfe eines Schemels steigen sollte, damit alle sie sehen und hören konnten.

Es war der erste heiße Tag des Jahres, man war die Hitze noch nicht gewöhnt, und der Oberlehrer fuhr sich ständig mit seinem großen blaugrauen Herrentaschentuch über die Stirn und in einem Zug auch über den Nacken.

Der Bürgermeister stieg auf das kleine Podest neben dem Stuhl und sprach, der Bezirksschulinspektor stieg auf das Podest und sprach, die Oberlehrerin, die dem Oberlehrer nachfolgen sollte, stieg auf das Podest und sprach. Dazwischen spielte die Salinenkapelle, die vor allem ihrer kraftvollen Bläser wegen (von der Flöte bis zur Tuba) bekannt war.

Bevor Juli mit ihrem Gedicht den offiziellen Teil abschließen sollte, nahm sich auch noch der Präsident des regionalen Imkervereins, selbstermächtigt, das Wort. Er war interregional bekannt, denn er stand nicht bloß den Imkern vor, sondern auch einer der Faschingsgilden des Nachbarorts. Sobald er aber sein Faschingspulver, das bei Groß und Klein ganze Gelächtersalven auszulösen imstande war, verschossen hatte, wurde er wieder der Hauptschullehrer im Fach Naturkunde, dessen Leidenschaft den Bienen galt. Und er wurde nicht müde, all jene zu missionieren, die seiner Meinung nach das Zeug dazu hätten, Imker zu werden und mit ihrem Honig die Lebensqualität der Region zu verbessern.

Juli, die bereits neben dem für sie bestimmten Stuhl stand, hatte sich beim Frühstück die Hand verbrannt, als sie das auf der Herdplatte geröstete Weißbrot eigenhändig zu wenden versuchte. Da sich zu Hause nichts fand, was ihren Schmerz mildern und die Brandblasen zum Verheilen hätte bringen können, hatte d'Anna, zu der sie, wann immer ihr ein Malheur passierte, hinunterlief, Honig auf die verbrannte Hand geschmiert, was tatsächlich zu helfen schien.

Jedoch mit dem Schmerz war auch ein großer, wenn nicht der größte Teil des Gedichts aus ihrem Gedächtnis verschwunden, wie sie gerade feststellen musste, als sie sich das Gedicht noch einmal durch den Kopf gehen lassen wollte. Doch da war nichts mehr außer der ersten Zeile, die mit: *Der Stock, das Zeichen deiner Würde* … begann. Es war, als hätte Juli erst jetzt begriffen, von welcher Art Stock da die Rede war. Sie fing zu schwitzen an und überlegte, ob sie nicht einfach davonlaufen sollte, irgendwohin, wo niemand sie finden würde. Insgeheim flehte sie ihren Schutzengel an, er möge sie von dem Gedicht erlösen oder sie wenigstens unsichtbar machen, bis alle vergessen hätten, dass da noch ein Gedicht kommen sollte.

Gleichzeitig hörte sie dem Präsidenten des Imkervereins zu, der sich soeben an den jubilierenden Oberlehrer wandte und ihn als zukünftigen Imker vorstellte, für den er sich eine besondere Überraschung ausgedacht habe. Dabei hob er die Hand, in der sich so etwas wie ein winziger Käfig befand – Juli konnte sich nicht vorstellen, was für ein Tier er darin gefangen hielt, und beugte sich ein wenig zu ihm hinüber, nämlich eine, wie er lautstark verkündete, bereits befruchtete Bienenkönigin. Er drehte sich mit noch immer erhobener Hand im Kreis, damit möglichst viele Leute sein Geschenk sehen konnten.

Die Bombe hatte eingeschlagen, die Leute hielten den Atem an und starrten alle auf den winzigen Käfig

Die allgemeine Stille ließ zu, dass ein leises, mit der Zeit ein wenig anschwellendes Summen zu hören war, das Juli schon längere Zeit zu hören vermeint hatte, ohne weiter darauf zu achten, da es immer wieder von den verschiedenen Reden überstimmt oder von der Tuba verschluckt worden war.

Juli spürte, wie ihr die Knie einknickten, und setzte sich auf den Stuhl, auf den sie demnächst hätte klettern sollen, aber der Anblick der dunklen Gewebewolke, die nun, in unterschiedlichen Tönen summend, immer näher kam, hatte auch die unschöne erste Zeile des Gedichts aus ihrem Hirn gelöscht. Sie war nun nicht mehr nur sprachlos, sondern auch bewegungsunfähig.

Wenn du dich fürchtest, flüsterte der Präsident ihr zu: Steig einfach runter vom Podest. Und als er merkte, dass Juli vollkommen erstarrt war, flüsterte er ihr noch etwas zu: Bleib, wo du bist, und beweg dich nicht. Es sind nur meine Bienen. Wenn du keinen Mucks machst, lassen sie dich in Ruhe, verstanden?!

Juli konnte nicht einmal nicken. Sie fühlte sich wie in einen Stein verwandelt, nur ihre Augen waren auf den Schwarm fixiert und folgten, aufgerissen, wie sie noch immer waren, jeder seiner Bewegungen.

Aus den Mündern der Umstehenden löste sich ein einziger anhaltender Seufzer der Ungläubigkeit und einer verhaltenen Bewunderung, als der Schwarm begann, sich auf seinem Präsidenten niederzulassen. Der hatte den Käfig mit der Bienenkönigin in seine Brusttasche gesteckt, und die Bienen landeten auf seinen Schultern, seinen Armen, seinem Gesicht, entlang der Nähte seines Sakkos, krabbelten sogar seine Beine hoch.

Juli hatte alles um sich herum vergessen, nicht bloß das Gedicht, den Schutzengel, die Lehrerinnen und Lehrer. Sie sah nur mehr das Volk der Bienen, das den Präsidenten mit sich umgab, von Kopf zu Zeh, von Arm zu Arm, sogar auf den Rändern seiner Brille konnte sie Bienen krabbeln sehen.

Mit einem Mal kam ihr das ganz natürlich vor. Sie hatte keine Angst, auch nicht, als die ersten Bienen sich auf ihre Brandwunde setzten und sie das Kitzeln der Bienenbeinchen auf ihren Händen spürte. Sie hatte auch keine Angst, als immer mehr Bienen vom Präsidenten zu ihr herüberwechselten. Auch nicht, als die gepresste Stimme des Präsidenten (hatte sie ihn wirklich gehört, oder war es Gedankenübertragung?) nur eines sagte: Mund zu! Mach den Mund zu!

Die Leute rund um das Podium begannen ebenfalls zu wispern und zu flüstern. Niemand wollte die Bienen erschrecken, alle standen da, als hätten sie längst Wurzeln geschlagen.

Julis Haut entspannte sich immer mehr, obgleich sie noch immer dasaß wie das Sterntalerkind, das die Goldstücke in seinem Schoß auffängt, und ihr war, als wäre sie selbst die Bienenkönigin, die von all diesen wuselnden, tastenden, summenden Flügeltieren beschützt wurde und dadurch gegen alles gefeit war, was sie von außen bedrohen könnte. Ihr wurde warm und immer wärmer, und plötzlich schien ihr, als würden all die kleinen Flügel versuchen, ihr kühle Luft zuzufächeln, damit sie nicht in Ohnmacht fiel. Sie hielt instinktiv den Mund geschlossen, und als die Bienen nun auch auf ihrem Gesicht herumkrabbelten, hielt sie auch die Augen bis auf einen schmalen Schlitz geschlossen. Dennoch sah sie, wie jemand, es war der Sohn des Präsidenten, mit Imkerhut und Handschuhen, einen Bienenkorb vor sich hertragend, aufs Podest stieg.

Einige Leute begannen zu klatschen, während andere sofort den Finger auf den Mund legten.

Der Sohn holte den kleinen Käfig mit der Bienenkönigin aus der Brusttasche des Präsidenten, legte ihn in den Bienenkorb, und sogleich lösten sich einige der Bienen vom Präsidenten und schlüpften durch die Öffnung in den Korb.

Einer der Musiker, nämlich der mit der Tuba, versuchte gerade sein Instrument vom Speichel zu reinigen, indem er es umdrehte, und als er damit fertig war, blies er unversehens, er machte das immer nach der Reinigung, kräftig hinein, was einen Ton erzeugte, mit dem niemand gerechnet hatte, schon gar nicht Juli, und ebendieser Ton schlug eine Schneise durch ihren Kokon, in dem sie sich bis dahin geborgen gefühlt hatte, und alles um sie herum schien zu explodieren.

Als Juli wieder zu sich kam, hatte sie den Eindruck, unter einer von Alwins Windeln zu liegen. Ihr Gesicht fühlte sich einerseits glühheiß und andererseits eiskalt an. Das eine waren die Bienenstiche und das andere war etwas Eiskaltes, was auf ihnen lag.

Sie glaubte, die Stimme von Dr. Sallinger zu hören, wie er ihr gut zuredete, während er mit einer Nadel in ihren Arm stach. Je wacher sie wurde, desto mehr Stimmen waren es, die sie unterscheiden konnte. Der Oberlehrer und der Präsident des Imkervereins schienen Streit miteinander zu haben, und die neue Oberlehrerin redete andauernd dazwischen. Aber dann vermischte sich alles, doch bevor sie wieder einschlief, konnte sie noch den Oberlehrer sagen hören:

Pass bloß auf! Eines Tages wird dir die kleine Juli noch über deine Bienen kommen!

* * *

Fotos, also Momentaufnahmen, tauchten auf oder blieben verschwunden, manche fanden sich auch an Orten, wo sie nicht hingehörten. Einige waren genau so, wie Juliane sie in Erinnerung hatte, andere wichen stark davon ab, und wieder andere kamen ihr vor, als würde sie sie zum ersten Mal richtig sehen. Manche waren auch in Kartons mit anderem Krimskram gelandet, zum Beispiel in einer Blechschachtel, die einmal belgische Waffeln beinhaltet hatte und des guten Designs wegen für haltbarere Dinge in Verwendung kam, wie zum Beispiel eines Sparherds inneren Eisenring mit Einbuchtung, über der eine dünne Eisenspange angebracht war, mit deren Hilfe dieser innere Ring von einem Schürhaken angehoben werden konnte. Auf ebendiesem eingebuchteten Eisenring hatte einer von Julianes Jugendfreunden, der später Musikdozent und Komponist geworden war, eine seiner Kompositionen eingeschrieben und sie mit mehreren Schichten Lack fixiert, so dass die Noten lesbar blieben. Daneben befand sich ein Päckchen Spielkarten sowie ein seidenes Taschentuch mit japanischen Schriftzeichen, worin der Herdring zuvor eingewickelt war.

Als sie dann alles aus der Blechschachtel genommen hatte, um den durch die Verschlussritzen eingedrungenen Staub herauszuwischen, fand sie ein beinah winzig zu nennendes Foto (5 mal 8 cm), aus dem ein leicht in die Kurve gehender Kiesweg hervorleuchtete.

Es ist nicht zu erkennen, worauf die Eltern sitzen, einer Bank oder einem Baumstumpf? Die Mutter auf dem Schoß des Vaters, der lange Rock ihres Dirndlkleids verdeckt auch den unteren Teil des Vaters, der den linken Arm schützend um die Mutter gelegt hat, während seine rechte Hand auf ihrem Knie ruht und ihre linke auf seinem rechten Handgelenk. Der Kopf der Mutter berührt die Wange des Vaters, beide scheinen, soweit das auf dem kleinen Foto erkennbar wird, zu lachen oder zumindest zu lächeln, so als wären sie tatsächlich ein glückliches Paar.

Der Ort ist leicht zu identifizieren, eine Stelle weit hinten am See, mit Zirben und Felswänden im Hintergrund. Den leuchtenden Kiesweg war sie selbst unzählige Male gegangen, im Frühjahr, im Sommer, am liebsten im Herbst, nur winters war das öfter nicht möglich, wenn der Weg vereist oder wegen Lawinengefahr gesperrt war.

Auch der Vater schien seinen Steireranzug zu tragen, ein

Kleidungsstück, das oft ein Leben lang in Gebrauch steht. Selbst Veränderungen in die Breite waren vorgesehen, indem man an den Nähten genügend Stoff ließ, um sie später nach außen hin zu versetzen.

Die Tracht war spätestens seit Beginn der Sommerfrische, Mitte des 19. Jahrhunderts, eine Art Identitätsmarker der mittlerweile ansässigen oder zumindest teilansässigen Adeligen geworden. Erst als Tracht von Jägern, dann als Tracht der Region. Sie war kleidsam, man konnte sie zu jedem Anlass tragen, und sie gehörte bald zur Tradition, die die groß-, später auch die kleinbürgerlichen Sommergäste, aber auch jüdische Intellektuelle, Großindustrielle, Künstler und Schriftsteller gerne übernahmen. In den Archiven existieren Fotos von Hermann Broch in Lederhose, Jakob Wassermann im Spenzer, Sigmund Freud mit Tochter im Dirndlkleid, von Familien wie derer von und zu Hohenlohe, Eltz, Platen usw. gar nicht zu reden.

Für die Einheimischen war die Tracht einfach *das Gewand* gewesen, das man in den Bergen trug, weil es samt Wetterfleck und Steirerhut vor Sommerschnee und Wintergewitter schützte und dabei auch noch alle Farben spielte, was vor allem den Frauen gefiel.

Immer wieder wurde die Tracht von denen, die in ihr ein Klischee sahen, als politisches Outing verstanden und hatte für Haltungen zu stehen, die genauso gut in Jeans und schwarzen Ledermänteln eingenommen und ins Aggressive umgesetzt werden konnten. Dazu braucht es keine bestickte Lederhose.

Ein Fall echten Missbrauchs widerfuhr höchstwahrscheinlich auch dem Steireranzug von Julianes Vater, was sie allerdings erst Ende der sechziger Jahre erfuhr, als sie in einem längeren Artikel eines bekannten deutschen Nachrichtenmagazins plötzlich die Sprechweise der Mutter wiedererkannte, die von Simon Wiesenthal interviewt worden war. Der Artikel zitierte aus diesem Interview, in dem es darum ging, wie sich die Hoch- und Höchstrangigen des Regimes (d'Anna und Traude hatten sie immer die *Bonzen* genannt) im Ort Urlaub vom Töten genommen und in arisierten Villen oder gemieteten Bauernhäusern ihre Familien oder ihre Geliebten evakuiert hatten, aber auch selbst, wann immer sie abkömmlich waren, die frische Luft und das kühle Seewasser und die Berge genossen.

Die Mutter, die, wie schon erwähnt, wenig und ungern über die Kriegszeit sprach, hatte Herrn Wiesenthal erzählt, wie das Hotel seinerzeit requiriert worden war. Auch wann und wer darin gefeiert und von Zeit zu Zeit gewohnt hatte, wenn das eigene Quartier zum Feiern (möglicherweise der eigenen Kinder wegen) nicht geeignet war.

Die Mutter hatte mit dem Vater, solange er noch lebte, über ein gemeinsames Schlafzimmer im Hotel verfügt, doch hatte sie sich nach der Requirierung und dem Tod des Vaters ins Wohnhaus zurückgezogen.

Die Garderobe des Vaters blieb im ehemaligen Hotel zurück, und man hatte sich ihrer bedient, vor allem ein Mann von kleinerer Statur, die der des Vaters ähnlich war.

Die Mutter hatte in dem Interview sogar Namen genannt, aber hinzugefügt, es gebe keine vor Gericht geltenden Beweise. Sie selbst habe den Raum, dessen Schloss aufgebrochen worden war, erst wieder betreten, als sie alle fort waren, in einer Almhütte festgenommen, über die Berge geflohen, die eigene Familie nicht vergiftet habend, wie vorgenommen, jedoch in voller Montur von den Amerikanern arretiert, in Nürnberg zum Tod durch den Strang verurteilt oder sich im Steireranzug ihres Mannes unkenntlich wähnend und erst viele Jahre später in Israel hingerichtet.

Übrigens hatte sich die Nichtvergiftung der Familie die Tante Hanna zugutegehalten. Sie habe als damalige Nachbarin mit der Frau des Gauleiters lange gesprochen, wie sie dem jungen Historiker im Interview erklärte, denn es habe ihr leid um die Kinder getan, die schließlich nichts dafür konnten.

Sie alle hatten im Hotel, wenn es inoffiziell zugehen sollte und sie ihre menschliche, sprich: alkoholische Seite zeigen wollten, in dieselben Klomuscheln gekotzt, die zuvor den jüdischen Stammgästen zur Verfügung gestanden waren und später von ungarischen und rumänischen Faschisten, danach von den amerikanischen Besatzern und im Jahr darauf wieder von den Sommergästen, darunter auch wieder einigen der Stammgäste, zur Entleerung benutzt wurden.

Eines dieser Klos, besser gesagt, eine Toilette im ersten Stock hatte ein Fenster mit verschiedenfarbigen Glasscheiben, zu denen Juli sich immer wieder hinaufgeschlichen hatte. Das Hotel war als Chalet von einem Dichter Mitte des 19. Jahrhunderts erbaut, aber kurz vor dessen Tod an den Herzog zu Nassau veräußert worden, der es wiederum an den Großherzog von Luxemburg verkaufte, dessen Sohn es dann 1907 an Julianes Großvater weiterverkauft hatte.

Wahrscheinlich hatte die spätere Toilette ursprünglich zu einer Art Hauskapelle gehört, deren größerer Teil zu einem Hotelzimmer umgewandelt wurde, während der kleinere Teil statt der seelischen Nothilfe der leiblichen Notdurft zu dienen hatte.

Juli konnte lange durch das farbige Glas schauen und sich über alles freuen, was sie sah. Eine Welt der Wunder, in der auch die Blumen anders blühten, als Juli sie kannte. Eine weiße Pfingstrose zum Beispiel, die sich von einer roten zu einer violetten, von einer gelben zu einer grünen und von einer blauen zu einer lilafarbenen verwandelte, je nachdem, durch welche Scheibe Juli sie gerade anschaute, ohne dass sie auch nur die geringste Ahnung davon hatte, was in diesem Raum schon alles gedacht, erhofft und durchlebt worden war.

Genauso wenig wie sie sich hätte vorstellen können, dass es dieses Haus einmal nicht mehr geben könnte und damit auch nicht die von einem umläufigen Balkon geschützten Fresken an der Süd- und Südwestseite des Hotels. Märchenszenen wie übergroße Vignetten, in denen Figuren aus einem Epos des dichtenden Bauherrn in romantischer Manier und Ausstattung auftraten.

Aber es geschah. Ein englischer Adeliger kaufte das Haus Ende der fünfziger Jahre und ließ es abreißen, da ihm die Sanierung als zu aufwändig erschien.

Wie sagt schon das entsprechende englische Sprichwort dazu: Who cries about spilled milk?

* * *

Die Braut war eine Nichte von Anna und deren großartig kochender Schwester, die als arbeitsuchende junge Frau ihren beiden Tanten nachgereist war. Sie hatte auch sogleich in einem der Gasthöfe des Nachbarorts eine Stelle als Sousköchin bekommen und heiratete gerade in die Besitzerfamilie ein.

Auf dem Hochzeitsfoto lächelt sie zukunftsgewiss mit zur Breite neigendem Gesicht. Das Haar ist dicht und zu Stoppellocken gedreht (einem Korkenzieher ähnlich), was es noch dichter erscheinen lässt. Die Brüste quellen über einen sich deutlich wölbenden Bauch, auf dem die Hände der Braut liegen, als wollten sie ihn beschützen.

Der Bräutigam ist wesentlich schmäler, zieht nur in Schulterhöhe mit der Breite der Braut gleich und überholt sie in der Länge bloß um die Höhe eines Stöckelschuhs, was sie auf dem Foto gleich groß erscheinen lässt.

Juli durfte mit Anna zur Hochzeit mitkommen. Bedingung war, dass sie für die Braut ein Gedicht aufsagte.

Diesmal war sie sich sicher, dass sie das Gedicht auswendig wusste. Wann immer sie auch nur daran dachte, zeigte sich das Gedicht ihrem inneren Auge, so wie es im Buch stand.

Es war ein schwüler Frühsommertag, und alle schwitzten. Die geladenen Gäste saßen in Kutschen, wofür sämtliche Fiaker der drei beieinanderliegenden Orte anrücken mussten, um die Hochzeiter und ihre speziellen Gäste zur Besichtigung freizugeben. Immer wieder wurde Beifall geklatscht, vor allem dann, wenn der *Brauch des Aufhaltens* in Kraft trat und mehrere Laienkellner den Zug stoppten, um kalte Getränke zu servieren. Was in den Kutschen übrigblieb, wurde an die Zuschauer weitergegeben. Die Weine kamen alle, so wie die Braut, aus dem Burgenland, und jeder versuchte, ein Glas zu ergattern, nicht bloß der Hitze wegen, sondern weil die burgenländischen Weine einen guten Ruf hatten.

Der Weg von der Kirche bis zu dem Gasthaus, in dem das Hochzeitsmahl stattfinden sollte, war nicht allzu weit, und so wurde der Zug in kurzen Abständen angehalten und mit beschlagenen Gläsern (so kalt war der Weißwein) bewirtet.

Auch Juli war durstig, sehr durstig. Die Sonne schien senkrecht auf sie herab, während die Fiakerdächer zusammengefaltet hinterm Rücken der Insassen lagen. Alle redeten miteinander, rissen die üblichen Hochzeitswitze, begrüßten jene, die auf der Straße standen und auf ein Glas spitzten, und immer fand sich jemand, der noch nicht begrüßt worden war.

D'Anna, die besonders leutselig war, sprach mit mehreren Leuten gleichzeitig, und während alle dermaßen die Verbindung von drinnen nach draußen und von draußen nach drinnen pflegten, nahm auch Juli eins der beschlagenen Gläser und trank. Nicht dass es ihr geschmeckt hätte, aber die ungewohnte Flüssigkeit kühlte ihren Mund, und sie nahm noch einen Schluck und noch einen, bis die Welt um sie herum zu tanzen begann und sie sich im Reigen mitdrehte, während sie noch einen Schluck und noch einen nahm, bis das Glas leer war.

In der letzten Kutsche fuhren die Musikanten mit, die immer wieder aufspielten, wenn der Zug anhielt, und Juli, die die meisten Lieder und Tänze kannte, versuchte mitzusingen. Da sie in der vorletzten Kutsche fuhr, hörte sie auch genau, was die Musikanten spielten, und ihre Hände klatschten den Takt dazu, was im allgemeinen Gekreisch und Gelächter allerdings vollkommen unterging.

Erst als es ans Aussteigen ging und d'Anna sich darauf besann, dass sie ein Kind dabei hatte, bemerkte sie Julis

Gleichgewichtsstörungen. Sie nahm Juli an der Hand und dachte, die arme Kleine sei wahrscheinlich so von der Sonne erhitzt, dass sie dringend ein Glas Wasser oder Limonade brauchte. Und hungrig war sie sicher auch, waren sie doch schon sehr zeitig in der Früh aufgebrochen und zu Fuß in den Ort heruntergekommen. Xaver hatte sie nicht bringen können, einer seiner Füße hatte wieder zu eitern begonnen, und er war bettlägrig.

Juli dachte bloß an eins, nämlich wie sie ihr Gedicht loswerden konnte. Ihr war ziemlich flau im Magen, aber das Gedicht musste aufgesagt werden, unbedingt. Danach wollte sie nur noch schlafen. Sie versuchte mehrmals, auf die Braut zuzulaufen, aber d'Anna hielt sie immer wieder zurück: Wart noch, sagte sie, wir sitzen der Braut genau gegenüber. Dann stehst du auf, wenn ich dir ein Zeichen gebe, und sagst das Gedicht auf.

Juli ließ sich von Anna auf den ihr zugewiesenen Platz ziehen und kletterte auf den Stuhl, wobei ihr Magen immer größer und schwerer wurde.

Die Braut und der Bräutigam saßen bereits, die jungen Serviermädchen trugen eilig die Suppe auf, die Gläser wurden wieder gefüllt. D'Anna hielt ihr ein Glas mit Wasser hin und sagte: In Gottes Namen, trink ein paar Schluck, damit dir die Stimme nicht vertrocknet.

Als die Braut Juli auch noch anstrahlte, gab d'Anna ihr einen leichten Stoß, und Juli spürte plötzlich, wie alles, was in ihr drin war, nicht in ihr drinbleiben wollte, nicht einmal die paar Schluck Wasser, die sie sozusagen nachgeleert hatte. Auch das Gedicht hatte keinen Platz mehr, es schien von alldem, was in ihrem Bauch angeschwollen war, verdrängt worden zu sein. Sie fand die Worte nicht mehr, nicht ein einziges, sogar das Wort Hochzeit hatte sich davongemacht, und als d'Anna sie noch einmal anstieß und sagte: Na wird's bald!, da hob sich der Deckel, der bisher alles in ihr drinnengehalten hatte, und das Frühstück, der Wein, das Wasser sprangen in einer kraftvollen Fontäne aus ihr heraus, geradewegs in den Teller der Braut.

Die stieß einen Schrei aus, fasste sich aber gleich wieder und lächelte sogar.

Erst jetzt hatten die Umsitzenden bemerkt, was passiert war, und für einen Augenblick herrschte absolute Stille.

Dann sagte eine männlich Stimme laut: Bringt Glück!, und dichtete auch gleich aus dem Stegreif:

Wanns nicht regnet, dann schneibts.
Und wann ihr z'warm is, dann *speibts*

(die Mundart war wie gemacht für den Reim).

Der Anna war kurz der Mund offen geblieben. Aber dann packte sie Juli und zerrte sie ins Klo.

Speib dich aus!, sagte sie, und Juli tat, was ihr gesagt wurde. Dann wusch d'Anna sie und wusch alles weg, was noch an Kotze an ihr haften geblieben war.

Juli war inzwischen so müde, das d'Anna sie zum großen Kachelofen tragen musste. Dort legte sie sie auf die Ofenbank, ließ sich von einer der Servierhilfen ein Leintuch bringen und deckte sie damit zu, aber da war Juli schon eingeschlafen.

Als sie wieder aufwachte, nahm sie sich ein Glas Wasser, trank es leer und machte sich auf die Suche nach der Braut. Es wurde bereits getanzt, alle schienen bester Laune zu sein und drehten sich im Kreis, bis sie aus Erschöpfung auf die nächste Bank fielen und ein paar Schluck von dem

Rotwein nahmen, der inzwischen aufgetragen worden war, um nur ja keinen trockenen Mund zu kriegen.

Die Braut schien wie vom Erdboden verschluckt, und als Juli endlich zumindest d'Anna gefunden hatte, erklärte die ihr, dass die Braut ebenfalls hatte *speiben* müssen und sich in einem Zimmer im ersten Stock ausruhe. Da dürfe man sie keineswegs stören.

* * *

Juliane erkannte sich sofort auf dem Foto, einem der ganz wenigen Winterfotos aus den letzten Volksschuljahren. Sie wusste auch auf Anhieb, welchen Hang sie da mit ihren Schiern im Hahnentritt hinaufsteigt. Sie trägt eine Nummer vorne auf der Brust, aber das Foto ist zu klein, um die Nummer zu erkennen. Sie scheint die Erste zu sein, was trügt, da vor ihr genauso viele Kinder hätten aufsteigen können wie hinter ihr, eine Frage des Bildausschnitts. Das Wetter scheint strahlend zu sein, die Wand ist noch voller Schnee, der See zugefroren.

Die Kinder stecken alle in Pullover und Schihose, keines trägt einen Anorak, entweder weil es damals für Kinder noch keine Anoraks gegeben hat, noch wahrscheinlicher, weil sie zu teuer gewesen wären. Mädchen und Buben gemischt, es handelt sich ja erst um den Aufstieg, nicht um die Abfahrt. Im Rennen fahren sie dann voneinander getrennt auf verschiedenen Routen.

Julis Haar ist auf der Seite gescheitelt, halblang, und die Tolle gibt es nicht mehr. Ihre Schier hat der ältere Bruder von Paps, ein Tischler, angefertigt, mit einem kurzen geschnitzten Stiel vorne dran. Die Stöcke stammen, Juliane weiß nicht mehr, von wem. Sie sind etwas zu lang, und sie hält sie ein Stück unterhalb der Schlaufe fest.

Das Mädchen neben ihr ist ein Jahr älter. Sie und ihre Schwester, die zwei Jahre älter ist, hatten sie im Sommer beleidigt. Als Juli mit einem Karl-May-Band, den ihr ein Bekannter der Mutter überlassen hatte, am Strand lag und darin las, hatte die ältere Schwester zu ihr gesagt: Das verstehst du eh noch nicht! Und die Jüngere hatte genickt und gesagt: Schon ganz und gar nicht! Diese beiden Sätze waren ein Leben lang in ihr hängen geblieben. Wohingegen sie sich partout nicht erinnern konnte, als wievielte sie bei diesem Schirennen für Volksschüler durchs Ziel gekommen war oder ob sie sich, wie manche Kinder ihres Alters, verfahren hatte oder gar gestürzt und den Hang dann zu Fuß hinuntergegangen war.

Sie war nie wirklich gerne schi gefahren.

* * *

Im Dezember 1945 begann der sogenannte *Umbruch* (sozusagen die ersten Millimeter des Schlussstrichs), der sich bis Anfang 1948 hinzog. Dazu gehörte die Rückkehr Österreichs von der Reichsmark zum Schilling, die die Bewohner um einen Großteil ihrer Anlagen brachte. Allerdings landeten auch die Schwarzmarktpreise wie im Sturzflug wieder auf Bodenhöhe, was diejenigen, die davon gelebt hatten, veranlasste, sich über Nacht auf ein anderes Gewerbe umzustellen.

Ein Bub namens Ferdl aus Julis Klasse hatte, während sie miteinander auf dem ehemaligen Tennisplatz Liegestütz übten, einen Schilling gefunden, und als Juli ihn fragte, was er damit machen wolle, sagte er, als habe er das schon lange geplant: Zehn Semmeln kaufen, damit meine Mutter mir einen Scheiterhaufen (einen Semmelauflauf mit Äpfeln) backt.

Und die Äpfel?, wollte Juli wissen. Wo nimmst du die Äpfel her?

Die Äpfel liegen im Keller. Die braucht sie bloß raufzuholen. Habt ihr auch Äpfel im Keller?

Haben schon, aber meine Mutter traut sich nicht in den Keller. Da muss immer ich gehen.

Und warum traut sie sich nicht?

Weil sie Angst vor Mäusen hat. Wenn sie eine Maus sieht, wird sie ohnmächtig.

Das glaub ich dir nicht.

Neulich habe ich eine tote Maus, die ich unter meinem Bett gefunden habe, am Schwanz in die Küche getragen, und schon ist sie in Ohnmacht gefallen.

Ferdl lachte: In Ohnmacht gefallen, einfach so? Er schien es noch immer nicht zu glauben.

Ja, einfach so. Und mit Schlangen gehts ihr genauso.

Sag bloß, du hast ihr auch eine Schlange in die Küche gebracht?

Eigentlich hätte Juli es ihm noch gar nicht erzählen wollen, nämlich dass der Schlangenzüchter, der im Hotel urlaubte, versprochen hatte, ihr zu zeigen, wie man eine Ringelnatter hält, ohne dass sie einen beißt. Man musste nur Daumen und Zeigefinger knapp hinter ihren gelben Backenflecken fest genug zu einem Ring schließen, damit sie nicht zubeißen konnte.

Wenn sie sich dabei um deinen Arm wickelt, hatte der Schlangenzüchter ihr erklärt, brauchst du keine Angst zu haben, sie ist nicht stark genug, dir den Arm zu brechen. Und wenn du sie ganz ruhig hältst und mit der anderen Hand ein bisschen streichelst, entspannt sie sich. Vielleicht mag sie dich dann auch und lässt sich von dir herumtragen, ohne dass du sie am Genick festhältst. Aber das muss unser Geheimnis bleiben. Die meisten Menschen mögen nun einmal keine Schlangen.

Sag schon, drängte Ferdl: Hast du ihr jetzt eine Schlange in die Küche gebracht oder nicht?

Als Juli merkte, wie sehr sie Ferdl damit beeindrucken konnte, vergaß sie das Geheimnis: Noch nicht. Ich muss weiter üben, bis ich sie so halten kann, dass sie mich auf keinen Fall beißt.

Du willst eine Schlange festhalten können, mit der bloßen Hand? Ferdl, der neben ihr auf der Bank saß, rückte ein wenig zur Seite: Das glaubst du doch selber nicht!

Du wirst schon sehen, wenn du das nächste Mal zu mir kommst, kann ich dir vielleicht schon zeigen, wies geht.

* * *

Die Mutter hatte Paps nicht nur einen kleinen Sohn geschenkt, sondern bald darauf auch eine kleine Schäferhündin. Die Mutter wollte ihn damit überraschen und hatte die Welpin angeblich beim Christkind bestellt. Doch Juli hatte gesehen, wie der jüngere Bruder der Mutter, Onkel Vik (von Viktor), sie aus der Innentasche seines Mantels geholt hatte, und zwar am Nachmittag des Heiligen Abends. Dann wurde das Hundebaby für ein paar Stunden drüben im Personalraum des Hotels eingesperrt, wo es zumindest einigermaßen warm war, damit die Überraschung auch wirklich gelänge.

Schon im letzten Jahr hatte Juli an der Existenz des Christkinds gezweifelt, ebenso an der echter *Krampusse* (Teufel, in Tannenreisig, Moos und Fell gekleidet, mit riesigen holzgeschnitzten Köpfen, auf denen oft mehr als ein Paar Hörner sitzen, die gemeinsam mit einem als Bischof

Verkleideten den Kindern am 5. Dezember die Leviten lesen). Gleich nachdem die Krampusse mit Kettengerassel und Bischof das Wohnhaus wieder verlassen hatten, um anderen Kindern das Fürchten zu lehren, hatte sie sofort aufs Klo müssen. Doch vor der Klotüre stand einer dieser riesigen, auch noch rot und schwarz bemalten geschnitzten Köpfe auf dem Boden, und von hinter der Klotür war zu hören, dass jemand sich stöhnend und geradezu explosiv entleerte, was sich ziemlich menschlich anhörte.

Mit den *Perigeln* (Perchten) war es ähnlich, die hässlich vermummt am 5. Jänner ab Einbruch der Dunkelheit die bösen Geister des Winters vertreiben sollen, aber vor allem Kinder, die auch am Nachmittag noch *glöckeln* gingen (ein Brauch, bei dem Kinder mit einem Leinensack und einer Kuhglocke von Haus zu Haus gehen und lautstark um Süßigkeiten, vor allem Krapfen, bitten), verschreckten, indem sie sie Kopf voran in den Schnee steckten.

Am späteren Abend konnte man ihnen dann, vorausgesetzt, man war nicht alleine unterwegs und mindestens ein Erwachsener hielt einen an der Hand, am Hauptplatz des Ortes zuschauen, wie sie nach entsprechend vielen Schnäpsen nicht nur die bösen Geister, sondern sich auch gegenseitig aus dem Feld zu schlagen versuchten.

An wen sie noch immer und zweifelsfrei glaubte, war der Wassermann. Erstens, weil sie ihn noch nie zu Gesicht bekommen hatte. Zweitens, weil es ihr nur logisch erschien, dass es in der Tiefe des Sees jemanden gab, der unter all den Fischen, schwimmenden Ringelnattern, Muscheln, Haubentauchern, Duckenten, Blässhühnern und vereinzelten Nixen Ordnung schaffte. Und drittens, weil nie einer von den Erwachsenen von ihm wie von einem Vorbild gesprochen oder mit ihm gedroht hatte.

Juli kannte den Wassermann aus einer regionalen Sage, der zufolge er vor langer Zeit den Einheimischen gezeigt hatte, in welchem der Berge genügend Salz lag, um es abbauen zu können. Die Sage hatte sich allerdings wenig Mühe damit gegeben, den Wassermann, das heißt sein Aussehen und seine gesamte Wirkungskraft, näher zu beschreiben, sondern es Kindern wie Juli überlassen, ihn sich im Detail vorzustellen. Für sie war er ein schöner Mann mit langem Haar, in dem Muscheln und Schlingpflanzen hingen, in einem langen Gewand aus grünen Schlammfasern und mit Flossen an den Füßen. Sie glaubte, dass er tagsüber in seinem Gehäuse tief unten am Seegrund schlief und sich abends im Schilf aufhielt, wo man ihn nicht so leicht erkennen konnte.

Irgendwann würde er ihr schon begegnen, in einer Nacht, in der das Mondlicht eine Brücke über den See schlug, an der entlang der Wassermann bis zum Schilf auf ihrer Seite geschwommen käme.

Die kleine Hündin hatte, nachdem sie vom *Christkind* aus dem Personalraum herübergebracht worden war, vor lauter Freude, nicht mehr allein sein zu müssen, alle paar Minuten Wasser gelassen. Sie hieß übrigens Holle, so hatte der Züchter sie im Stammbaum eingetragen (sie kam aus einem H-Wurf), und dabei blieb es auch.

Paps freute sich echt. Er langweilte sich manchmal sehr, vor allem wenn gerade keiner seiner Freunde greifbar war. Und Alwin war noch zu klein, als dass er viel mit ihm hätte anfangen können.

Die Mutter bereute ihr Geschenk wahrscheinlich schon

am nächsten Morgen, als sie draufkam, dass Holle während der Nacht zwei ihrer Schuhe aus jeweils unterschiedlichen Paaren zerbissen und im Gang dann auch noch ihr Geschäft verrichtet hatte.

Juli hingegen mochte die kleine Hündin von Anfang an und überlegte, wie sie ihr zur Seite stehen konnte.

Mit der Hündin hatte Paps auch ein Buch über Hundeerziehung bekommen, in dem er gelesen hatte, dass man einen Hund keineswegs ins Schlafzimmer oder gar ins eigene Bett lassen durfte. Genau das hatte Juli vor.

Rita hatte inzwischen einen Einheimischen geheiratet und war mit Fritzi zu ihm gezogen. So war Juli zu einem eigenen Zimmer gekommen, in dem gleich darauf Tigsi ihren ersten Wurf geboren hatte. Unerfahren, wie sie war, hatte sie das erste Junge in einem Schuhkarton abgelegt, wo es dann in der Nacht erfroren war. Ein anderes hatte sie, wohl der Wärme wegen, Juli untergeschoben, die es zu ihrem großen Kummer im Schlaf erdrückt hatte. Die restlichen zwei hatte Tigsi dann auf Julis Bettdecke geboren, sie aber bald darauf in eine Schachtel mit alten Puppenkleidern unter Julis Bett geschleppt, wo sie eine Zeitlang wohnen blieben (daher auch die tote Maus), bis sie alt genug waren, an andere Leute abgegeben zu werden.

Paps las auch sonst noch so einiges über Hunde und kam zu dem Schluss, dass Holle, wenn sie etwa acht Monate wäre, zur Abrichtung in eine Hundeschule, besser noch, in eine Polizeihundeschule gehen sollte. Da sich diese Schule in der Landeshauptstadt befand und Paps kein Auto besaß, musste die wolfsfarbene (grau-braun und nicht schwarz-gelb) Holle für einige Wochen einrücken.

Inzwischen hatte Paps ihr das Pfotengeben beigebracht und sie zimmerrein gemacht.

Wenn Holle nachts im Gang, wo sie auf ihrer Decke liegen bleiben sollte, zu winseln anfing, ließ Juli sie still und heimlich zu sich ins Zimmer und schubste sie am Morgen wieder raus. Paps hatte es nie bemerkt, da er morgens lange und tief zu schlafen pflegte. Abends nahm er Holle mit in die Juli-Bar, und wenn er nachts mit ihr zurückgekommen und gleich eingeschlafen war, stieß Holle mit der Schnauze die Tür von Julis Zimmer auf, hüpfte zu ihr ins Bett, meist ohne dass Juli es bemerkte. Die Tür ging dann langsam von selber zu, was einer minimalen Senkung der Zwischendecke in Richtung Türstock geschuldet war. Immerhin gab es das Haus damals schon mehr als hundert Jahre.

Als Holle von der Polizeischule zurück nach Hause gebracht wurde, größer und erwachsener, wie Juli schien, nahm Paps sich vor, sie täglich zu trainieren, wie man ihm geraten hatte, damit sie nicht wieder vergaß, was sie alles gelernt hatte.

Nach zwei, drei Wochen wurde es Paps zu mühsam, Holle immer dieselben Befehle zu erteilen sowie dann zu kontrollieren, ob sie ihnen auch nachkam, und er beschränkte sich darauf, sie weiterhin ohne Leine bei Fuß gehen zu lassen oder ihr zu befehlen, eine Weile irgendwo sitzen zu bleiben, bis er ihr das Zeichen gab, dass sie zu ihm kommen solle.

Aber das hielt nicht allzu lang vor. Holle wusste das und benahm sich meistens, wie man es von ihr erwartete.

Sobald Holle jedoch Wildgeruch in die Nase bekam, erwachte der Wolf in ihr, und sie lauerte auf die sogenannte günstige Gelegenheit. Da der Wald oberhalb des Weges um den See vor solchen Gerüchen nur so strotzte, entging nichts ihrer Aufmerksamkeit. Sobald Paps sich mit Alwin im Kinderwagen unterhielt oder jemand des Wegs kam, den er kannte, verschwand Holle so still und leise, als hätte sie sich entmaterialisiert.

Je älter sie wurde, desto raffinierter stellte sie es an, von einem Augenblick zum anderen unsichtbar zu werden. Da konnte Paps toben, soviel er wollte, manchmal schlug er sie sogar im Zorn, aber es änderte nichts daran, dass Holle sich gewisse Freiheiten nahm und ihre Jagdausflüge bis zu zwei Tagen ausdehnte. Dabei stellte sie sich dermaßen geschickt an, dass kein Jäger sie je *in flagranti* ertappt hatte.

Klug, wie sie war, hatte sie sich das Öffnen nicht versperrter Türen selbst beigebracht, und wenn Alwin, der zu laufen begonnen hatte, mit einem Keks in der Hand, ein Ziel im Auge hatte, holte sie sich den Keks mit der Zunge und so sanft, dass Alwin es erst bemerkte, wenn sie ihn längst gefressen hatte und neben ihm herging, als hätte es diesen Keks nie gegeben.

Das Foto, auf dem Juli mit Holle zu sehen ist, hatte jemand zwischen Hotel und Wohnhaus mit Blick auf die Felswand und den kleinen Wiederkäuer-Berg samt Aussichtswarte aufgenommen. Juliane konnte es kaum fassen, wie klein sie sich damals neben Holle ausnimmt. Die Tolle ist noch immer oder schon wieder auf ihrem Kopf, und das Kleid, das sie trägt, ähnelt all denen, die die Hausschneiderin für sie im Lauf der Jahre angefertigt hat. Nur dass die Karos noch kleiner sind (wahrscheinlich schwarz-blau) und der weiße Bubikragen nicht mit Spitze gesäumt ist. Ihre Schuhe sind vorne ebenfalls rund wie der Kragen und werden von einer Spange über dem Rist am Fuß gehalten.

Im Winter darauf hatte Holle sie aus dem Wasser gezogen, als das Eis unter ihr nachgegeben hatte (zum Glück nicht allzu weit vom Ufer entfernt) und sie schneller, als sie denken konnte, bis zu den Schultern ins Wasser absackte. Sie hatte sich nicht einmal um Hilfe zu rufen getraut, hatte ihr doch die Mutter strengstens verboten, aufs Eis zu gehen, bevor der See freigegeben wurde.

Holle, die mit Wasser vertraut war und nichts lieber tat, als geworfene Holzstücke aus dem See zu holen, hatte offenbar erfasst, was passiert war, und sie, wie sie das später mit ihren eigenen Jungen machte, am Schlafittchen (was so viel wie Schwungfeder bedeutet), also am Kragen ihrer dicken Strickweste gepackt und auf die nächste Eisplatte gezogen. Juli war danach auf dem Eis bis ans Ufer gerobbt, während Holle ständig versuchte, sie warm zu lecken.

Juli klapperte bereits mit den Zähnen, als sie vor Annas Tür stand, während Holle vermittelnd mit dem Schwanz wedelte. D'Anna schlug die Hände über dem Kopf zusammen und begann, wie immer in solchen Fällen, auf Ungarisch zu fluchen.

Juliane konnte sich nicht mehr daran erinnern, wie sie es mit Hilfe von Anna geschafft hatte, die Mutter aus dem Spiel zu lassen, aber wahrscheinlich hatte d'Anna ihre Kleider im Schnellverfahren auf der Stange über ihrem Herd getrocknet, sie selbst einstweilen in eine Decke gewickelt und ihr Lindenblütentee zu trinken gegeben, bis sie zu schwitzen anfing.

Holle hingegen bekam ein paar Knochen, die zwar Xaver bereits abgenagt hatte, aber Holle ging ihnen ans

Mark. Mit großer Geduld und Umsicht biss sie die Röhre auf, sog und leckte das Mark heraus, zermalmte Sehnen und Knorpel und sortierte spitze Knochenstücke aus, an denen sie sich hätte verletzen können.

* * *

Im Frühjahr 1949 mussten d'Anna und Xaver ausziehen. Paps konnte die beiden nicht leiden und behauptete, d'Anna hätte Haare auf den Zähnen und Xaver hätte sich selbst zum Krüppel gemacht, damit er nicht habe einrücken müssen.

Sie fanden bald ein Gesindehaus mit Stall, das zur Villa einer jüdischen Familie gehörte, die 1938 im Zuge der Arisierung enteignet worden war. Jedoch war die Villa, nicht lange bevor d'Anna und Xaver ins Gesindehaus zogen, den ursprünglichen Besitzern zurückgegeben worden. Die Familie hatte inzwischen ihren Hauptwohnsitz in England, kam aber immer wieder, vor allem zur Sommerfrische, an den Ort zurück.

Als Juli die beiden zum ersten Mal dort besuchte, nahm d'Anna sie mit, um ihr die Villa zu zeigen, für die sie nun zuständig war, das heißt, sie lüftete und putzte sie auch während der Zeit, in der sie leer stand. Sie und Xaver mussten auch ein Auge darauf haben, ob das Dach leck war, die Dachrinnen verbogen oder eine Treppenstufe nachgab, dass die Büsche im Winter zusammengebunden und die Wasserleitungen bei Frostgefahr abgesperrt waren. Dafür durften sie einmal die Woche in der Villa baden, solange noch Wasser aus der Leitung kam.

Juli hatte die beiden vermisst und ging immer wieder zu ihnen hinauf (die Villa lag an einem Hang, aus dem weiter oben ein Berg wurde, und man hatte von ihr eine gute Sicht auf den See, ohne dass ein anderes Haus oder ein Baum den Blick verstellte), blieb auch, wenn ihr danach war, über Nacht. D'Anna rief dann von der Villa aus an, um der Mutter zu sagen, dass das Julerl erst in ein, zwei Tagen wiederkommen würde, sie brauche sich keine Sorgen zu machen.

Im Sommer ging es leichter, sich zu Anna und Xaver zu trollen, als im Winter.

Im Sommer war Saison, die Mutter hatte alle Hände voll zu tun, Paps auf seine Weise ebenfalls. Sommer bedeutete aber auch See und schwimmen, ansonsten wäre sie in den Ferien ohnehin am liebsten ganz zu Anna und Xaver hinaufgezogen.

* * *

Die neue Kinderfrau für Alwin, eine dickliche großgewachsene Frau aus Heidelberg mit hellblonden Haaren, erzählte Juli oft von den Neandertalern, diesen frühen Menschen, von denen man einen in der Nähe von Heidelberg ausgegraben habe.

Sie hieß Gitta und wollte als Gegenleistung für ihre Neandertalergeschichten von Juli massiert werden. Dazu legte sie sich nackt aufs Bett und zeigte ihr die Stellen ihres Körpers, die sie bearbeiten sollte, während Alwin im Gitterbett daneben schlief. Juli war bereit dazu, schon aus Neugier. Sie hatte noch nie eine erwachsene Frau zur Gänze nackt gesehen und schaute sich diesen Körper, den sie berühren sollte, ganz genau an.

Gitta führte ihr die Hand und zeigte ihr, wo sie drücken (sie sagte massieren) sollte. Anfangs waren es ihre Brustwarzen, Juli ekelte sich ein wenig, als sie Gitta das

Wort Brustwarzen sagen hörte, drückte und massierte sie dann aber doch, worauf Gitta sie lobte: Gut machst du das. Du bist die geborene Masseuse. Und wenn du so weitermachst, werde ich bald sehr schlank sein.

Sie hatte Juli zuvor erklärt, dass sie abnehmen wolle und die Massage vor allem dazu diene, ihre kleinen und größeren Fettpölster zum Verschwinden zu bringen. Die wollte sie ihr nun alle zeigen, und dabei nahm sie immer wieder ihre Hand, legte sie auf die eine, dann auf die andere ihrer riesigen Brüste, zeigte ihr die *Kreismassage*, bei der Juli mit der Hand um ihre Brustspitze (Gitta sagte nun nicht mehr Warze, sondern Spitze) kreisen sollte, immer fester, wie Gitta meinte, wobei sie sich mit der anderen Hand an der Brustspitze festhalten und vielleicht ein bisschen dran reiben solle, damit auch sie schlanker werde.

Juli spürte etwas in sich, was sie noch nie gespürt hatte. Ihr Herz begann zu klopfen, sie war aufgeregt, weil sie nicht wusste, was geschehen würde, aber ihre Neugier war stärker, und so folgte sie Gitta auch, als sie ihr befahl, sich nun um den Fettpolster zwischen ihren Beinen zu kümmern, ihn mit beiden Händen kräftig zu massieren, bei ihren Brüsten schaffe sie das schon alleine.

Wo?, fragte Juli und verschluckte sich beinah dabei: Dort, wo die Haare sind? (Es ekelte sie wieder ein wenig, mit den Fingern in dieses dunkelblonde Gestrüpp zu fahren, das sich am Anfang von Gittas Beinen kräuselte.)

Gitta, die es bemerkt hatte, versuchte sie zu beruhigen: Du brauchst dich nicht zu ekeln, ich habe die Haare gewaschen. Sie lachte, als habe sie einen Witz gemacht: Riech nur dran. Ich habe sogar Eau de Cologne draufgerieben.

Und tatsächlich stieg von den Haaren, in die Juli nun ihre Finger schob, ein Duft auf, der dem Parfum der Mutter ähnelte. Aber je stärker sie diesen Fettpolster drückte, desto weiter öffnete sich der Spalt zwischen Gittas Beinen, und plötzlich erblickte sie etwas, was wie rohes Fleisch aussah.

Mach weiter, flüsterte Gitta, die noch immer ihre Brustspitzen massierte, mach bitte weiter. Greif mit beiden Händen zu, und rubble, so fest du kannst! Das Fett muss weg. Juli sah, was sie noch nie gesehen hatte, und unter dem Eau de Cologne machte sich ein anderer Geruch breit, ein Geruch, den sie noch am ehesten aus dem Elternschlafzimmer kannte.

Mach weiter, flüsterte Gittas heisere Stimme.

Juli machte weiter und spürte einen dicken Knoten, der heiß und feucht war, und als sie ihn fester massierte, bäumte sich Gitta kurz auf, fuhr mit den Händen auf Julis Hand zu und drückte sie noch fester auf diesen Knoten. Dabei knirschte sie mit den Zähnen, so dass Juli erschrocken auffuhr und ihre Hand unter der von Gitta wegzog, die sich mit einem Seufzer aufs Bett zurückfallen ließ.

Gut hast du das gemacht, murmelte Gitta, wirklich gut. Du wirst sehen, morgen passt mir das Kleid wieder, dessen Reißverschluss ich heute in der Früh nicht mehr zugebracht habe.

Juli war gleich darauf in ihr Zimmer nebenan gegangen und hatte sich ins Bett gelegt. Sie konnte lange nicht einschlafen, und als Gitta sie am nächsten Morgen mit einem Kuss weckte, war ihr das unangenehm, und sie drehte ihr Gesicht zur Seite.

Da schau, meinte Gitta beim Frühstück, das sie grade aus der Hotelküche geholt hatte: Heute passe ich tatsächlich wieder in mein Kleid, sie deutete auf den Reißverschluss, der sich von der Achselhöhle bis zur Hüfte über ihre Seite spannte. Und dann flüsterte sie ihr ins Ohr: Sag es ja niemanden, dass du mir beim Abnehmen geholfen hast. Sonst wollen womöglich noch andere von dir massiert werden. Dabei lächelte sie geradezu verschwörerisch.

Juli nickte: Ich geh schwimmen!

Gitta verzog das Gesicht: Ich kann dich doch nicht alleine zum Schwimmen gehen lassen. Wenn dir etwas passiert, bin ich dafür verantwortlich.

Ich kann besser schwimmen als du, sagte Juli patzig.

Gitta ging nicht darauf ein: Ich komme auf jeden Fall mit, sobald ich Alwin angezogen habe. Sie stand auf, um Alwins Windeln zu wechseln. Er konnte schon ganz normal gehen und rief immer wieder: Zum See, zum See, zum See!

Während Gitta sich noch mit ihm befasste, suchte Juli ihre Badesachen zusammen.

Ich geh voraus, rief sie zu Gitta ins andere Zimmer.

Wohin gehst du voraus?

Zum Holzabladeplatz! Juli war sicher, dass es dort Kinder gab, die sie von der Schule her kannte und die ebenfalls zum Schwimmen dorthin kamen.

Am Abend, als Alwin bereits schlief, fragte Gitta, ob sie sie wieder massieren wolle.

Juli hatte gerade ihr Nachthemd angezogen und wollte nichts als ins Bett: Lass mich in Ruh! Ich bin viel zu müde, vom Schwimmen und überhaupt.

Soll vielleicht ich dich massieren?, fragte Gitta, die grade dabei war, sich auszuziehen.

In diesem Augenblick stand die Mutter, ohne anzuklopfen, in der Tür.

Gitta schien ziemlich erschrocken zu sein und hielt sich ihr Kleid vor.

Die Mutter hob die Augenbrauen: Ziehen Sie sich immer vor den Kindern nackt aus?

Gitta wusste nicht gleich, was sie sagen sollte, und die Mutter trat ans Bett des bereits schlafenden Alwin, küsste ihn auf die Stirn und streichelte seinen Kopf.

Gitta stotterte etwas von *endlich den Badeanzug ausziehen können*. Die Mutter schaute ihr ins Gesicht und sagte dann mit Nachdruck: Ich möchte nicht, dass Sie sich vor den Kindern splitternackt ausziehen! Dann schloss sie die Verbindungstür zwischen den beiden Zimmern und setzte sich kurz zu Juli ans Bett: Und, bist du wieder viel geschwommen? Der See muss ja schon richtig warm sein.

Juli nickte: Auch getaucht. Sie nahm eine halbe Muschelschale von ihrem Nachtkästchen: Da schau, die hab ich rausgetaucht.

Die Mutter warf einen Blick auf die Muschelschale: Treib es nicht zu weit, Juli. Du musst auf dich aufpassen.

Juli nickte wiederum.

Die Mutter warf noch einen Blick auf die Muschelschale: Schade, dass das Wetter morgen schon wieder umschlagen soll.

Auch Juli schaute bedauernd drein und fasste einen Entschluss: Dann geh ich morgen zur Anna rauf und komm erst zurück, wenn der See wieder warm genug ist.

Die Mutter erhob sich mit einem Seufzer, der sowohl dem saisonschädigenden Schlechtwetter als auch der ausgesiedelten Anna galt: Grüß sie bitte von mir!

* * *

Anna Savanna, sagte Xaver, wenn er guter Laune war und keine Schmerzen in den Füßen hatte. Savanna war ein Hinweis auf die burgenländische Steppe, aus der d'Anna stammte. Sie rächte sich, indem sie Xafer Palafer sagte, wobei sie das v in Palaver wie bei Xaver üblich als f sprach.

D'Anna und Xaver hatten jetzt einen eigenen Hund, einen schwarzen Mischling mit weißer Krawatte, wie d'Anna sagte, nicht allzu groß, dafür sehr muskulös, mit einem Gebiss zum Fürchten. Er war ein Raufer, der sich mit allen Hunden anlegte, die größer waren als er, und kam immer wieder mit Bisswunden nach Hause, die d'Anna dann mit selbst angesetzter Arnika-Tinktur behandelte. Vor allem seine Schlappohren und seine Schultern waren voller alter und neuer Narben. Sein Nacken wurde von einer Metallkette geschützt, in die man mit dem Karabiner eine Leine einklinken konnte, was aber nie jemand tat. Weder d'Anna noch Xaver gingen je mit ihm spazieren. Er drehte einfach seine Runden, um sich zu entleeren, vorbei an Nachbargrundstücken, auf denen Hunde kläffend hinter dem Zaun, der sie festhielt, hin- und herhetzten, während er gemessenen Schritts als *freier Hund* an der Außenseite des Zauns entlangspazierte und sie alle paar Meter markierte.

Spätestens wenn d'Anna und Xaver die Nachrichten im Radio hörten, kam er zurück, setzte sich vor die Eingangstür, als hätte er nichts anderes im Sinn, als das Haus zu bewachen. Wenn es ihm zu lange dauerte oder es zum Sitzen zu kalt war, fing er an, Laut zu geben, als verbelle er einen Eindringling, worauf Xaver dann jedes Mal zu Anna sagte: Geh doch schauen, was da draußen los ist!

Xaver selbst lag zu dieser Zeit bereits auf dem Diwan und rauchte, froh darüber, dass seine Füße den Tag über durchgehalten hatten, und nicht zu mehr imstande, als die Treppen zum Schlafzimmer hinaufzusteigen, nachdem er nach dem Essen seinen Schnaps getrunken und ein paar 3er (Austria 3, eine Nachkriegszigarette mit schwarzem Tabak, auch als *Beuschlreißer* bekannt) geraucht hatte.

Der Hund hieß Bello (der Schöne), wahrscheinlich war er irgendwann von irgendjemandem irgendwo ausgesetzt worden, jedenfalls saß er eines Tages vor der Tür, halb verhungert, ohne Hundemarke und mit struppigem Fell. Er wurde zwar seinem Namen aussehensmäßig nicht gerecht, hatte aber auch liebenswerte Seiten.

Wenn Juli über Nacht blieb und auf dem Sofa im ersten Stock schlief, sozusagen auf dem Treppengang, legte er sich zu ihr und wärmte sie. Im ersten Stock gab es nur das Schlafzimmer von Anna und Xaver und diesen offenen Gang, der zwischen der Treppe, die man heraufkam, und der Treppe, die auf der anderen Seite zum Dachboden hinaufführte, lag. Im ersten Stock wurde nicht geheizt, weil es dort oben nicht einmal einen Ofen gab. Normalerweise wärmte man sich an einem im Backrohr gewärmten Ziegel, den man sich, in ein Tuch gewickelt, ins Bett legte.

Manchmal begleitete Bello Juli auch, wenn sie nach Hause zurückkehrte, was ihr gar nicht so recht war. Bellos übertriebener Beschützerinstinkt führte dazu, dass er jeden Hund anrotzte, der ihnen begegnete, und ein Kampfgehabe an den Tag legte, das Geknurre, Geröchel und Geheul auslöste und oft genug blutig endete. Obendrein hatte Juli das Gefühl, dass er sie gar nicht so sehr ihretwegen begleitete, sondern eher wegen Holle, deren Geruchsspuren wohl noch immer an ihr hafteten. Aber Holle schien ihn nicht sehr zu mögen und verbellte ihn sogar, wenn er patzig und breitbeinig jede Ecke in ihrer Umgebung markierte.

* * *

Eines Tages, kurz nach Schulanfang 48, standen zwei große Lastautos zwischen Hotel und Wohnhaus, und Paps half den Männern, die mit den Lastautos gekommen waren, ganze Stapel von Papieren aus dem niedrigen Dachboden des Glashauses über die kleine Holztreppe herunterzuhieven. Unter der Treppe befand sich der ehemalige Stall des schwarzen Rammlers. An seiner statt hauste da jetzt eine langohrige, schwarz-weiß gefleckte Belgierin mit ihren Jungen.

Juli hatte gar nicht gewusst, dass in der Verlängerung dieses Dachbodens oberhalb des Glashauses ebenfalls so viel Papier gelagert war. Sie kannte bloß den Teil, der unmittelbar über dem Stall lag und verschiedene Pferdegeschirre beherbergte sowie die alten Glasfenster für die Mistbeete, die den Sommer über immer hierherverräumt wurden.

Als Juli von Paps wissen wollte, was das hier bedeute, brummte er übellaunig, das sei auch noch Zeug der Ungarn und der Rumänen so wie das am Dachboden des Hotels drüben. Das hätten sie alles gebunkert, um es später abzuholen.

Sind das die Ungarn und die Rumänen?, fragte Juli, die sich gerade noch dunkel an sie erinnern konnte, und zeigte auf die Männer und den Lastwagen.

Paps winkte ab: Nein, das sind andere, und sie haben eine Vollmacht dabei.

Was für eine Vollmacht? Juli fragte zur Vorsicht nach. Sie war sich nicht sicher, ob sie dem Wort voll und ganz glauben konnte.

Na was für eine schon! Paps hatte gerade wieder einen großen Karton geschultert: Um das ganze Zeug mitnehmen zu dürfen.

Wohin mitnehmen?

Frag mich was Leichteres. Jedenfalls müssen sie es eilig haben, wenn sie sogar jemanden wie mich dazu auffordern, ihnen beim Aufladen zu helfen, obwohl sie zu fünft angerückt sind.

Juli warf ihre Schultasche im Personalraum ab und lief die Treppe im Hotel hinauf. Sie wollte sich noch schnell die schönen Kunstpostkarten nehmen, die sie sich immer angeschaut hatte, und auch das Bilderbuch, das sie zwar nicht lesen konnte, in dem es aber rätselhafte Illustrationen von Figuren gab, die wie Ameisen in einer Rüstung aussahen. Dazu eine Königin mit Flügeln und einer Krone auf dem Kopf, aus der zarte kleine Fühler herausschauten.

Schon auf der Treppe begegneten ihr Männer in Anzügen, die beinah alle gleich aussahen. Die Männer schienen sie gar nicht zu bemerken, erst als sie auf den Dachboden kam, wo gleich hinter der Tür die Kunstpostkarten und das Bilderbuch lagen, nahm sie einer der Männer am Arm und sagte mit fremdem Akzent: Was willst du hier?

Juli bückte sich zu den Postkarten und dem Buch: Kann ich das haben? Der Mann hob eine der Postkarten auf und bemerkte, dass auf der Rückseite etwas geschrieben stand.

Juli wusste nicht, ob er es lesen konnte. Jedenfalls war sein Gesicht sehr ernst, und sie konnte sehen, wie seine Augen den Zeilen folgten.

Sorry, sagte er dann und nahm den Stapel an sich: Ich brauche das.

Auch das Buch?, fragte Juli geistesgegenwärtig.

Er langte mit der anderen noch freien Hand nach dem Buch, legte es auf einer der Kisten ab, um es kurz durchzublättern, aber auch darin fand er Handgeschriebenes.

Das Buch auch, sagte er, nachdem er es wieder zugeklappt hatte: Tut mir leid! Ein Anflug von Lächeln zog über sein Gesicht: Es ist sehr wichtig. Du musst das nicht lesen. Es ist sehr geheim. Du sollst jetzt gehen.

Er verlieh seinem Befehl Nachdruck, indem er mit dem Kinn in Richtung Tür deutete. Juli blieb nichts anderes übrig, als zu gehen.

Auf der Treppe begegneten ihr zwei weitere Männer mit leeren Kartons, und am Ende der Treppe stand einer mit zwei Körben da, die er vor sich hingestellt hatte, um sich in Ruhe schnäuzen zu können.

Es dauerte beinah den ganzen Tag, bis die Männer all das Papier, das entweder bloß mit Schnüren zusammengebunden war oder lose gestapelt herumlag, in den Lastwagen verstaut hatten. Manches war schon von Haus aus in einem Karton verpackt, und weiter hinten gab es auch noch Koffer, in die zusammengeknüllte Kleidung gestopft war, Uniformen, Gürtel mit Waffentaschen, Unterhemden. Das hauseigene Abgestellte hatte man möglichst weit aus dem Blick geräumt, darunter die Gipsabdrücke von Angehörigen derer von Nassau und derer von Luxemburg, aber auch einen Bronzeguss des Zwerges, der aus der Gegend stammte und als Hofnarr König Augusts von Sachsen Karriere gemacht haben soll.

Kurz bevor all das Papier 1948 abgeholt worden war, hatten Paps und zwei seiner Freunde eine Mansardenwand im Hotel aufgebrochen. Sie hatten alle Wände abgeklopft, und diese eine hatte nach etwas geklungen. Wonach, hatte Paps, laut Erzählung der Mutter, nicht sagen können. Und so hatten sie anfangs bloß die Nägel von zwei, drei Holzlatten herausgezogen, aber dann gemerkt, dass sich dahinter etwas befand. Anschließend hatten sie auch die anderen Latten vorsichtig entfernt, und da waren zwei Koffer herausgefallen. Voll mit Zeug, soll Paps gesagt haben. Uniformen, verschiedenen Pässen mit immer demselben Foto, ja sogar einer Walther PPK samt Munition.

Eigentlich wäre Paps verpflichtet gewesen, das sofort bei der Besatzungsbehörde zu melden und die Pistole abzugeben. Hat er aber nicht, leider, seufzte die Mutter viele Jahre später. Es hätte alles erträglicher gemacht, wenn er in seiner Alkoholikerphase die Pistole nicht mehr gehabt hätte.

Juliane wusste, wovon die Rede war. Damals lebte sie bereits mit der Mutter, Paps und Alwin in einer Stadtwohnung, in die sie nach dem Verkauf des Hotels gezogen waren.

Du hättest sie ihm heimlich wegnehmen sollen! Juliane konnte es sich nicht verkneifen, einmal auszusprechen, was ihr noch immer durch den Kopf ging. Obwohl ihr klar war, dass es keine gute Idee gewesen wäre.

Hätte ich das, sagte die Mutter mit rauer Stimme, würde ich möglicherweise jetzt nicht hier sitzen.

Juli kannte diese Pistole. Sie lag ewig im Wäschekasten des Elternschlafzimmers, und manchmal schossen Paps und seine Freunde damit auf Bierflaschen, wenn sie nicht *plattelten* (Hufeisen so weit wie möglich warfen) oder *Pingpong* spielten.

* * *

Es war die Zeit der Jagd nach dem Eingemachten, sprich, nach dem Nazi-Gold. Die einen suchten in den Seen, in denen man es angeblich versenkt hatte. Die anderen suchten es auf den Almen, besonders auf der einen, über die der Koordinator der Judentransporte, der erst viele Jahre später in Südamerika festgenommen werden konnte, vor den Amerikanern geflüchtet war. Wohingegen seine Frau unter anderem Namen mit den Kindern in einem gemieteten Bauernhaus im Dorf wohnen blieb.

Einer der Söhne war mit Juli in dieselbe Klasse gegangen. Ein so unscheinbares Bürschchen, dass Juliane sich nicht an ihn erinnern konnte. Auch waren die Klassen der vielen Evakuierten wegen sehr groß gewesen. Und so erfuhr sie erst Jahrzehnte später von einem ehemaligen Mitschüler, der ebenfalls Horst hieß und mit dem anderen Horst in derselben Bank gesessen war, wessen Sohn dieser andere Horst gewesen war.

Wie immer bei solchen Treffen, an denen mehrere ehemalige Schüler und Schülerinnen dieser Schule zusammenkamen, war auch von dem Pfarrer, der zugleich der Religionslehrer war, die Rede. Ein Mann, der, von seinen eigenen Schülern denunziert, unter den Nazis nicht viel zu lachen gehabt hatte und sein linkes Bein nicht im Krieg, sondern wegen seiner schweren Zuckerkrankheit verloren hatte. Angeblich hatte er kein Hehl aus seiner Ablehnung des Regimes gemacht und soll es nach dem Krieg dem anderen Horst sogar verboten haben, bei ihm in der Kirche zu ministrieren.

Der Pfarrer wurde auf Grund seines Jähzorns, der der Zuckerkrankheit geschuldet war, von den Buben andauernd sekkiert, auch verspottet. Und diese Sekkatur nahm gelegentlich grausame Formen an, was den Pfarrer blau anlaufen und beim Sprechen spucken ließ. Ein gefundnes Fressen für die junge Meute, darunter auch Elf- bis Vierzehnjährige in den höheren Klassen, die des Kriegs wegen später eingeschult worden oder einfach sitzengeblieben waren.

Juli fürchtete diese Religionsstunden, die Häme der Buben ebenso wie das heisere, vom Ersticken bedrohte Gebrüll des Pfarrers, dessen Beinprothese immer wieder verrutschte, so dass er zu stürzen drohte und gelegentlich auch tatsächlich umfiel.

Sie fragte den Buben, der neben ihr saß und den Pfarrer, wann immer der zur Tafel ging und einen alttestamentarischen Namen aufschrieb, hinterrücks mit Papierkugeln bewarf, warum er das mache.

Der Bub zuckte mit den Achseln: Weiß nicht! Und dann meinte er doch, bevor er die nächste Kugel warf: Weil er immer so schön zornig wird!

Die Suche nach dem Gold, aber auch nach den ebenfalls geraubten und versteckten Dollars, hielt an. Niemand hatte offiziell einen Fund gemeldet, aber alle munkelten, dass dieser oder jener Bauer längst etwas gefunden haben musste, sonst hätte er sich nicht dieses oder jenes Grundstück kaufen können.

Noch viele Jahre später erzählte man sich, dass der eine oder andere *Ehemalige* mit dem Geigerzähler auf der Suche in den umliegenden Wäldern gesehen worden wäre. Einmal habe man sogar den ehemaligen Obersturmbannführer, blutig und bewusstlos geschlagen, ohne sein Gerät, das man ihm wohl gestohlen hatte, unter einem Baum liegend gefunden.

Übrigens hatte Paps damals, als er die Mutter noch gar nicht näher gekannt hatte, zusammen mit einem seiner Freunde die Amerikaner zu jener Alm im Gebirge geführt, auf die sich der Chef des SD, später auch noch Chef des RSHA, mit Gefährten zurückgezogen hatte. Als die Amerikaner ihn festnehmen wollten, leugnete er seine Identität. Er und die Gefährten waren in Zivil. Sie hatten alles im Herd der Almhütte verbrannt, was sie hätte verraten können, doch waren ihre Kennungsmarken, weil aus Metall, nicht mitverbrannt, und sie konnten eindeutig identifiziert werden.

Es war so vieles in diesen letzten Kriegs- und ersten Nachkriegsjahren geschehen, von dem Juli nichts mitbekommen hatte, als da waren die Kunstgüterbergung aus dem Salzbergwerk oder der Nürnberger Prozess, bei dem der Chef des RSHA zum Tod durch den Strang verurteilt wurde, auch der Reichspropagandaminister hatte sich in der Gegend aufgehalten. Er hatte seine Familie monatelang in ein Schloss am anderen See evakuiert gehabt, und seine Kinder waren dort eine Weile in die Schule gegangen, bis er sie, aus welchen Gründen auch immer, zurück nach Berlin holte.

Möglicherweise hatte er Wind davon bekommen, dass einige Deserteure, die in Frankreich zu Fallschirmspringern ausgebildet und von in Italien stationierten englischen Kampfflugzeugen in der Gegend abgesetzt werden sollten, es auf ihn abgesehen hatten. Dieser Plan wurde jedoch des anhaltend schlechten Wetters wegen immer wieder verschoben, und selbst als der Absprung Anfang März 45 schließlich erfolgte, kamen sie Kilometer weiter auf einem Kogel im Tiefschnee an.

Als sie sich nach vielen weiteren Pannen bis ins Zielgebiet durchgeschlagen hatten, war der Herr Reichspropagandaminister längst wieder zurück in Berlin und saß, vereint mit seiner Familie, im Führerbunker in der Reichshauptstadt.

* * *

Juli, deren Neugier von Anfang an stark ausgeprägt war, schnappte in dieser Zeit vieles auf. Besonders an den Winterabenden, an denen Paps mit seinen Freunden in der Wohnküche saß (die Bar musste zumindest im Winter eine Zeitlang geschlossen bleiben, weil sie sich unter Paps' Leitung einfach nicht rentierte) und sie über den Krieg sprachen, versteckte sich Juli gelegentlich unter der Eckbank, geschickt genug, um nicht gleich bemerkt zu werden. Sie hörte zu, aber auf das meiste, was sie zu hören bekam, konnte sie sich keinen Reim machen. Doch schwoll es in ihrem Kopf zu verqueren Geschichten an, die nachts verzerrt in ihren Träumen auftauchten.

Meist wurde sie dann doch ertappt, und Paps schickte sie zur Strafe allein, bloß mit einer Taschenlampe in der Hand, in den Keller, um ein paar Flaschen Bier zu holen.

Wenn sie sich sträubte, hielt Paps ihr vor, dass sie ja das eine Mal, als man sie zur Strafe in den Keller gesperrt hatte, behauptete, es habe ihr gar nichts ausgemacht, da sie dabei einen noch nicht einmal angefaulten großen Lederapfel gefunden habe, obwohl es hieß, dass es im Keller gar keine Äpfel mehr gäbe.

Oder hast du damals gelogen?, drohte Paps ihr mit dem Finger.

Und wenn sie den Kopf schüttelte, sagte Paps höhnisch: Na dann geh und beweis es! Und drückte ihr den Kellerschlüssel in die Hand.

Natürlich fürchtete Juli sich in der Dunkelheit trotz Taschenlampe, auch wenn sie es nicht zugeben wollte. Und dazu kam noch die Kälte, die sie nur schlecht ertrug.

Der jährlichen Überschwemmungen wegen war der Keller ein ebenerdiger, zu dem sie die Außentreppe hinunter und um einen Teil des Hauses herumgehen musste, bis sie ihn von außen aufsperren konnte. Zum Glück standen die Bierkisten gleich hinter der Tür, dennoch klapperte sie noch immer mit den Zähnen, wenn sie wieder hinauf in die Wohnküche kam.

Alle Achtung!, pflegte Paps für gewöhnlich mit bereits geröteten Augen zu sagen, sobald er ihr die Bierflaschen aus der Hand genommen hatte. Und zwinkerte dabei seinen Freunden zu: Meine Erziehung, da schaut ihr, was?

Juli fühlte sich danach umso besser, je mehr sie sich beim Bierholen gefürchtet hatte. Ihr war, als hätte sie ein Abenteuer nicht bloß überstanden, sondern auch bestanden.

Und wenn sie dann ins Bett musste, nahm sie die Taschenlampe heimlich mit, um unter der Decke lesen zu können. Hatte Paps sie doch vor seinen Freunden auch noch weiter *erzogen*, indem er ihr nach dem Gute-Nacht-Sagen nachrief: Und Licht aus! Sofort! Verstanden?!

* * *

Je länger Juli in die Schule ging, desto leichter fiel ihr das Lesen. Eines der ersten Lese-Hefte mit dem Titel *Trudi-Tradi Hand in Hand reisen in das Mohrenland* schien ihr eine Ewigkeit zurückzuliegen, auch wenn es sich dabei bloß um einen Zeitraum von zwei bis drei Jahren handelte. Mittlerweile las sie alles, was irgendwo herumlag, auch Bücher aus der Hotelbibliothek, die sie aus dem Büro mit in ihr Zimmer nahm.

Noch immer herrschte die Meinung vor, Kinder hätten so viel Zeit wie nur möglich im Freien zu verbringen, egal wie das Wetter war. Bewegung, frische Luft und *an apple a day* galten als die Grundlage kindlicher Gesundheit und daher als verpflichtend.

Juli schwamm im See, spielte mit den Kindern der Sommergäste im kleinen Park oder machte mit ihnen Ausflüge, kletterte auf Bäume und fischte bei Niedrigwasser mit einem Neffen von Paps im Fluss. Seine Mutter lag gerade im Krankenhaus, deswegen wohnte er für ein paar Tage bei ihnen. Der Neffe hieß Kari und war drei Jahre älter als sie. Sie hatte es kaum fassen können, dass er sie zum Fischen mitnahm. Er zeigte ihr sogar, wie sie die jungen Bachforellen unter den Kiemen packen musste, damit sie ihr nicht gleich wieder aus der Hand glitschten.

Selbstredend war es verboten, ohne Fischrecht oder Fischereikarte zu fischen, aber das machte die Sache nur spannender. Als sie gegen Abend mit fünf Forellen im Eimer nach Hause kamen (zwei von ihnen hatte Juli gefangen), briet die Mutter sie eigenhändig. Auch sie sagte, dass das Fischen ohne Karte eigentlich verboten sei, aber dann aß auch sie einen der Fische, und Paps meinte, dass sie ohnehin für die Fische, die die Hotelgäste aßen, genug Steuern bezahlen würden, da brauche man kein schlechtes Gewissen zu haben, wenn man für den Eigenbedarf ein paar abzweige.

Das war im Herbst jenes Sommers gewesen, in dem Paps beinah verhaftet worden wäre. Ein Sommergast hatte ihn wegen Kindesmisshandlung angezeigt, weil er die siebenjährige Juli vom Fünfmeterturm gestoßen hatte. Als dann einer der Gendarmen bis zum Strandbad kam, um der Sache nachzugehen, hatte er ihr gar nicht glauben wollen, dass sie Paps darum gebeten hatte, sie runterzustoßen.

Nur beim ersten Mal, sagte sie. Jetzt trau ich mich schon allein.

Was du nicht sagst! Der Gendarm glaubte ihr noch immer kein Wort.

Paps stand daneben: Dann zeigs ihm halt.

Und obwohl sie an diesem Tag schon genug vom Springen hatte, kletterte sie noch einmal auf den Fünfmeterturm und sprang mit zugehaltener Nase ins Wasser.

Nachdem sie wieder ans Ufer zurückgeschwommen war, sah sie gerade noch, wie der Gendarm sich kopfschüttelnd auf den Weg machte. Einer von Paps' Freunden, der sie springen gesehen hatte, nannte sie von da an nur mehr die Turmspringerin.

* * *

In der vierten Klasse unterrichtete sie zum ersten Mal ein Lehrer. Er war einige Orte weiter geboren worden und später nach Kanada ausgewandert. Die Mädchen liebten ihn, und die Buben fühlten sich von ihm verstanden. Er las ihnen im Sprachunterricht *Die Schatzinsel* von Robert Louis Stevenson vor, und im Fach Leibesübungen ging er mit ihnen zum See, zeigte ihnen, wie man richtig krault, und ließ sie um die Wette tauchen.

Juli wusste inzwischen, wie man Wettbewerbe dieser Art gewinnen konnte. Sie wohnte ganz nah am See und kannte die Plätze, wo Muscheln zu finden waren. Auch stopfte sie sich gleich mehrere vorne in ihren Badeanzug, bevor sie wieder auftauchte. Und sie schwamm ziemlich schnell und hatte kein Problem damit, die Augen unter Wasser offen zu halten.

Aber da das Wasser im Frühjahr meist lange brauchte,

bis es zum Schwimmen taugte, gingen sie in der Turnstunde, wenn es nicht gerade regnete, zum alten Tennisplatz gleich neben Julis Wohnhaus. Da waren dann vor allem die Buben gefordert, sowohl beim Laufen als auch beim Ballspielen.

* * *

Eins von den evakuierten Kindern, die noch immer im Dorf wohnten, war die Tochter eines prominenten Filmproduzenten in Berlin, der Frau und Kinder zum Überleben hierhergeschickt hatte, während er selbst mit seiner Geliebten, einer jungen Schauspielerin mit Zukunft, in Berlin blieb, wo ihn schließlich die Russen festnahmen, verschleppten und exekutierten. Das Mädchen hieß Jessica und war sehr hübsch. Sie ging mit Juli in dieselbe Klasse und saß auch neben ihr.

Schon im Jahr davor, als sie noch mit einer Lehrerin auf dem ehemaligen Tennisplatz turnten und beide beim Völkerball bereits abgeschossen waren, hatte Jessica sie darüber aufgeklärt, wo die Kinder herkamen.

Aus dem Bauch, sagte sie und zog im Schatten eines Gebüschs, das schon zum Wohnhaus gehörte, ihre Hose runter: Siehst du den ganz dünnen Streifen, der vom Nabel nach unten geht?

Juli sah nicht viel und zog ebenfalls die Hose runter. Je länger sie schaute, desto deutlicher schien sie diesen Streifen wahrzunehmen, auch wenn er sehr blass wirkte.

Genau da wird der Bauch aufgeschnitten. Und wenn das Kind draußen ist, wird der Bauch wieder zugenäht.

Juli spürte förmlich, wie die Klinge eines Messers über ihren Bauch fuhr, eiskalt und so scharf, dass man sich die Fingernägel damit hätte schneiden können: Tut das nicht furchtbar weh?

Jessica zuckte mit den Schultern: Nicht wirklich. Man kriegt eine Narkose.

Narkose? Juli hatte das Wort noch nie gehört.

Da musst du etwas einatmen, bis du bewusstlos bist. Dann spürst du nichts. Weh tut es erst danach, hat meine Mutter gesagt, aber dann bekommst du Tabletten.

Juli war ziemlich schockiert gewesen, und nun fiel ihr das alles bei einer Turnstunde mit dem Lehrer, bei der sie beide erneut als Erste abgeschossen worden waren, wieder ein, und sie sagte zu Jessica: Ich glaube, meine Mutter kriegt wieder ein Kind.

Jessica wiegte fachmännisch den Kopf: Hat sie einen großen Bauch?

Juli nickte: Er wird immer größer.

Jessica dachte kurz nach: Vielleicht sind Zwillinge drin.

Zwillinge? Du meinst, da sind zwei in ihrem Bauch, die gleich aussehen?

Klar, wenn der Bauch so groß ist. Es gibt auch Drillinge, Vierlinge und sogar Fünflinge, aber die sind selten.

Juli versuchte sich vorzustellen, wie plötzlich zwei, drei, vier oder gar fünf gleich aussehende Kinder aus dem Bauch ihrer Mutter rausgeschnitten würden. Sie hatte schon genug mit Alwin. Alwin war lebhaft und überall dran. Sie musste alles vor ihm verstecken, ihre Schulsachen, die Bücher, die sie las, ihre Farbstifte, die Malfarben und ihr Vergrößerungsglas. Paps brachte ihm die dümmsten Sachen bei und spornte ihn an, als Menapace, der berühmte Radrennfahrer, durch sämtliche Pfützen zu flitzen.

Sogar das Kasperltheater, das sie letzte Weihnachten bekamen (der Maler ihres Bildes hatte es gefertigt), interessierte Alwin nur, wenn er einer der Figuren habhaft wurde und sie, vor allem die Hexe, so lange mit dem Kopf gegen die Wand schlagen konnte, bis das Pappmaché bröckelte. Dabei schrie er immer: Böse Hex, böse Hex!

Seine Kinderfrau hatte alle Hände voll zu tun, mit ihm zurande zu kommen.

Juliane fiel es noch immer schwer, ihre Erinnerungen in eine relevante Chronologie einzubinden. Erst recht, seit es kaum mehr Fotos gab. Vielleicht war sie außer auf den üblichen Klassenfotos auf keinem mehr drauf, weil inzwischen Alwin das Kind, der Kleine war? Oder hatte Alwin sie von der Mutter bekommen als der, dessentwegen das Foto gemacht worden war, auch wenn sie mit drauf war?

Ein Foto von ihm, das sich unter den ihren fand, zeigte einen dreijährigen Adonis braungebrannt aus dem Schilfgürtel ans Ufer steigen, mit weißblondem Haar und fragendem Blick. Das wars.

* * *

Zu dieser Zeit begannen sich auch die Jahreszeiten immer mehr voneinander zu unterscheiden. Nicht bloß des Wetters wegen, sondern weil sich das Zusammenleben veränderte. Kinderfrauen gab es nur noch während der Saison, und die hieß Sommer, ausschließlich Sommer.

Nicht dass sie im Winter zu viert allein gelebt hätten. Es war immer jemand im Haus, ob im Anbau oder in den Dachbodenzimmern. Aber die Mutter kochte in der Wohnküche, wer immer sonst noch mit am Tisch saß, und kümmerte sich selbst um Alwin.

Paps langweilte sich an den Tagen, an denen das Juli-Stüberl, wie die Bar jetzt meist genannt wurde, geschlossen war, und versuchte klarzustellen, was alles am Hotel zu reparieren oder zu renovieren wäre. Sein Bruder, der Tischler, hatte eine Reihe neuer Toilettenkabinen eingebaut. Für den Installateur dazu hatten sie gerade noch das Geld aufgebracht. Aber da war noch das Dach, das neu gedeckt werden musste, die Zahl der undichten Stellen wurde von Jahr zu Jahr größer. Wenn die Saison länger werden sollte, müsste eine Zentralheizung eingebaut werden. Die Tapeten zeigten immer deutlichere Spuren von Verschleiß, von der Tisch-, Bett- und Badezimmerwäsche ganz zu schweigen.

Vieles war anders geworden, und die Sommergäste wurden von Jahr zu Jahr mobiler. Waren sie früher auch bei anhaltendem Schlechtwetter die ganze Zeit über geblieben, die sie gebucht hatten, und drohten höchstens, im nächsten Sommer gleich in den Süden zu fahren, begannen sie nun nach zwei bis drei Regentagen ihre Sachen zu packen und fuhren, um Verständnis bittend, nach Italien weiter.

Die Beschwerden über die zu wenigen Badezimmer, die undichten Dächer, das zu geringe Angebot, sich auch bei Regen irgendwo amüsieren zu können, nahmen zu. Es mangle an Komfort, Kino und Tanzgelegenheiten.

So schön es bei Ihnen auch ist, ich meine die Berge, den See, das Haus mit seinem Bewuchs aus wildem Wein, den Speisesaal, in dem all die Bilder von berühmten Leuten hängen, die einmal hier genächtigt haben, und auch sonst noch so einiges, aber wenn es die ganze Zeit regnet, fängt man an, Trübsal zu blasen und sich wegzuwünschen, sagte einer der Väter, der schon mehrmals mit der Familie im Hotel geurlaubt hatte. Wenn wenigstens die Zimmer beheizbar wären. Jetzt liegen wir schon den dritten

Tag lesend im Bett. Und wenn wir ins Kaffeehaus gehen wollen, um uns aufzuwärmen, ist alles voller Qualm, und es gibt keinen freien Platz mehr.

Der Mutter und auch Paps war klar, dass es so nicht weitergehen konnte. Was sie während der Saison verdienten, sollte für den Rest des Jahres das Leben bestreiten, tat es aber nicht.

Im Herbst entschlossen sie sich, das Grundstück außerhalb des Parks direkt neben dem kleinen Fluss, in dem Juli mit Kari gefischt hatte, zu verkaufen.

Es war nicht die Zeit, Grundstücke zu verkaufen. Als sie schon jede Hoffnung aufgegeben hatten, erwarb es die Gemeinde. Um ein Butterbrot, wie der jüngere Bruder von Julis Vater, Onkel Heini, der das Stammhaus nach dem Tod des Opapas geerbt hatte, bitter bemerkte.

Es reichte aus, übers Jahr zu kommen und zu reparieren, was unbedingt repariert werden musste, und zu erneuern, was verschlissen war, aber für das Dach reichte es nicht.

Danach kam wieder ein Sommer, der die Hoffnung schürte, es würde besser werden, vor allem das Wetter, und es würden mehr Gäste kommen und bleiben, so wie es vor dem Krieg gewesen war. Da waren ganze Familien mit Kindern und Kinderfrauen gekommen und über die Schulferien geblieben, ohne sich wegen ein paar Regentagen gleich in klaustrophobische Zustände zu verrennen.

Juli und Alwin konnten an der Stimmung der Eltern ablesen, ob es gut lief oder nicht. Für sie waren die Veränderungen anderer Art. Es gab wieder eine neue Kinderfrau, diesmal eine Klara, die außerhalb des Ortes wohnte.

Sie war Aushilfslehrerin, die keine eigene Klasse hatte, also beinah jederzeit kommen konnte, und im Sommer war die Schule ohnehin zwei Monate lang geschlossen.

Klara nahm Alwin öfter zu ihrer Schwester und ihren Eltern mit, während Juli von Zeit zu Zeit zu Anna und Xaver übersiedelte. Auch dort gab es Kinder, die sie von der Schule her kannte, und Kinder, mit denen sie Kühe hütete oder am Rand des Baches saß, um nach Fischen Ausschau zu halten.

* * *

D'Anna und Xaver hatten jetzt nicht nur ein eigenes Fuhrpferd und einen eigenen Hund, sondern auch eine Kuh, die noch dazu Milli hieß und von einem Nachbarsmädchen, das ein paar Jahre älter als Juli war, gehütet wurde. Juli wollte dem Mädchen Gesellschaft leisten und ging mit. Sie trieben Milli auf einem Pfad parallel zur Straße zu einer Waldlichtung hinauf, auf der das Gras angeblich besonders saftig war, aber nicht gemäht werden konnte, weil zu viel Altholz herumlag. Und Milli ging ganz von alleine dorthin, ohne dass man sie mit der Gerte lenken musste.

Als sie zu grasen begann, setzten sich die beiden Mädchen auf einen umgefallenen Baumstamm und versuchten Eidechsen zu fangen, die ihnen aber gleich wieder entwischten.

Viola erzählte Juli, dass sie im nächsten Jahr mit der Hauptschule fertig werde und dann eine Lehre im Hotel von Julis Onkel Heini antreten wolle. Sobald sie die Lehre abgeschlossen habe, würde sie nach Wien gehen und, wie sie es auch jetzt schon mit dem Geld fürs Kühehüten mache, all ihr Trinkgeld sparen. Wenn sie genug gespart habe, werde sie sich ein ganz tolles Kleid kaufen und damit an einer Schauspielschule vorsprechen, denn sie wolle unbedingt Schauspielerin werden.

Juli war fasziniert von Viola. Und als Viola zu reden aufhörte, fing sie an, sie auszufragen, was sie spielen wolle und in welchem Theater. Juli hatte in den letzten Jahren einige Märchenstücke gesehen, die von der Länderbühne als Gastspiele im Kurhaus des Nachbarorts aufgeführt worden waren. Sie konnte das nächste Gastspiel kaum erwarten.

Es hatte sie nicht weiter gestört, als sie bemerkte (die kleineren Kinder waren alle bis zum Bühnenrand vorgerückt), dass die Spinne, deren Biss, und nicht die Spindel der dreizehnten Fee, Dornröschen in einen hundertjährigen Schlaf versetzt hatte, aus einer mit grauem Filz umkleideten Feldflasche bestand, auf deren Rücken ein Kreuz geklebt war, um sie als Kreuzspinne kenntlich zu machen.

Theater, recht und schön, sagte Viola: Wenn niemand anders mich engagiert, mache ich auch Theater. Aber eigentlich will ich Filmschauspielerin werden. Filme kommen viel mehr herum als Theaterstücke. Filme sind absolut göttlich, fügte sie noch hinzu und zeigte Juli eine Geste, bei der ihr Arm sich aus der Schulter heraus leicht drehte und ihre schmalen, langen Finger so taten, als hätten sie etwas zu verkünden. Dazu hob sie die Nase, schlug die Augen auf und sang: *Das gibts nur einmal, das kommt nie wieder …*

Toll machst du das. Juli griff nach ihrer Hand: Und was für schöne Finger du hast!

Was glaubst du, wie die erst aussehen, wenn sie lackiert sind! Viola begann mit dem Daumen die Nagelhaut ihrer Finger zurückzuschieben: Und die Haare werde ich mir mit Brennnesselsaft rot färben und sie hinten zu einem dicken Zopf flechten, der sich jederzeit in Locken verwandeln lässt. Sie hatte aus einem ihrer beiden Zöpfe eine Strähne herausgeholt und zog sie leicht über ihr linkes Auge, wobei die Sonne Lichtpunkte über ihr auseinandergezogenes Haar streute. Gleich darauf blies Viola die Strähne zurück auf ihren Kopf.

Als Schauspielerin musst du immer anders aussehen, damit du möglichst viele Rollen spielen kannst. So zum Beispiel, und sie wand ihre beiden dünnen Zöpfe um je eins ihrer Ohren. Dazu schielte sie und stülpte die Lippen immer weiter über ihre Zähne, bis Juli laut und anhaltend zu lachen begann, worauf Viola ihre Zöpfe Flechte für Flechte auflöste, mit einem Blick, als wolle sie sich demnächst ausziehen, um sich bloß noch mit ihrem Haar zu bedecken.

Trotz aller Hingerissenheit bemerkte Juli, dass Milli, die Kuh, die etwa zehn Meter vom Ufer eines kleinen Baches entfernt stand, zu fressen aufgehört hatte und den Kopf hob, als wittere sie etwas, was noch nicht zu sehen war, dessen Geruch jedoch bereits in der Luft lag.

Juli hatte Viola angestoßen und auf Milli gedeutet. Sie rätselten beide, was da in der Luft liegen könnte. Plötzlich war von der Schotterstraße her jemand zu hören, der immer wieder einen Namen schrie, dazu das Geräusch knackender Äste und das Trampeln mehrerer Füße, das immer näher kam. Zwischen unverständlichem Geschimpfe und Gefluche ließ sich nun verstehen, um welchen Namen es ging: Sixtus!

Viola hatte den Kopf schief gelegt und eine Hand hinters Ohr geschoben: Das klingt nach Franzi! Und kurz darauf: Das ist Franzi.

Was für ein Franzi? Julis Stimme klang ein wenig unsicher.

Der Franzi vom Huberbauern.

In diesem Augenblick brach ein Stier durchs Gestrüpp. Von seinem Nasenring hing noch der Strick, an dem er geführt worden war. Seine Augen waren rot unterlaufen, und er stieß die Luft explosionsartig durch seine schleimbedeckte Nase. Es klang wie das Röhren der Hirsche während der Brunft, nur kehliger.

Viola nahm Juli rasch an der Hand und zog sie hinter einen Baum: Ich weiß, wer das ist, der Sixtus.

Wer? Der Stier?, fragte Juli im Flüsterton.

Wahrscheinlich der nächste Gemeindestier.

Julis Gesicht war ein einziges Fragezeichen.

Das erklär ich dir später. Und das hier ist Franzi, dem er davongelaufen ist.

Der Stier schien nichts anderes wahrzunehmen als die Kuh, die gerade an ihrem Fell leckte, als wolle sie sich ein wenig zurechtmachen.

Der Stier war noch sehr jung, trotz allen Gebrülls und Gestampfes. Er schien sich geradezu aufzuplustern, als er erst einmal um die Kuh herumging, sich dann hinter sie stellte und an ihrem Hinterteil zu schnuppern begann.

Milli machte ein paar Schritte nach vor. Sixtus röchelte ungehalten und kam ihr nach.

Viola schnalzte leicht mit der Zunge: Ich kanns kaum glauben, dass der schon so weit ist. Wie ich ihn das letzte Mal gesehen hab, war er noch ein Kaibl.

Und was macht er jetzt mit Milli?

Oje, sagte Viola: Na ja, du wirst schon sehen.

In diesem Augenblick stieg der junge Stier von hinten auf die Kuh. Die aber ließ ihn mit einem einzigen beiläufigen Ruck von sich abgleiten. Sixtus wich wie benommen ein Stück zurück, versuchte es dann aber gleich wieder. Milli drehte sich nach ihm um und ließ ihn erneut mit einer einzigen Bewegung von sich abrutschen.

Man konnte Franzi, jetzt schon aus der Nähe, wieder nach dem Stier rufen hören.

Wahrscheinlich war es dieser Ruf, der den Stier anspornte, seine ganze Kraft und Geschicklichkeit zusammenzunehmen, um die Kuh noch einmal zu besteigen. Diesmal schien es ihm zu glücken, oder die Kuh war ebenfalls auf den Geschmack gekommen und wollte ihn tun lassen, wozu sie mittlerweile bereit war. Jedenfalls schien Sixtus endlich die richtige Position gefunden zu haben und stieß immer wieder nach, keuchend und grummelnd, während Franzi nun ebenfalls zu sehen war.

Als der erfasst hatte, was gerade geschah, fing er, mit einem dicken Stock in der Hand, zu laufen an und schrie: Na wart nur, du Mistviech!

Viola stellte sich ihm in den Weg: Lass es sein, Franzi, du bist zu spät dran. Wenn du ihm jetzt etwas tust, kann es sein, dass er dich aufspießt, glaub mir!

Franzi hatte nicht mit Viola gerechnet. Wie gebannt blieb er vor ihr stehen. Er war gleich groß wie sie, aber jünger. So wie er da vor ihr stand, wirkte er verzweifelt, ja, er schien sogar mit den Tränen zu kämpfen und murmelte dabei: Wenn der Vater das hört, bin ich dran.

Musst es ihm ja nicht sagen. Viola nahm ihn am Arm: Lass den Sixtus ausschnaufen, und dann, du wirst sehen, geht er bei Fuß mit dir heim.

Tatsächlich stand der junge Stier auf seinen vier Füßen. Er zitterte noch ein bisschen, als müsse er erst wieder zu Kräften kommen. Die Kuh drehte sich um und roch ein wenig an ihm, dann bückte sie sich und fing zu grasen an.

Franzi wollte sofort auf Sixtus zu und ihn am Strick nehmen.

Lass ihn noch ein paar Minuten in Ruh, sagte Viola: Er ist sicher durstig.

Und tatsächlich ging Sixtus zum Bach, stieg mit den Vorderfüßen ins kalte Wasser und pumpte in sich hinein, was Platz hatte. Auch Milli schien Durst bekommen zu haben, stellte sich neben ihn und sog ebenfalls Wasser in ihren Schlund.

Selbst Juli hatte das Gefühl, unendlich erschöpft und unendlich durstig zu sein, und wagte sich endlich zur Gänze hinter dem Baum hervor.

Franzi hatte Viola gerade das Versprechen abgenommen, keinem Menschen zu sagen, dass ihm der junge Stier weggelaufen war. Und die da?, fragte er, als er Juli bemerkte.

Die sagt bestimmt nichts, meinte Viola: Kannst mir glauben.

Juli nickte mehrmals.

Gerade als Viola dann zum Bach ging, um Sixtus langsam, mit vielen guten Worten, an seinem Strick herauszuziehen, sprang er plötzlich in die Luft und spritzte Viola von oben bis unten nass, als seine Füße wieder im Bach landeten.

Blödes Vieh!, kreischte Viola und schüttelte sich das Wasser aus den Haaren.

Juli und Franzi lachten, dass es nur so schallte.

Und dann geschah etwas, mit dem sie alle ganz und gar nicht gerechnet hatten. Mit einem Mal ließ Sixtus sich ins Wasser fallen und wälzte sich lustvoll grunzend mehrmals darin herum.

Sogar Milli, die Kuh, die sofort aus dem Wasser gehüpft war, schien den Kopf zu schütteln

So ein depperter junger Spund, sagte Viola fassungslos.

Aber ins Loch hat er g'funden, feixte Franzi, und Juli war von alldem dermaßen überwältigt, dass ihr sogar Tränen aus den Augen sprangen. Lachtränen oder Heulträ-nen, wer sollte das denn entscheiden?!

* * *

Es gab damals viele Kinderfrauen im Dorf. Nicht bloß Juli und Alwin hatten eine oder Robi, Moni und Bigi, sondern auch eine Reihe von Evakuierten konnte ohne eine solche Hilfe nicht zurechtkommen. Dazu kamen die Kinderfrauen der Adeligen, die hier schon seit langem Villen besaßen und deren Familien sich wegen des Kriegs ebenfalls ins Dorf zurückgezogen hatten. Sowie die der Ansässigen, deren Frauen einen Beruf ausübten oder das Geschäft übernehmen mussten, weil ihre Männer eingerückt und später in Gefangenschaft geraten waren oder weil sie von Haus aus mit ihnen zusammenarbeiteten wie Arzthelferinnen oder Gastwirtinnen oder weil sie einfach zu viele Kinder hatten, mit deren Versorgung und Disziplinierung sie überfordert waren.

Wie Juliane rückwirkend bewusst wurde, spiegelten die Kinderfrauen die gesellschaftlichen Unterschiede manchmal deutlicher als die Familien, die sie repräsentierten. So gefiel sich zum Beispiel die Kinderfrau einer Geschäftsfrau darin, die Kinderfrau eines kleinen Grafen oder einer Komtesse zur Freundin zu haben, und erwähnte jedes Mal den Adelstitel, wenn sie von ihr sprachen, obgleich die Familienmitglieder selbst ihn häufig vermieden, schließlich war er in Österreich nach dem Ende der Monarchie abgeschafft, ja sogar verboten worden.

Besonderen Status hatten auch die Kinderfrauen von Arztfamilien, so als hätten sie mit den Kindern die Diagnosekompetenz der Eltern mitübernommen.

Dass die Kinderfrauen einander immer wieder begegneten, war nahezu unvermeidlich, sei es am Strand, auf dem Weg um den See, im Park mit dem Kriegerdenkmal, beim Friseur, im Autobus, wenn man etwas besorgen musste, was im Dorf nicht erhältlich war, beim Platzkonzert, beim Zahnarzt oder in der Kirche.

Es gab jede Menge Gelegenheiten, einander kennenzulernen und dabei in kleinem Rahmen (ohne dass ein Geburtstag oder ein Namenstag nötig gewesen wären) Kinderjausen zu arrangieren und zugleich der befreundeten Kinderfrau den Status der Familie samt Wohnung oder Haus mit Garten vorzuführen.

Natürlich sollten die Kinder einander kennenlernen, wer weiß, wer wen noch einmal brauchen würde, aber auch gezeigt bekommen, was schön, praktisch oder bloß brauchbar war.

Die echten Pädagoginnen unter den Kinderfrauen legten großen Wert darauf, die Erziehung der Kinder zu späteren Gastgebern voranzutreiben. (Wenn du zum Beispiel eingeladen hast, kannst du keinem der Kinder, die bei dir zu Gast sind, dein Spielzeug verweigern.)

Bei der Begrüßung einen Knicks oder einen Diener zu machen war noch immer im Repertoire, ebenso wie sich gerade zu halten, nach Möglichkeit Hochdeutsch zu sprechen und Knödel oder Salat nicht mit dem Messer, sondern mit der Gabel zu teilen. Auch galt weiterhin, dass, was auf den Tisch kam, auch gegessen werden musste, aber damit hatte in der Nachkriegszeit ohnehin niemand ein Problem.

Juliane erinnerte sich noch, wie überwältigt sie war, als es bei einer gräflichen Jause für jedes Kind einen kinderhandtellergroßen Schokolademaikäfer gab. Und musste sich Jahrzehnte später selbst sagen lassen, dass die Kinder, die bei ihr zur Jause eingeladen waren, von dem Stück Sachertorte, das aus der Hotelküche kam, langfristig beeindruckt waren. Und wie kränkend es für ein mit Juli befreundetes Kind gewesen war, aus Versehen nicht eingeladen zu werden.

Juli hatte Erfahrung auch mit Kinderfrauen, die plötzlich auftauchten und, wenn sie das Plazet zur Weiterreise in den Westen bekommen hatten, genauso plötzlich wieder verschwanden. Traude war die einzige Einheimische gewesen, und sie wartete weder auf ein Visum für Kanada noch auf ein besseres Stellenangebot aus Skandinavien. Ihre überzeugte und überzeugende Identität und ihr Stolz, an Ort und Stelle verwurzelt zu sein, bescherten ihr einen höheren Rang in der Hackordnung, den sie auch mit einer gewissen Genugtuung besetzt hielt. Und wie immer, wenn Menschen sich aus beruflicher Nähe zusammenfinden, gab es auch in dieser Sparte weniger enge und engere Beziehungen, sogar Freundschaften.

Mit Traude, die eine Ausbildung als Kindergärtnerin absolviert hatte, und Hella war es ebenso. Sie mochten einander, selbst wenn Hella um einiges jünger war als Traude.

Hella hatte einen kleinen Buben zu hüten, dessen Mutter eine geborene Gräfin war, die nicht standesgemäß geheiratet hatte. Sie wollte eigentlich studieren, musste aber erst das Geld dazu verdienen, und nachdem sie mit drei

Brüdern aufgewachsen war, traute sie es sich zu, den kleinen Halbgrafen den Sommer über zu betreuen. Der Kleine hatte schnell erfasst, dass sie im Grund zu gutmütig war, um ihn wirklich zu erziehen. Und da er im selben Alter wie Alwin war, hatte die Freundschaft mit Traude auch eine praktische Seite.

Wenn die beiden Buben miteinander spielten, saßen Traude und Hella zusammen auf einer Bank in der Nähe und plauderten über die große Welt in dem kleinen Dorf, und wenn die Buben über ein Spielzeug in Streit gerieten, ließ sich Hella von Traude zeigen, wie man einen solchen Streit am wirksamsten beilegt.

Manchmal gingen sie alle zusammen ins Strandbad, und während Hella und Juli schwammen, gab Traude auf die beiden Buben acht.

An jenem Tag, an dem das Furchtbare geschah, war Juli zur Geburtstagsjause der Omama ins Stammhaus eingeladen und daher nicht dabei, als Traude und Hella nach einem Spaziergang an einer ungewohnten Stelle zum See hinuntergingen. Wahrscheinlich weil überraschenderweise aus dem trüben Tag doch noch ein sonniger geworden war.

Traude setzte sich wie gewöhnlich mit den beiden Buben an den Strand, sie selbst konnte nicht schwimmen, und versuchte zu verhindern, dass die Kleinen ins Wasser wollten, indem sie mit ihnen Mulden grub, die sich wegen der Nähe zum See von selbst mit Wasser füllten.

Es war eine der wenigen Stellen, an denen Schlingpflanzen wuchsen. Als Hella hinausschwamm, musste sie an die Schlingpflanzen gestreift und dabei über Gebühr erschrocken sein. Traude hörte einen Schrei, dann noch einen, und auf einmal konnte sie Hella nicht mehr sehen, obgleich ihr Gurgeln und Plantschen noch zu hören war.

Traude stand auf und lief in ihren Kleidern zum See, allerdings nur bis ihr das Wasser über dem Nabel stand. Immer wieder rief sie Hellas Namen, aber sie konnte sie nicht mehr ausmachen. Als sie sich umdrehte, standen auch die beiden Buben im Wasser, Kinder, für die sie die Verantwortung übernommen hatte, also lief sie zu ihnen zurück, hob sie beide hoch, obwohl sie sich dagegen wehrten.

Wieder am Ufer, schrie sie den Spaziergängern, die oben auf dem Schotterweg gingen, immer lauter und immer verzweifelter ihren Hilferuf entgegen, bis endlich jemand reagierte und zwei junge Männer die Böschung herunterkamen.

Traude war dermaßen in Panik, dass sie kaum herausbrachte, was sie sagen wollte. Sie deutete immer nur auf die Stelle im See, an der sie Hella zum letzten Mal gesehen hatte. Dabei hielt sie die beiden Kleinen so fest im Arm, dass es ihnen wehzutun schien und sie alles daransetzten, sich ihr zu entziehen, bis Alwin sich freigekämpft hatte und auf den Boden fiel. Zum Glück hatte er sich dabei bloß wieder einmal das Knie blutig geschlagen.

Während die beiden jungen Männer die besagte Stelle im See absuchten, rief Traude weiterhin allen Vorübergehenden zu, sie sollten die Wasserrettung und den Notarzt holen, da sei jemand am Ertrinken, während Alwin wegen seines blutigen Knies weinte, und der andere Kleine, der sie zu kratzen und zu beißen versuchte, damit sie ihn endlich losließ, heulte ebenfalls.

Als sich dann eine Reihe von Leuten am Strand zusammengefunden hatte und andere zum Strandcafé gelaufen waren, um die Wasserrettung und den Notarzt zu verständigen, war bereits klar, dass sie zu spät kommen würden.

Die beiden jungen Männer hatten Hella gefunden und sie auf den Sand gelegt. Das Wasser ließ ihre langen blonden Haare dunkel erscheinen, und auf ihrem blassen Körper mit dem gepunkteten Badeanzug, aus dem noch immer Wasser lief, lagen noch Reste der Schlingpflanzen, in denen sie sich verfangen hatte.

Bei der Obduktion stellte sich heraus, dass Hella an akutem Herzversagen gestorben war. Angeblich hatte sie an einem Herzfehler gelitten, der aber nie diagnostiziert worden war. Offenbar hatte der Schreck genügt, ihr Herz ein für alle Mal ruhigzustellen.

* * *

Klara ähnelte Traude in vieler Hinsicht. Sie war zwar keine Einheimische von Geburt, aber ihre Eltern waren bereits vor dem Krieg zugezogen, und sie hatte ebenfalls eine pädagogische Ausbildung. Nicht dass Juli sie mehr als alle anderen Kinderfrauen gemocht hätte, aber Klara war freundlich und berechenbar. Juli wusste, wie sie es anstellen musste, damit Klara ihr bei den Hausaufgaben half. Und nicht nur bei den Hausaufgaben. Juli würde im nächsten Jahr ins Gymnasium kommen, noch dazu in ein Internat. Das Gymnasium war zu weit weg, als dass sie es als Fahrschülerin hätte besuchen können. Sie würde auch eine Aufnahmeprüfung machen müssen. Obgleich sie sich noch wenig darunter vorstellen konnte, war sie entschlossen, diese Prüfung zu bestehen. Sie wollte unbedingt ins Gymnasium, nur so würde sie sich zumindest einen ihrer Berufswünsche erfüllen können.

Holle war inzwischen als tauchender Hund bekannt. Doch was alle an ihr bewunderten, wirkte sich schlecht auf ihre Gesundheit aus. Sie konnte nicht wie Fischotter oder Biber ihre Ohren verschließen, das kalte Wasser drang daher tief in die ihren ein. Das führte immer wieder zu Entzündungen. Und da Holle sich nur von Juli festhalten ließ, wenn der Tierarzt ihr die Medizin eintropfte (wofür der Tierarzt sie lobte), dachte sie daran, selbst Tierärztin zu werden. Der andere Berufswunsch lautete: Afrikaforscherin.

Juli hatte nach all den *Trotzkopf-* und *Evi-*Bänden, die ihr das Internat schmackhaft machen sollten, auch Bücher in die Hände bekommen (zum Teil aus der Leihbibliothek des Kaufhauses oder von Paps' Freunden, die so etwas zu Hause herumliegen hatten), in denen von Afrika die Rede war. Also kam ihr der Gedanke, Afrika zu erforschen und selbst darüber Bücher zu schreiben. Sie hatte bereits vor einem Jahr Geschichten in ihr Heft geschrieben, darunter eine, die von Wasserleichen handelte, eine Art Angstgeschichte, hieß es doch, dass Ertrunkene, so man sie nicht gleich fand, am dritten Tag wieder an die Wasseroberfläche kämen. Mit ein Grund, warum sie sich von nun an beim Schwimmen immer genau umsah. Sie wollte keinesfalls erschrecken, wie Hella erschrocken war.

Klara war jemand, der sich bitten ließ, aber dann der Bitte auch nachkam. Juli ging mit ihr die Aufgaben durch, und Klara ließ sie immer Aufsätze schreiben, die sie danach korrigierte, wenn Alwin bereits schlief.

Was Alwin aber nicht wusste und Juli auch nur ahnte, war, dass Klara ins Haus geholt wurde, um der Mutter mit dem neuen Kind zu helfen, das demnächst aus ihrem

Bauch kommen würde. Juli bekam noch immer eine Gänsehaut, wenn sie an das Messer dachte, mit dem der Mutter der Bauch aufgeschnitten werden sollte. Und die Angst, dass nicht nur ein, sondern mehrere Kinder aus diesem Bauch hervorkommen könnten, beunruhigte sie ebenfalls. Sie ertappte sich dabei, wie sie den Bauch der Mutter mit Blicken vermaß, um herauszufinden, wie viele Kinder im äußersten Fall darin Platz hätten, und kam dabei auf höchstens drei, aber wer weiß, ob sie richtig gemessen hatte.

Sie dachte öfter an Robi und seine Schwestern. Vor einem Jahr war eine dritte hinzugekommen, und sie waren zu viert. Das ging also auch. Aber so richtig geheuer erschien es ihr nicht. Sie erinnerte sich noch an die Schmerzenslaute der Mutter in der Nacht, als Alwin geboren wurde. Kein Wunder, dass die Mutter damals geschrien hatte, nämlich wegen des Messers. Sie würde auch schreien, schon wenn sie das Messer zu Gesicht bekam.

Es war ein Herbst ohne Wetterkapriolen und ohne zu frühe Fröste. Die Astern in den schmalen Rabatten rund um das Wohnhaus blühten so farbkräftig wie noch nie, und die Wolken, die gelegentlich über den See segelten, hielten meist dicht. Mit einem Wort, Wanderwetter, auch wenn die Saison offiziell schon zu Ende war. Dafür wanderten die Einheimischen um den See, über die Forststraßen, auf die Almen, ja sogar auf die Gipfel der höheren Berge, von denen man weit ins Land hinausschauen konnte.

Als Juli von der Schule heimgekommen war, trug Klara ihr und Alwin das Essen im Personalraum auf (das Hotel hatte noch nicht endgültig dichtgemacht). Der Mutter sei nicht gut, sie habe sich hingelegt, sagte Klara, und nach dem Essen sollten sie gleich das föhnige Wetter nutzen, wer weiß, wie lange es noch hielte, und miteinander hinauf zum Wasserfall gehen und zur Ruine.

Juli wollte noch rasch in ihr Zimmer hinauf und Beppo, dem türkisblauen Wellensittich, den einer der Stammgäste, Besitzer einer großen Tierhandlung in Wien, der Mutter für sie und Alwin mitgebracht hatte, etwas Futter geben. Der Tierhändler züchtete die Sittiche seit Jahren selbst und rühmte sich damit, dass seine die schönsten und auch die robustesten seien.

Das brauche sie nicht, meinte Klara, sie habe schon alles erledigt, Beppo Körner gestreut und nachgesehen, ob sein Trinkwasser sauber war. Sie sollten sich besser gleich auf den Weg machen, damit sie die herrliche Nachmittagssonne noch genießen konnten, es würde nun ohnehin jeden Tag früher dunkel.

Es war ein schöner Ausflug, auch wenn Alwin von Zeit zu Zeit jammerte, dass er zu müde sei, um weiterzugehen. Der Wasserfall gefiel ihm dann doch, und als sie auch noch zur Ruine oberhalb des Wasserfalls hochstiegen, wollte er unbedingt, dass Klara ihm eine Gespenstergeschichte erzählte. Früher, als die Ruine nicht bloß noch aus ein paar Gesteinsbrocken bestand, die wahrscheinlich zu den Grundmauern der ehemaligen Burg gehört hatten, hätte es hier gewiss ein Burggespenst gegeben. Die Vorliebe für Gespenster ging wohl auf eines seiner Kinderbücher zurück, das von einem harmlosen kleinen Gespenst handelte, das allen Streiche spielte, aber so gut wie nichts mit dem Unheimlichen, das Juli mit Gespenstern verband, zu tun hatte. Klara wandelte die Gespenstergeschichte ein wenig ab, womit sich Alwin zufriedengab, auch wenn er ständig dazwischenredete und Klaras Version mit der des Buches verglich.

Klara hatte in ihrer Umhängtasche, deren Riemen sie immer in ihrer rechten Hand hielt, damit er ihr nicht von der Schulter rutschte, sogar eine Jause mitgenommen, die aus Wurstsemmeln und Zitronenlimonade bestand. Und so saßen sie dann eine Weile auf den Resten der Burgmauer, und Klara erklärte ihnen, wie die Berge hießen, die man vom Dorf aus gar nicht sah, aber von der Ruine aus in den Blick bekam.

Alwin tollte noch eine Zeitlang durch die Wiese, um ein Tagpfauenauge zu fangen, das ständig um ihn herumflatterte, doch der Schmetterling schien gewitzter zu sein als er und ließ sich nicht erwischen.

Als sie sich dann endlich auf den Heimweg machten, die Sonne war schon untergegangen und die Luft kühlte merkbar ab, setzte Klara sich Alwin auf die Schultern. Er war so müde, dass er immer wieder einzunicken drohte. Klara bat Juli, ihr die Umhängtasche abzunehmen, die ohnehin so gut wie leer sei, damit sie Alwin an den Händen festhalten könne und er nicht hinunterfiele, wenn er tatsächlich einschlief.

Als sie zu Hause ankamen und Klara den schlafenden Alwin von der Schulter nahm, um ihn die Außentreppe hochzutragen, brannte bereits überall Licht.

Holle begrüßte sie stürmisch, und gleich darauf trat Paps aus dem Elternschlafzimmer. Er ist da, der Leonhard!, rief er triumphierend, als hätte er ihn selbst zur Welt gebracht.

Juli war, als hätte ein Blitz eingeschlagen. Es gab also einen Leonhard. Er war so heimlich gekommen, dass Juli es einfach nicht bemerkt hatte. Und er war allein gekommen, zu ihrer großen Erleichterung.

Nach dem Abendessen durften Klara und Juli den kleinen Leonhard kurz sehen. Alwin schlief so fest, dass Klara ihn sofort ausgezogen und ins Bett gesteckt hatte.

Da lag nun ein kleines Wesen in einem Steckkissen, den mit hellem Flaum bedeckten Kopf auf einem weißen, spitzenumsäumten halbrunden Polster, während sein Körper in dem daunengefütterten Sack steckte.

Die Mutter schien zu schlafen, Paps hatte den Finger auf die Lippen gelegt, auf das Steckkissen gedeutet und geflüstert: Ist er nicht fesch?

Der kleine Leonhard hielt die Augen geschlossen, fuchtelte aber immer wieder mit seinen winzigen Händen, die aus dem Sack herausschauten.

Nach ein paar Minuten schickte Paps sie wieder hinaus: Morgen könnt ihr ihn euch dann genauer anschauen.

Gratuliere, sagte Klara: Ein besonders gut aussehender Säugling.

Paps zwinkerte ihr lässig zu: Hat auch die neue Hebamme gesagt.

Und Klara legte noch eins drauf: Kein Wunder, bei dem Vater.

Anderntags durfte Juli, bevor sie zur Schule ging, noch einmal ins Elternschlafzimmer. Die Mutter schien sich erholt zu haben. Sie saß im Schlafrock auf dem Bett und schaute zu, wie Klara am Fuß des Bettes den kleinen Leonhard wickelte.

Er ist so schön, sagte Juli zu ihrer Mutter, glaubst du, dass er schnell wachsen wird?

Die Mutter lächelte: Aber ja. So schnell kannst du gar nicht schauen.

Nachdem er gewickelt und wieder in seinen Sack gesteckt worden war, übergab Klara ihn der Mutter.

Darf ich ihn halten? Juli wollte den Kleinen unbedingt in die Arme nehmen.

Klara legte Juli das Steckkissen in die Arme, und sie ging mit Leonhard langsam auf und ab, sprach mit ihm in einer Flüstersprache, die niemand sonst verstehen konnte. Leonhard hatte die Augen geöffnet und hörte ihr zu, von dem Augenblick an schwor sich Juli, Leonhard zu ihrem Freund zu machen.

Die Mutter stand auf: Komm, gib ihn mir wieder, sonst kommst du noch zu spät in die Schule.

Juli küsste den kleinen Bruder, der sie noch immer anschaute, auf die Nase und gab ihn der Mutter zurück.

Das wird einmal ein Lieber! Die Mutter öffnete den Schlafrock und dann das Nachthemd, mit der anderen Hand hielt sie ihn: Ein ganz Lieber, du wirst sehen!

In der Schule fragten sie alle nach dem Baby. Offenbar hatte die Nachricht sich mit dem Wind verbreitet, und Juli erzählte, dass er Leonhard heiße und ein *ganz Lieber* werden würde.

Der Lehrer erkundigte sich, wie es der Mutter gehe, und fügte lächelnd hinzu: Hoffentlich schreit er nicht zu viel, der Kleine, und ihr könnt wenigstens in der Nacht schlafen.

Der schreit nie, sagte Juli, so als wolle sie nichts auf Leonhard kommen lassen.

Noch nie hatte, seit der Lehrer unterrichtete, ein Schultag für sie so lange gedauert. Erst als er eine Naturkunde-Stunde hielt, war sie wieder imstande, ihm halbwegs aufmerksam zu folgen. Er sprach über die landesüblichen Rinderrassen: Murtaler Semmelweiß, Montafoner, Fleckvieh, Ennstaler Bergschecken, und welche davon die beste Milch und das noch bessere Fleisch gaben.

Zu Hause trug Juli die Schultasche in ihr Zimmer und wollte unbedingt Leonhard sehen. Paps kam an die Tür und erklärte ihr, dass das nicht gehe. Der kleine Leonhard werde grade von der Hebamme untersucht. Er habe sich womöglich irgendetwas eingefangen, was genau, wüssten sie noch nicht, aber es dürfe niemand zu ihm hinein außer der Hebamme und dem Arzt, der demnächst da sein würde.

Auch Klara, die mit Alwin in der Hotelküche auf sie wartete, machte ein ernstes Gesicht.

Juli verstörte das alles. Was hat er denn?, wollte sie von Klara wissen.

Klara zuckte die Schultern: Die Hebamme weiß es auch nicht, darum kommt ja der Dr. Sallinger.

Er habe den kleinen Leonhard auch schon gesehen, trompetete Alwin, gleich nach dem Frühstück, aber der sei nur still dagelegen und habe überhaupt nichts gemacht.

Bevor Klara sie hindern konnte, lief Juli wieder die Außentreppe zur Wohnung hinauf: Ich hol mir bloß meine Jacke, rief sie Klara zu, und bin gleich wieder da.

In diesem Augenblick fuhr der Arzt vor, und Juli tat, als müsse sie dringend aufs Klo. Als sie sich danach ausführlich die Hände wusch, bemerkte sie unter dem Waschbecken einen Eimer mit eingeweichten Windeln. Und als sie genauer hinschaute, sah sie große Blutflecken auf den Windeln. Sie erschrak und wollte sofort ins Elternschlafzimmer. Natürlich dachte sie zuerst an das Messer. Vielleicht war die Hebamme damit ausgerutscht und hatte Leonhard dabei verletzt.

Paps streckte bloß den Kopf aus der Tür und zischte: Untersteh dich ja nicht! Siehst du nicht, dass Dr. Sallinger gekommen ist. Du störst ihn bei der Untersuchung mit deinem Geklopfe. Ich werd es dir schon sagen, wann du wieder reindarfst.

Klara fuhr sie ebenfalls an: Hab ich es mir doch gleich gedacht, dass du gelogen hast. Wo ist jetzt deine Jacke? Und als Juli nicht antwortete: Du wolltest doch nur schauen, was passiert. Aber es darf niemand von draußen rein, wer weiß, welche Keime du von der Schule mitgebracht hast. Der Kleine hat noch nicht genügend Abwehrkräfte und muss vor allem, was von draußen kommt, geschützt werden.

Juli kroch ganz in sich hinein, um zu verhindern, dass ihr die Tränen kamen.

Du weißt doch, was Keime sind, oder?

Juli blieb stumm, schüttelte nur andeutungsweise den Kopf.

Na ja, ich werds dir erklären. Es geht darum, dass du ihn möglicherweise mit etwas ansteckst, von dem du gar nicht weißt, dass du es hast.

Unverhofft meldete sich Alwin zu Wort: Wenn du zum Beispiel Masern hast oder Mumps oder Schafblattern und es noch gar nicht weißt …

Aber das haben wir alles doch schon gehabt, sagte Juli verhalten, und jetzt hab ich nicht einmal Schnupfen und du auch nicht, Alwin.

Alwin konnte nicht aufhören, seiner älteren Schwester etwas zu erklären, was die nicht zu wissen schien: Aber im Mumps sitzen auch so kleine Viecher, die von einem Kind zum anderen krabbeln, nur sieht man sie nicht.

Klara hatte das Geschirr gewaschen und weggeräumt: Was immer es ist, was dem Kleinen zu schaffen macht, wir können nichts tun als für ihn beten. Das Wetter ist nicht mehr so schön wie gestern, und wir können keinen allzu langen Spaziergang machen (Alwin rieb sich die Hände). Die Kirche ist gar nicht weit weg. Wir werden uns eine Weile hineinsetzen und für den Kleinen beten, damit der liebe Gott ihn von seinen Leiden erlöst.

Als sie sich auf den Weg machten, stand das Auto von Dr. Sallinger noch immer vor der Kellertür. Auch die Hebamme schien oben geblieben zu sein, ihre festen Schuhe standen beim Treppenaufgang.

Das Wetter hatte sich merklich eingetrübt, Föhnwind strich über die Berge, obgleich es Herbst war, und der See schlug Wellen, wenn auch noch ohne Schaumkronen …

Klara erzählte Alwin zum hundertsten Mal die Geschichte von *Hans im Glück*, während Juli dumpf neben ihnen hertrottete.

In der Kirche war es ziemlich kalt, und Juli fror ohne ihre Jacke. Sie knieten in einer der vorderen Sitzbankreihen, und Klara sprach Alwin vor, was er zu beten hatte. Zu Juli sagte sie, sie sei alt genug, um ihre Gebete lautlos zu verrichten.

Aber Juli fiel kein Gebet ein. Das Einzige, was sie zu

sagen hatte, war: Hilf ihm, hilf ihm, hilf ihm! Und das, ohne den Mund aufzumachen.

Alwin litt es nicht lang in der Kirche. Auch er fror und behauptete, vom Knien seien ihm die Füße eingeschlafen. Und überhaupt, der liebe Gott wisse ja jetzt, was sie von ihm wollten. Das müsse man ihm doch nicht dreimal sagen.

Vor der Kirche trafen sie eine andere Kinderfrau, die Klara schon länger kannte und die ebenfalls zwei Kinder betreute, dem Alter nach eher bei Alwin als bei Juli. Sie beschlossen, den Wald ein Stück hinaufzugehen. Wegen des milden Wetters solle es noch immer Pilze geben.

Unter normalen Umständen hätte Juli sich unter einem Vorwand abgesetzt, hätte ihren Onkel, der jetzt im Büro des Stammhauses saß, während der Opapa weiterhin Ratschläge gab, besucht oder sich in den alten Sandhaufen unter der Außentreppe gesetzt und gelesen. Doch die Angst vor dem, was möglicherweise schon passiert war und von dem sie keine Vorstellung hatte, ließ sie tun, was Klara von ihr erwartete, sie hielt sogar Ausschau nach Pilzen, und wenn sie einen entdeckt hatte, stupste sie Alwin in die richtige Richtung. Der konnte sich dann vor Freude kaum lassen, einen Pilz gefunden zu haben, noch dazu einen Herrenpilz.

Als sie am späten Nachmittag nach Hause kamen, war Leonhard schon tot. Er war innerhalb eines Tages verblutet. Da half auch die eisgekühlte Muttermilch nichts, die ins Spital nachgeliefert wurde.

Er war daran gestorben, dass die Mutter und Paps verschiedene Rhesusfaktoren im Blut hatten, die sich nicht miteinander vertrugen. Jahrzehnte später tauschte man in solchen Fällen sofort nach der Geburt das Blut aus, und die Kinder überlebten. Merkwürdigerweise betraf das den Erstgeborenen nicht. Das hatte Alwin das Leben gerettet.

Und Juli weinte das erste Mal in ihrem Leben um einen Toten.

In den Nächten nach Leonhards Tod schlief Juli schlecht und versuchte sich mit denen, die ihr körperlich am nächsten waren, zu trösten.

Holle schlief wie immer heimlich (für diejenigen, die es gar nicht wissen wollten) in ihrem Bett. Sie machte sich an der Wandseite schmal, zumindest so lange, bis Juli eingeschlafen war. Und Tigsi, die gerade einmal keine Jungen großzuziehen hatte, schmiegte sich an Julis andere Seite, während Beppo, der türkisblaue Wellensittich, sich den schmiedeeisernen Schwengel einer Wandleuchte zum Schlafplatz erkoren hatte, hoch genug, um von Tigsi nichts befürchten zu müssen. Außerdem hielten sich alle drei an das Konrad Lorenz'sche Burgfrieden-Prinzip, zumindest im Haus.

Beppo gelang es immer wieder, aus seinem Käfig zu entwischen, und er verbrachte dann tagsüber die meiste Zeit auf dem Lampenschirm aus gefälteltem Ölpapier, der, weit genug von der Glühlampe entfernt, wie ein Trichter ohne Rohr von der Decke hing. Beppos Leidenschaft war das Picken an den Rändern des Ölpapiers, was aus dem gefältelten Trichter eine Art zackengesäumter Sonderanfertigung mit Design-Charakter machte.

Da Beppo nur schwer zu fangen war, blieb er oft tagelang seinem Käfig fern und kehrte nur zum Fressen und Trinken, oft auch um seinen Kot abzusetzen, in ihn zurück. Da er ein genauer Beobachter war, tat er das immer dann, wenn niemand im Zimmer war.

Zu jener Zeit hatte sich kaum jemand um Juli und die Mitbewohner ihres Zimmers gekümmert (die Mutter betrat es seit der Sache mit der Maus ohnehin nicht mehr), und wenn Staubsaugen angesagt war, flüchteten Holle und Tigsi von alleine, Beppo zog sich ins Innere des Lampenschirms zurück, und etwaige lebende Mäuse wurden von Tigsi, wenn sie nicht gerade Junge unterm Bett im Fangen und Filetieren zu unterrichten hatte, ohnehin nicht toleriert.

Mit einem Wort, es rissen Verhaltensweisen ein, die ganz nach Julis Geschmack waren, die aber kaum jemand anders gebilligt hätte. Daher blieb auch die Verbindungstür zwischen ihrem und dem Zimmer von Alwin und Klara zugesperrt, schon wegen Alwin, der ansonsten in ihren Schulsachen und Büchern herumgefingert hätte, was man ihm schon gar nicht durchgehen lassen durfte.

Manchmal kam es vor, dass Holle im Bett immer entspannter die Beine streckte und damit Julis Köper unwillkürlich ein wenig zur Seite stemmte. Das ging wiederum auf Platzkosten für Tigsi, die sich das nicht gefallen lassen wollte und leise fauchend mit ausgefahrenen Krallen zu Holle hinübertatzte. Worauf Holle kurz aufjaulte und ein Knurren nachschickte. Dadurch fühlte sich Beppo im Schlaf gestört und begann lauthals von oben herab zu keckern, bis Juli endlich aufwachte und mit wortreichen Drohungen gewaltversprechender Natur den Streit schlichtete, damit alle wieder schlafen konnten. Meist funktionierte das auch, denn so viel verstanden die Bettgänger von dem, was Juli Xaver abgelauscht hatte, schon, dass Juli sie, wenn sie nicht bald Ruhe gaben, allesamt vor die Tür setzen würde.

Noch hatte Juli keine Ahnung, wie sehr sie diese Art Wohngemeinschaft vermissen würde. Aber es gab keine andere Wahl als das Internat, wenn sie ins Gymnasium gehen wollte.

TEIL III

JULIANE

Als Juli zum ersten Mal am Wochenende nach Hause fahren durfte, holten die Mutter und Paps sie mit dem Fiaker an der Bahnstation im Nachbarort ab. Der alte Artner, ein kleiner schwarzhaariger Mann mit buschigem, noch schwärzerem Schnurrbart, hatte seinen ebenfalls schwarzen Hengst Satan eingespannt und war mit den Eltern zum Bahnhof gefahren, das Julerl, wie er sie nannte, heimzubringen.

Juli war mit einem Zug gekommen, von dem man nicht gleich in den Autobus umsteigen und weiterfahren konnte, musste doch ein Zug aus der Gegenrichtung abgewartet werden, der erst eine Dreiviertelstunde später ankommen würde. Sie hatte zum ersten Mal in ihrem Leben das Gefühl, ins Gymnasium zu gehen sei etwas Besonderes. Auch die Mutter hatte die Unterstufe im selben Internat hinter sich gebracht. Damals war die Schule eine Schule für höhere Töchter gewesen, mit Französisch als Fremdsprache, Manieren und Hauswirtschaft als Hauptgegenständen. Mit vierzehn wurde die Mutter dann dazu angehalten, im Betrieb ihrer Mutter zu arbeiten, um später die Filiale im Zentrum des Nachbarorts zu übernehmen. Ihr Vater, und somit Julis Großvater, war an Grippe verstorben, als die Mutter zehn Jahre alt war. Der Großmutter war nichts anderes übriggeblieben, als die Fleischhauerei zu übernehmen.

Juli konnte sich bloß schemenhaft an die Großmutter

erinnern, sie war kurz vor Julis viertem Geburtstag einem Krebsleiden erlegen.

Auf den Fotos, die die Mutter Juliane überlassen hatte, erschien die Großmutter als hochgewachsene, gut aussehende Frau, stattlich und mit einem sympathischen Lächeln, aber die Mutter sprach von ihr als einer strengen, nicht gerade warmherzigen Geschäftsfrau, die sehr großzügig sein konnte, jedoch mit ihrem Schicksal haderte, das ihr so früh den Mann genommen hatte. Sie musste von da an die Fleischhauerei alleine weiterführen, obgleich ihr drittes Kind, Julis Onkel Vik, noch in den Windeln lag, während ihr Ältester, Julis Onkel Wast, gerade ins schwierigste Alter kam, das heißt, eine starke Hand brauchte.

Es war Spätherbst, Allerheiligen, aber das Wetter war mild geblieben, und das Dach der Kutsche lag zusammengefaltet hinter den Sitzen. Juli begann alles anders zu sehen. Den Nachbarort, mit den eng aneinandergereihten adretten Häusern und Geschäften, aber auch der Salinenverwaltung und den ehemaligen Sudhäusern sowie den zahlreichen Villen, die als Sommersitz vieler Wiener erbaut worden waren, meist höher gelegen, wohl der Aussicht wegen. Es begegneten ihnen nur wenige Autos, so dass der alte Artner Satan mit der Peitsche antupfte, was hieß, dass er sich auf der leeren Straße ruhig ein wenig ins Zeug legen konnte.

Im Dorf oben gab es bloß ein einziges Taxi, das von Artners ältestem Sohn gefahren wurde, der aber gerade mit seiner Frau nach Mariazell gepilgert war, um die hl. Jungfrau in Sachen Nachwuchs zu konsultieren, wohingegen der alte Artner noch mit über sechzig seiner über fünfzigjährigen Frau ein Kind entlockt hatte, einen Buben, der mit Juli in dieselbe Klasse der Volksschule gegangen war.

Was Juli aber am meisten wunderte, war die Sprache, die in ihren Ohren auf einmal anders klang. Vollkommen vertraut einerseits und daher auch irgendwie beruhigend, andererseits wurde ihr klar, wie anders auch ihr Sprechen geklungen haben musste, als sie die ersten Male auf Fragen der Präfektin oder der unterrichtenden Nonnen geantwortet hatte und die Nonnen ihr beizubringen versuchten, wie zu sprechen man von ihr erwartete. Nicht dass sie im Internat Dialekt sprach, da hätte man sie ohnehin nicht verstanden. Aber die Mutter, die mit den Gästen annähernd Hochdeutsch redete, hatte auch von den Kinderfrauen verlangt, dass sie mit ihr, Juli, und mit Alwin ein allgemein verständliches Deutsch, wie sie es ausdrückte, sprechen sollten. Wobei dieses allgemein verständliche Deutsch noch immer eine Dialektfärbung aufwies.

Hingegen brachten Paps und seine Freunde, die fast durchwegs redeten, wie ihnen der Schnabel gewachsen war, ihr Recht auf Authentizität ins Spiel, auch wenn Paps mit den Gästinnen, die er zu betreuen hatte, dann doch auf jenes allgemein verständliche Deutsch umstieg.

Inzwischen kam die Mehrzahl der Gäste nicht mehr aus Wien, sondern aus Deutschland. Und für jemanden wie Paps und seine Freunde war es annehmbarer, sich dem Deutsch-Deutschen anzunähern, als sich dem Wienerischen anzubiedern. Konzessionen an das Wienerische wurden von den Einheimischen als Schleimerei gesehen, während sie die Annäherung an das Deutsch-Deutsche als verständigungsvernünftig erachteten.

Juli hatte schon früh begriffen, mit wem sie Dialekt und

mit wem sie Allgemeindeutsch sprechen sollte. Dabei war ihr aufgefallen, dass sie sich, wenn sie mit Paps im Dialekt redete, mehr herausnehmen konnte, als wenn sie mit der Mutter Allgemeindeutsch sprach, und hatte diese Erkenntnis auch gelegentlich ausgenutzt. Was ihr einmal eine Ohrfeige der Mutter eingetragen hatte, weil sie Paps einen *B'suff* (Vieltrinker) genannt hatte, als er mit roten Augen und einer Fahne gegen Mittag in die Hotelküche schwankte und seinen Frühstückskaffee einforderte.

Es war das einzige Mal, dass der Mutter die Hand ausgerutscht war, nämlich nachdem sie sich über das Wort *B'suff* alteriert und gesagt hatte: Wie sprichst du denn mit deinem Vater, worauf sie, Juli, geantwortet hatte: Das ist nicht mein Vater! Und schon brannten die fünf Finger der Mutter sich in Julis Gesicht ein. Sie konnte sie danach sogar noch eine Zeitlang im Spiegel sehen, als sie weinend in ihr Zimmer im Wohnhaus gerannt war. Sie ahnte, dass die Mutter sie nicht vorsätzlich geschlagen hatte, aber ihr wurde klar, dass die Mutter instinktiv auf der Seite von Paps stand, auch wenn sie sich manchmal selbst über den morgendlichen Rauschausschläfer ärgerte.

All das kam Juli in den Sinn, während sie mit der Mutter und Paps im Fiaker nach Hause fuhr und die Mutter immer wieder das eine oder andere wissen wollte, nämlich was sich im Internat seit ihrer Zeit verändert hatte und was gleich geblieben war. Dabei fiel Juli auf, dass auch die Mutter ein wenig anders sprach, als sie es in Erinnerung hatte, so als hätte sie sich inzwischen, und da gerade nicht Saison war, sprachlich Paps ein wenig angenähert. Es ging eher um einzelne Ausdrücke, die sie verwendete. Manchmal so, als zitiere sie ihn, aber sie gingen ihr so leicht von der Zunge, dass sie beinah genauso klangen, als hätte Paps sie gesagt.

Und?, fragte die Mutter: Habt ihr schon das erste Internatszeugnis bekommen?

Juli nickte. Sie hatte gewusst, dass die Mutter sie das als Erstes fragen würde, und das Zeugnis in ihre kleine Umhängtasche und nicht in den Koffer mit der Schmutzwäsche gesteckt.

Zeig her! Die Mutter nahm ihr das Zeugnis, das sie viermal im Jahr bekommen sollten, aus der Hand. Die Benotung der Ordnung in Schreibpult, Kleiderkasten, Nachtkästchen usw. war glimpflich ausgefallen, wenn auch ohne *römisch Eins*.

Körperliche Haltung, las die Mutter und schaute auf Julis Rücken: Englische Konversation! Na ja, bei uns wars die französische. Du liebe Zeit, sagte sie plötzlich lachend: Das hätt ich beinah vergessen, Reindeutsche Aussprache. Und noch dazu ein Einser!

Paps lächelte spöttisch: Und des gfreit die dena ubarsch! (Und das freut dich wohl ungemein!)

Die Mutter hob irritiert den Blick, als würde ihr bewusst, wie weit sie sich von diesem Ziel, das seinerzeit auch von ihr gefordert worden war, entfernt hatte.

Juli versuchte den leichten Unmut der Mutter auszugleichen, indem sie in Richtung Paps die Handflächen öffnete und einen alten Einheimischen nachmachte: Aft is geh was?! (Na und?!), was beide zum Lachen brachte.

Die Mutter erzählte darauf, was ihr seinerzeit selbst passiert war. Die Nonne, die sie in Handarbeiten unterrichtete, hatte bemerkt, dass sie aufgehört hatte zu häkeln, und fragte sie, warum sie nicht weiter an dem Häkelstern arbeite, und die Mutter, die sich am Finger verletzt hatte, stand auf und erklärte, es tue ihr leid, aber sie habe einen *wehdigen* Finger, was ihr den Spott der ganzen Klasse eintrug.

Paps lachte laut und meinte, das könne dem Julerl nicht passieren, die sei nämlich von Haus aus eine echte G'scheithosen: Stimmts?, dabei schlug er ihr auf die Schulter, dass es beinah wehtat.

Alwin kam auf sie zugelaufen und beklagte sich darüber, dass die Eltern ihn nicht mitgenommen hatten, wo er doch so gerne Fiaker fahre, und dabei sprangen ihm sogar ein paar Tränen aus den Augen. Klara beschwichtigte, er solle sich doch erinnern, was für Bauchschmerzen er gehabt habe und dazu noch Durchfall: Im Fiaker gibt es kein Klo!

Alwin hörte ihr gar nicht zu, sondern gab sich noch immer zutiefst gekränkt, bis die Mutter ihn aufhob und auf ihren Schoß setzte: Der arme kleine Burli! Er hat sich so drauf gefreut, seine große Schwester im Fiaker abzuholen, dass er sogar die Scheißerei gekriegt hat vor lauter Freude. Aber weißt du was, in drei Tagen, wenn deine Schwester wieder zum Zug muss, bitten wir den Artner, dass er mit uns zum Bahnhof fährt, hin und zurück, und dann darfst du vorne bei ihm auf dem Kutschbock sitzen und die Zügel mit ihm halten.

Alwin schluchzte noch ein paarmal nach, während er nickte und dabei in die Hände klatschte: Und dann galoppiert der Satan mit uns auf und davon, viel weiter als bis zum Bahnhof. Auf und davon!

Klara hatte Juli zur Begrüßung sogar in die Arme genommen und sie gefragt, ob es ihr denn gefalle im Internat. Und Juli hatte geantwortet: Weiß nicht, aber es gibt eine große Bibliothek, und am Wochenende dürfen wir Theater spielen.

Juli wollte gerade nach Holle fragen, als sie sie durchs Fenster sehen konnte. Sie kam mit Onkle Heinis großem schwarz-gelbem Schäferhund daher, der meist unter dem Schreibtisch im Büro des Stammhauses lag, wenn er nicht gerade seine Runden zog. Die beiden Hunde liefen über das höher gelegene Feld hinter dem Wohnhaus, und als die Mutter Julis Blick folgte, lächelte sie: Holle hat jetzt einen Verehrer, den Johnny vom Heini. Er kommt sie jeden Tag holen, läuft mit ihr auf den Feldern herum und bringt sie dann wieder heim.

Schon als Holle die Treppe heraufgesprungen war, musste sie sie gerochen haben. Juli hörte, wie sie die Haustüre aufdrückte und bereits dabei zu japsen begann. Kurz darauf drückte sie auch die Tür der kleinen Wohnküche auf, und als sie bei Juli angekommen war, sprang sie jaulend an ihr hoch, landete mit den Vorderpfoten auf ihren Schultern und hätte sie sicher umgestoßen, hätte Juli sich nicht gleich an die Wand gelehnt, wissend, was es bedeutete, wenn Holle sich tatsächlich über etwas freute. Und sie freute sich so sehr über das Wiedersehen, dass sie, wahrscheinlich zum ersten Mal, seit sie ausgewachsen war, eine kleine Lacke auf dem Boden hinterließ, die Alwin sofort bemerkte: Bettludlerin! Die Holle ist eine Bettludlerin.

Klara hatte einen Aufreibfetzen geholt und wischte alles auf, bevor sie wieder ging. Da es keinen Säugling mehr gab und die Saison längst zu Ende war, kam sie nur noch, wenn die Eltern irgendwohin mussten.

Für Juli war es ungewohnt, dass sie bloß noch zu viert waren. Auch die Frau von Mutters jüngerem Bruder Vik war nicht mehr da. Solange sie noch keine eigene Wohnung gefunden hatten, waren sie bei ihnen untergekommen, wobei Onkel Vik, der Seilbahnbauer, ohnehin die meiste Zeit unterwegs war. Aber seit kurzem lebten sie in einem Haus, das der Firma gehörte und sich, wie Paps erzählte, sogar in derselben Stadt wie das Internat befand.

Die Mutter kochte das Abendessen, sie hörten gemeinsam Radio, und Alwin wollte, dass sie mit ihm und seinen kleinen Autos spielte. Paps las in seiner Illustrierten, die die Mutter für ihn abonniert hatte, und Holle blieb in Julis Nähe. Als sie gegen zehn in ihr Zimmer ging, ließ sie wie immer die Tür für Holle einen Spaltbreit offen. Bald verschwanden auch die Eltern zusammen mit Alwin in ihrem Schlafzimmer, was die Mutter damit rechtfertigte, dass es die Beheizung eines weiteren Raumes erspare. Und als dann alle zu schlafen schienen und Juli ihr Buch weggelegt hatte, kam Holle und hüpfte zu ihr ins Bett. Es war wieder so wie früher, und Juli streichelte Holle eine Weile, aber als Holle sie im Gegenzug abzulecken begann, hörte sie auf damit.

In Wirklichkeit war nicht alles so wie früher. Tigsi war seit Wochen verschollen, möglicherweise hatte sie ein Fuchs gefressen, und Beppo war eines Morgens tot in seinem Käfig gelegen, wahrscheinlich weil ihm zu kalt war. Das Zimmer wurde nicht geheizt, wenn sie, Juli, nicht da war. Sie hätten ihn in die Küche stellen sollen, aber da war zu wenig Platz. Außerdem war Beppo daran gewöhnt, frei im Zimmer herumzufliegen, was in der Küche schon wegen des Herdes nicht ging. Auch protestierte er lauthals, wenn er zu lange in seinem Käfig eingesperrt blieb.

Da das Wetter milder war als Anfang Oktober, wurde Julis Zimmer auch jetzt nicht beheizt. Solange Holle bei ihr im Bett lag und sie wärmte, störte sie das nicht. Auch in den Schlafsälen des Internats war in diesem Herbst noch keiner der Kachelöfen in Betrieb genommen worden. Junge Menschen sollten sich abhärten, hieß es sowohl hier wie dort.

* * *

Onkel Leo, Robis Vater, besuchte jedes Mal, wenn er im Urlaub ins Stammhaus zurückkehrte, sämtliche Verwandte und Bekannte, egal, wer inzwischen mit wem verheiratet war, somit also auch die Mutter und natürlich Juli, der er, als er erfahren hatte, dass sie Afrikaforscherin werden wollte, ein Buch über die wichtigsten Völker dieses Kontinents mitgebracht hatte (es trug Stempel und Bandnummer seiner eigenen Bibliothek), damit sie sich schon darauf vorbereiten konnte.

Und so wie dieser Onkel seine Kinder, die bis auf Robi bei der Mutter waren, ins Stammhaus zitierte, wurde auch Juli, die als großteils nicht mehr im Ort Lebende neu eingestuft werden musste, zur Jause geladen, damit Opapa und Omama, anfangs auch noch Onkel Heini und die Frau, die er als Flakhelferin aus dem Krieg mitgebracht und dann geheiratet hatte, sowie Tante Ricarda, wenn sie gerade zu Besuch war, sich ein Bild von der jüngsten Generation machen konnten. Sowohl Robi, wenn er in den Ferien seine Mutter besuchte, und seine Schwestern als auch sie, Juli, hatten zu diesem Anlass ihre Zeugnisse mitzubringen.

Onkel Heini und seine Frau hatten noch immer keine Kinder trotz aller medizinischen Behandlungen, soweit damals solche zur Verfügung standen, was bedeutete, dass

Robi, *nomen est omen*, der schon bei der Taufe den Namen seines Groß- und seines Urgroßvaters bekommen hatte, jener beiden, die den ererbten Besitz ausgebaut und ihm noch einiges hinzugefügt hatten, dereinst die Hotelierslinie fortsetzen sollte.

Weil die Aussicht auf *hausgemachte* Enkel, wie Heini, der Spötter, seine nicht gezeugten Kinder nannte, von Jahr zu Jahr geringer wurde und er samt Frau Robis Mutter Hanna nicht ausstehen konnte, verlegten sie ihr Augenmerk immer mehr auf Juli und luden sie auch öfter in ihre eigene Wohnung ein. Onkel Heini hatte ihr erzählt, dass er ihrem Vater kurz vor dessen Tod versprechen habe müssen, sich um sie zu kümmern, wenn ihm etwas zustieße, und je älter sie werde, desto entschlossener versuche er, dieses Versprechen einzulösen, wenn auch auf seine Art und Weise.

Juli, die im Internat bereits Juliane genannt wurde, zu Hause aber Juli blieb, erinnerte sich genau an diese erste Ladung zur Jause als Gymnasiastin. Schon allein deshalb, weil das Stammhaus in ihrer Sicht bereits in den zwei Monaten, die sie im Internat war, einen Schrumpfungsprozess durchlaufen hatte. Plötzlich kam ihr der Treppenaufgang mit dem dunkelroten Sisalläufer und den dicken Kordeln, die anstatt eines Geländers in Messingringen fixiert waren und an ihrem jeweiligen Ende als posamentierte Quasten herabhingen, viel kleiner vor als noch im Sommer. Bis dahin war dieser Treppenaufgang der stattlichste gewesen, den Juli kannte, mittlerweile war der Treppenaufgang im Hauptgebäude des Internats an diese Stelle gerückt. Er war viel breiter, und gleich in den ersten Tagen nach Schulbeginn stürzte sich ein Mädchen vor lauter Heimweh die Treppe herunter, zufällig direkt vor Julis Füße, die gerade nach oben in ihre Klasse wollte. Sie hatte das Mädchen fallen sehen und schreien gehört: Ich will nach Hause, nach Hause, nach Hause!

Hinter ihr war eine Schwester ebenfalls die Treppe hochgestiegen und bückte sich sofort zu dem Mädchen, während Juli, schreckstarr, den einen Fuß bereits auf der höheren Stufe, den anderen darunter, stehengeblieben war. Das Mädchen blutete an der Schläfe, und als die Schwester es aufrichtete, hing einer ihrer Arme auf merkwürdige Weise herab.

Andere Mädchen und Schwestern kamen hinzu. Die Schwestern versuchten, das Mädchen zum Krankenzimmer nach oben zu tragen, aber es weinte und schrie noch immer, einerseits vor Schmerz, andererseits vor Heimweh. Den dazugekommenen Mädchen befahl man, in den Studiersaal zu gehen und die Hausaufgaben zu machen.

Nach dem Tischgebet beim Abendessen wurde verlautbart, dass das Mädchen sich den Arm, möglicherweise auch die Schulter gebrochen und eine Gehirnerschütterung erlitten habe und die Nacht im Krankenhaus verbringen werde.

Nehmt euch kein Beispiel an ihr!, sagte die Präfektin: Heimweh ist eine Krankheit, die durch Selbstheilung kuriert werden kann. Man muss sich dabei nur die Vorteile des Internats deutlich genug vor Augen führen. Der schöne Park, in dem das Hauptgebäude steht, der Rosengang, die Lourdes-Grotte, der Ballspielplatz und die hervorragenden Lernmöglichkeiten, die man euch bietet. Das Gymnasium, das euch Tür und Tor in die Welt hinaus öffnet, um nur einiges in Erinnerung zu bringen. Nicht zu vergessen die hauseigene Kapelle, in der ihr jederzeit eure Gefühle mäßigen und eure Gebete verrichten könnt.

Juli war wie betäubt gewesen und hatte versucht, sich vorzustellen, wie man sich fühlte, wenn der Arm gebrochen war.

Die Mutter des Mädchens war am selben Tag angereist und hatte es am nächsten Tag mit einem Krankenwagen in ein anderes Spital bringen lassen, das näher an ihrem Wohnort lag. Das Mädchen würde nicht mehr zurück ins Internat kommen, wie ihnen die Schlafsaalschwester verriet: Es ist aber nicht zu ihrem Guten. Von nun an wird sie sich jeden Wunsch mit dem Einsatz ihres Körpers erkämpfen wollen. Und es wird ihr noch schwerer fallen, auf etwas zu verzichten, auch wenn es ihrem Wesen guttun würde. Sie wird sich immer mehr wünschen, unendlich viel mehr, was ihrem Charakter zum Schaden gereichen wird.

Bei dieser ersten Jause im Stammhaus, seit sie im Internat war, ließ der Opapa sich sogar herab, sie nach den Unterrichtsmethoden, aber auch nach dem Essen zu fragen. Die erste Frage war eine rhetorische, er hielt nicht allzu viel von Mädchen, die ins Gymnasium gingen, die wollten nämlich immer mehr. Zuerst die Unterstufe, dann die Oberstufe, und danach wollten sie auch noch studieren: Wohin das führt, wissen wir ja, sagte er mit einem resignierten Blick auf die Omama.

Juli wusste, auf wen er anspielte. Tante Ricarda war der Fall. Sie hatte Geografie und Volkskunde studiert, eine Dissertation über ihren Heimatort, dessen wirtschaftliche Grundlagen, aber auch sein Brauchtum, geschrieben, hatte dann aber bloß die Stelle einer Heimerzieherin angeboten bekommen und keine als Gymnasialprofessorin oder gar Universitätsassistentin. Frustriert über die Ablehnung ihrer Bewerbungen, entschied sie sich ihrer Herkunft gemäß für die Übernahme des Cafés in der Talstation einer Seilbahn im südlichen Alpenvorland.

Man kann noch so viele Kinder- und Jugendjahre in einem Hotel oder einem Gasthaus verbracht haben, das heißt noch lange nicht, dass man kochen und servieren kann oder mit der Geschäftsführung zurechtkommt. Im Gegenteil, Kinder und Jugendliche, die vom Babyalter an das Essen serviert bekommen, ohne sich je länger in der Küche aufzuhalten, sind, wenn nicht später ernsthaft geschult, die schlechtesten Köche, Kellner und Wirte. So sah der Opapa das.

Tante Ricarda hatte schlecht gewählt, und damit das Chaos, das sie sich selbst eingebrockt hatte, nicht zum Ruin führte, rief sie in der gastronomischen Katastrophe ihre Mutter, die Omama, zu Hilfe, die ohnehin darauf gewartet hatte, ihrem Lieblingskind aus der Bredouille zu helfen. Der Opapa hatte keine Macht mehr über sie, seit sie sich nach dem siebten Kind, der Geburt von Ricarda, ein eigenes Schlafzimmer ausbedungen hatte, um es mit der Kleinen zumindest in den ersten Jahren zu teilen. Und schon gar nicht mehr, als die Omama eine eigene Pension bezog, nachdem sie vierzig Jahre, wenn nicht länger, die ganze Saison über hinter der Küchenkassa gesessen war.

Juli wusste deshalb so gut Bescheid, weil sie am Ende ihrer Volksschulzeit an Keuchhusten erkrankt war und die Mutter sie, nach bestandener Aufnahmeprüfung fürs Gymnasium, wegen der notwendigen Luftveränderung für ein paar Wochen zur Omama und zur Tante Ricarda geschickt hatte.

Die Luftveränderung gehörte zur Therapie, und Juli war das erste Mal allein mit dem Zug gefahren, sogar allein umgestiegen und von der Omama am Hauptbahnhof der Landeshauptstadt abgeholt worden. Dort stiegen sie in einen Überlandbus, der sie schließlich bis zur Seilbahn brachte.

Damals hatte Juli die noch nicht veröffentlichten Blumenmärchen ihrer Tante im Typoskript (mit Korrekturen an den Rändern) gelesen und sich vorgenommen, ebenfalls Geschichten zu schreiben, solange es noch nicht nach Afrika ging.

Mit dem Sommerende war dann auch das Seilbahn-Café Familiengeschichte. Die Omama und Tante Ricarda kamen ins Stammhaus zurück. Tante Ricarda nur, bis sie die Stelle als nun doch Heimerzieherin antreten konnte. Die Omama für länger, wenn auch in allzeitiger Bereitschaft, ihrer Tochter behilflich zu sein, am liebsten als Enkelbetreuerin, denn in der Zwischenzeit gab es Hinweise auf eine mögliche Familiengründung. Die Omama malte sich schon so einiges aus, was in den nächsten Jahren, so Gott wollte, eintreten würde. Höchste Zeit. Immerhin wurde Tante Ricarda demnächst dreißig.

All das hatte der Opapa bei dem Gespräch mit Juli zu bedenken gegeben, schließlich war es keine paar Monate her. Doch trotz allen Unkens schwang auch eine Spur von Stolz mit, dass zwei seiner Nachkomminnen offensichtlich etwas von seinem Hirn mitbekommen hatten. Nicht gerade von seinem geschäftlichen, was Ricarda ja bewiesen hatte, aber zumindest von dessen Vorstellungskraft und dazu noch eine Prise Logik.

Die Omama ließ sich auf keine diesbezügliche Debatte

ein und sagte nur, man müsse heutzutage, damit meinte sie den Anfang der fünfziger Jahre, jedem halbwegs intelligenten Kind auch eine akademische Chance geben: Erben, im Sinn von das Hotel übernehmen, kann nur einer, aber man kann es auch in anderen Berufen zu etwas bringen.

Kann man, sagte der Opapa in verdrießlichem Ton: Wenn man kann! Und um seine Befürchtungen bestätigt zu bekommen, fragte er Juli: Und du, willst du auch einmal studieren?

Juli nickte.

Der Opapa warf der Omama einen entsprechenden Blick zu: Na, was hab ich dir gesagt?! Und zu Juli: Und was, wenn man fragen darf?

Entweder werd ich Tierärztin oder Afrikaforscherin.

Plötzlich begann der Opapa zu grinsen: Afrika lass lieber! Sowohl dein Vater als auch dein Onkel Heini sind mit Malaria zurückgekommen, nachdem sie im Mena-House in der Nähe der Pyramiden ein Praktikum absolviert haben. Das ist nicht lustig. Da wäre Tierärztin schon die bessere Option. Ist aber auch nicht einfach. Ich meine, und sein Grinsen wurde immer breiter: Was machst du, wenn du von einem Bauern zum Kaiblziehen (*Steckt das Kalb im Bauch, musst dus ziehen raus!*) gerufen wirst?

Juli wusste schon, was es mit dem Kaiblziehen auf sich hatte, und dachte eine Zeitlang nach.

Die Omama schüttelte indigniert den Kopf: Das ist doch viel zu schwer für eine Frau.

Dann schick ich den Lehrbuben, sagte Juli und schaute dem Opapa in die Augen.

Der Opapa begann lauthals zu lachen, so laut und so herzlich, wie er in ihrer Gegenwart noch nie gelacht hatte:

Komm, gib mir deinen Teller (es war immer er, der das Essen auf dem Tisch verteilte)! Und er schnitt ihr ein besonders großes Stück von dem mit Mandeln gespickten Schokoladekuchen, einem sogenannten Rehrücken, ab.

Die Omama sagte bloß: Larifari! Wie soll sie denn mit ihren zehn Jahren schon wissen, was sie mit achtzehn studieren wird?

Auf den Mund gefallen ist sie jedenfalls nicht! Der Opapa nahm sich ein noch größeres Stück auf seinen Teller. Alle wussten, dass der Rehrücken sein Lieblingskuchen war, während die Omama jeden Tag ein Stück Zitronentarte hätte essen können.

Als Juli sich verabschieden wollte, meinte der Opapa: Letzte Frage. Lernt ihr auch noch andere Fremdsprachen außer Englisch?

Italienisch, sagte Juli. Ihre Mutter war zehn Jahre lang mit Klavierunterricht traktiert worden, und so hatte sie beschlossen, Juli nicht in den privaten Klavierunterricht im Internat zu schicken (obwohl das Internat für seinen exquisiten Musikunterricht bekannt war), sondern ihr von Anfang an eine weitere Fremdsprache aufzuhalsen. Die Schwester, die ihr Italienisch beibringen sollte (für Französisch war keine der Nonnen zuständig, da Französisch ohnehin in der Oberstufe obligatorisch war), war sechsundachtzig Jahre alt, hieß Sr. Ehrenfrieda und unterrichtete nach dem *Neuen Mussafia*. Da ihre gestärkte Flügelhaube weit von ihrem Kopf abstand, was ihr Gesichtsfeld beidseitig einschränkte, war es für Juli einfach, auch das aus dem *Neuen Mussafia* abzulesen, was sie auswendig hätte lernen sollen.

Lass hören, sagte der Opapa.

Per l'Italia vo viaggiare …, sang Juli laut und so gut wie ohne Akzent, wie sie es von der *suora* gelernt hatte, und weiter: *via veloce col diretto, non s'aspetto e tosto va …*

Der Opapa schien zuerst verblüfft, dann klatschte er sogar andeutungsweise, zog eine Fünf-Schilling-Note aus der Hosentasche und überreichte sie ihr: Wie ich deine Mutter kenne, wird dein Taschengeld sich in Grenzen halten. Kauf dir ein kleines Wörterbuch, damit kann man am besten schummeln.

Robert!, rief die Omama zutiefst empört: Was erzählst du dem Julerl da für Sachen?

Wieder grinste der Opapa so breit, dass sich beide Backen bis zum Schnurrbart hin wölbten: Auch beim Schummeln lernt man etwas. Je öfter man unter der Bank nachschaut, desto besser prägt man sich ein Wort ein.

Die Omama fuhr dazwischen: Hör nicht auf ihn! Dann versuchte sie ihr auf drastische Weise die Konsequenzen klarzumachen: Wenn du beim Schummeln erwischt wirst, versaut dir das ein für alle Mal den Ruf!

* * *

Juli gehörte nicht zu den Kindern, die sich vor Heimweh verzehrten. Sie fühlte sich im Internat nicht gerade wohl, aber ihre Wissbegier war stärker. Am liebsten hätte sie noch mehr Aufsätze geschrieben, noch besser Englisch gelernt. Manchmal stellte sie sich vor den einzigen Spiegel, den es in der Villa gab, in der sich die Schlafsäle befanden, und schaute sich dabei zu, wie sie englische Wörter formte, und versuchte sich vorzustellen, wie sie sich fühlen würde, wenn Englisch ihre Muttersprache wäre.

Einer Schwester namens Franziska war es sogar gelungen, sie für Mathematik und Physik zu interessieren, aber dieses Interesse erlahmte ein wenig, nachdem im Jahr drauf eine andere Schwester dafür zuständig war.

Naturkunde war ebenso eines ihrer Herzensfächer, und sie empfand es als große Auszeichnung, wenn die Naturkunde-Professorin, die zugleich Schuldirektorin war, sie ins Realitäten-Kabinett schickte, um die Schautafeln zum Thema Schmetterlinge oder eine ausgestopfte Eule zu holen.

Sie sang auch gerne, aber da sie keinen Klavierunterricht besuchte, wurde sie von der Musikschwester, der Diva unter den Nonnen, die vor allem unter den Mädchen der Oberstufe als Kultfigur verehrt wurde, nicht ernst genommen.

Noch immer gab es Nonnen, die den Kleineren mit dem Lineal auf die Finger schlugen, wenn sie anhaltend schwätzten. Oder sie auf Holzscheiten knien ließen, wenn sie nach dem Lichtlöschen weiter herumkasperten.

Das Internat war wie ein Hemd, das Juli an- und ausziehen konnte. Ein straffes Hemd, das ihre Bewegungsfreiheit einschränkte, solange sie es trug. Und sie trug es, weil alle Zöglinge diesem Regelwerk unterstellt waren. Es war ein perfektes Regelwerk, das jede menschliche Regung beurteilte und sie dann einer Regulierung unterzog, die dem Kodex gerecht wurde. Dabei ging es nicht so sehr um Moral als um Disziplin. Selbstbeherrschung ging bei aller christlichen Nächstenliebe vor Mitgefühl. Es war wichtiger, den Erwartungen, die das Internat in einen setzte, zu entsprechen, als sich mit eigenen Vorstellungen hervorzutun.

Dennoch witterte das Internat Begabungen und versuchte diese auch zu fördern, solange sie das Regelwerk nicht sprengten. Dessen Strenge und Brutalität wurde mit Angeboten kaschiert, denen so gut wie keines der Mädchen hatte widerstehen können. Da war der Festsaal, der zum Theater wurde, die Bibliothek, in der die verschiedenen Welten zur Erkundung bereitstanden. Da war der Schulfunk mit Sendungen in englischer Sprache, die als Belohnung für gutes Betragen gehört werden durften (gerade das Dürfen machte sie so begehrt), und die klostereigene Badehütte am Ufer des Sees, die das Schwimmen-Dürfen zu einem Geschenk erhob.

Für jede gute Note gab es ein aufklebbares Herz, das dann auf einer Postkarte zum großen Herzen Jesu zusammengefügt und an die Eltern adressiert wurde, damit auch sie sich freuen und ihr Kind belohnen konnten.

In den ersten beiden Jahren wuchs Juli langsam in dieses Schema von Belohnung und Bestrafung hinein. Sie versuchte die Bestrafung zu vermeiden und die Belohnung auszubauen, indem auch sie Wünsche äußerte, deren Erfüllung sie sich mit einem Vorzugszeugnis erhoffen durfte. Bis sie zu verstehen begann, wenn die Eltern kein Geld hatten, half auch das beste Zeugnis nicht bei der Wunscherfüllung. Und da die Sommersaison noch immer als die Geldquelle schlechthin galt, die wieder alles ins Lot bringen würde, begnügte sie sich mit verbalem Lob und machte sich weiter keine Gedanken darüber.

* * *

Wenn Juliane sich an das Gesicht der Präfektin erinnerte, dachte sie erst viele Jahre später daran, dass diese eine schöne Frau gewesen war, mit geschwungenen schwarzen Brauen über den dunkelbraunen Augen, einer zierlichen Nase und einem Mund, dessen Lippen sich immer ein wenig zu schürzen schienen. All das war ihr während der Internatszeit nie aufgefallen.

Die Präfektin hatte einige von Julis Aufsätzen gelesen und sie gebeten, etwas in ihr Heft zu schreiben, in dem sie die Erzählungen jener Zöglinge sammelte, die sie für begabt hielt. Juli hatte nicht lange überlegt und etwas mit Schauplatz Afrika geschrieben, wobei sie weder mit Dschungelbeschreibungen noch mit Meinungen zum Umgang mit Wildtieren sparte.

Eines Tages, Juli war bereits in der zweiten Klasse, bat die Präfektin sie, ins Lernzimmer der Erstklässler zu gehen. Offensichtlich waren die *Kleinen* (wie sämtliche anderen Schülerinnen sah auch sie alle, die jünger waren als sie selbst, als die Kleinen) nicht ruhigzustellen gewesen, man konnte ihr Getöse bis auf den Gang heraus hören.

Geh hinein und erzähl ihnen eine deiner Geschichten. Vielleicht hören sie dir zu und vergessen darauf, Krawall zu machen.

Juliane konnte sich nicht mehr daran erinnern, was sie den *Kleinen* erzählt hatte, aber irgendwann ließen sie das Rumoren sein. Warum die Präfektin gerade auf sie gekommen war, wusste sie nicht. Vielleicht hatte die Schlafsaalschwester gepetzt und der Präfektin erzählt, dass Juli immer wieder heimlich Gutenachtgeschichten erfand, die sie nach dem Lichtlöschen, trotz strengstem Redeverbot, den anderen Mädchen erzählte. Sie hatte von ihrem Bett aus eine gute Sicht auf den Stuhl neben der Tür und glaubte zu wissen, dass die Schlafsaalschwester, die damals noch recht jung gewesen sein dürfte, sich manchmal in der Dunkelheit auf diesen Stuhl gesetzt und zugehört hatte.

In den Ferien blieb das Hemd im Kasten. Was Juli als kleines Kind manchmal traurig, aber auch wütend gemacht hatte, nämlich dass die Mutter so gut wie keine Zeit für sie gehabt hatte, bedeutete nun so gut wie keine Kontrolle. Die jeweilige Kinderfrau war mit Alwin beschäftigt, während Juli die Freiheiten, die sich daraus ergaben, nutzte, um die ihr *nolens volens* zugestandene Selbständigkeit auf die Probe zu stellen.

Wenn sie sicher sein konnte, dass Paps mit den Gästinnen in den Bergen unterwegs war, kaperte sie das Mahagoni-Boot (angeblich war es tatsächlich aus echtem Mahagoni angefertigt worden), entwendete aus der Speisekammer des Hotels (den richtigen Zeitpunkt dafür auszuspähen schärfte ihre Beobachtungsgabe), was sich zur Jause eignete, pfiff nach Holle (Paps hatte Holle zu Beginn seiner Bergführer-Unternehmungen immer mitgenommen, doch hatte sie sich zu oft unsichtbar gemacht und war ihrem eigenen Vergnügen nachgegangen), band das Boot los und fuhr mit befreundeten Kindern, die bereits beim Holzabladeplatz auf sie warteten, ans gegenüberliegende Seeufer, wo sie dann die geklauten Würste oder Speckscheiben auf kleinem Feuer brieten und das Fett mit Brotstücken auffingen. Sie waren dabei höchstens zu dritt oder zu viert (so fielen die fehlenden Würste nicht so sehr auf), aßen, lachten und schwammen. Juli aber hatte sich zuvor wohlweislich versichert, dass alle auch wirklich schwimmen konnten.

Eine Weile funktionierte das bestens, bis Paps eines Tages behauptete, er habe sie mit seinem Feldstecher vom Berg aus gesehen, wie sie am anderen Ufer angelegt habe und Holle, wie immer als Erste, aus dem Boot gesprungen war. Auch habe er eine Badehose im Boot gefunden, die weder ihm noch Alwin gehöre.

Juli war klar, dass es keinen Sinn hatte, zu leugnen, versprach, es nie wieder zu tun, und dachte lange nach, wie und wo sie den Feldstecher verstecken konnte, ohne dass der Verdacht auf sie fiel.

Im Dachgeschoß des Wohnhauses gab es drei Zimmer, die noch Nummern trugen aus der Zeit, in der die Großtanten es als Hotel-Dependance geführt hatten. Da es darin kein fließendes Wasser gab, konnte man sie in den fünfziger Jahren nicht mehr vermieten, und so dienten zwei als Personalunterkünfte und eines als Aufbewahrungsort für die Wintersachen der Familie. Paps würde den Feldstecher also frühestens im Herbst nach dem ersten Frost finden.

Von da an ging das Gejammer los. Er habe seinen Feldstecher möglicherweise bei der letzten Wanderung durchs Tote Gebirge irgendwo liegenlassen, oder jemand habe ihm den Feldstecher gestohlen, während er Wasser gelassen habe. Aber nein, er habe ihn doch noch auf dem Weg ins Tal umhängen gehabt, das wisse er ganz genau. Oder vielleicht jemand von den Gästen? Er verwarf den Gedanken gleich wieder. Einer von den Jägern, der ihn gefunden hatte, während sie die Lunchpakete geöffnet und gejausnet hatten? Oder doch in der Almhütte, und er bilde sich nur ein, den Feldstecher beim Abstieg noch umhängen gehabt zu haben?

Juli war, der Erinnerung nach, damals zwölf (oder doch schon dreizehn?), und manchmal, wenn Paps ihrer Ansicht nach stark übertrieb, nahe daran gewesen, den Feldstecher wieder ins Elternschlafzimmer zu schleusen, aber allen Schuldgefühlen zum Trotz erschien ihr das doch zu riskant. Wer außer ihr, der Mutter oder den Kinderfrauen hatte überhaupt Zutritt zu dem Zimmer? Der Verdacht würde sofort und messerscharf auf sie fallen.

Die ganze Geschichte hatte ungefähr Mitte August stattgefunden, zu einer Zeit, als das Ende der Sommerferien bereits abzusehen war. Und der Himmel übte Vergeltung. Eine zweiwöchige Schlechtwetterperiode verhinderte jegliche Bootsfahrt genauso wie alle Bergwanderungen.

* * *

Als Juli Anfang September zurück ins Internat musste, fühlte sie sich beinah erleichtert, als es gleich darauf, wie damals so oft in dieser Gegend, bis ins Dorf hinunter schneite. Paps würde zumindest seinen Janker (Jacke mit Trachteneinfluss) vom Dachboden herunterholen und dabei den Feldstecher finden. Und danach würde wieder die Sonne scheinen. Es würde zwar schon ein wenig herbsteln, aber dann würde es beständiges Wetter geben, und alle Farben des Laubs würden sich im See spiegeln. Paps würde mit der Mutter auf eine Alm gehen und ihr die Namen der umliegenden Almen vorsagen, die sie gleich vergaß, und mit ihr vielleicht sogar in einer der Almhütten übernachten. Nach der Saison war alles möglich. Er würde sie immer wieder durch seinen Feldstecher schauen lassen, ohne die Gefahr, das Mahagoni-Boot am anderen Ufer des Sees daran zu erkennen, wie Holle als Erste ans Ufer sprang.

Sie hätten sie, Juli, ohnehin inzwischen vergessen, und wenn sie dann zu Allerheiligen zu Besuch kam, würde Paps, wenn zufällig das Gespräch auf den Feldstecher kam, sagen: Stell dir vor, wo ich ihn gefunden hab, das glaubst du nicht. Oben im 36er Zimmer. Wahrscheinlich hab ich mir warme Socken geholt, weil es in der Früh auch im August kalt sein kann, und ihn undanks (unverhofft, oder besser gesagt: man kommt dazu wie die Dirn zum Kind) oben liegenlassen. Anders kann ich mir das gar nicht vorstellen.

Und sie würde nicken und sagen: Wie das gerahmte Foto von dir, auf dem du im Stüberl an der Bar stehst und ausschenkst. Du hast alles umgedreht und gedacht, dass jemand es gestohlen haben muss, dabei war es die ganze Zeit über auf dem Kasten in eurem Schlafzimmer.

Daraufhin würde Paps erwidern: Und ich weiß noch immer nicht, wer es dort hinaufgelegt hat, ich sicher nicht.

Und sie würde noch kurz nachlegen: So wie du dich auch nicht mehr erinnern kannst, wann du den Feldstecher und warum ins 36er Zimmer mitgenommen hast. So ungefähr malte sie sich das aus.

Bei der ersten Beichte nach den Sommerferien fasste sie jedenfalls fünfzehn *Vaterunser*, fünfzehn *Gegrüßet seist du, Maria* und eine zusätzliche Frühmesse aus.

* * *

Es muss in der zweiten Klasse gewesen sein, denn die dritte bereitete die verkürzte Version des Grillparzer-Stücks *Der Traum ein Leben* vor. Von Julianes Gegenwart aus gesehen, ein unglaublich ehrgeiziges Unterfangen. Dieselbe Nonne, die den Schülerinnen bei überhandnehmendem Schwätzen unbekümmert mit dem Lineal so fest auf die Finger schlug, dass sie aufschwollen und die Rottöne sich nur langsam im späteren Blau verliefen, versuchte, ebenjenen Schülerinnen das Wesen der Macht und deren Anfälligkeit für Korruption deutlich zu machen. Und das in gebundener Sprache, die nicht für Elf- bis Zwölfjährige gedacht war.

An den Wochenenden wurde nach dem zweistündigen

Spaziergang im leeren Klassenzimmer geprobt, in einer rhythmisierenden Sprache, deren Intonierung Sr. Hildegard mit sonorer Stimme vorgab und vortrug, raumfüllend und die Luft zum Schwingen bringend.

Es gab da nur ein Problem, die Rolle der Alten, die den Becher des Königs mit dem ihren vertauscht, von dem sie behauptet, in ihm sei eine Art Lebenselixier:

Wird dein Übel, Söhnlein, schlimmer,
Weißt du, was dir Heilung weckt.
Doch nicht bloß an dich gebunden,
Andern auch hilft dieser Trank,
Macht die Kranken schnell gesunden,
Die Gesunden freilich krank.

Niemand erfährt, wo diese Alte herkommt, die erklärt, sich selbst zu schicken, als Schicksal oder als Racheengel?

Obgleich alle zu mir flehen,
Scheut doch jeder mein Gesicht.

Sie hat den Becher vertauscht und den Wein des Königs mit Genuss selbst geschlürft. Der König aber trinkt den von ihr ins Spiel gebrachten Trank und stirbt daran. Weil er gesund war? Während die Alte ihn ursprünglich für Rustan, den von der Macht Träumenden, als Heilmittel gedacht hatte? Wer weiß, wer konnte es wissen? Eine unheimliche, immer wieder kichernde, hässliche, noch dazu vermummte Figur, die keines der Mädchen aus der dritten Klasse spielen wollte.

Also bot Sr. Hildegard Juli die Rolle an, aus welchem Grund auch immer. Juli fühlte sich geehrt, obgleich sie ahnte, warum sie dieser Ehre teilhaftig werden sollte. Es war die Rolle der Hexe, wenn auch nicht in einem Kasperltheater. Das hieß, dass sie hässlich sein sollte. Hässlich und böse. Außerdem bestand die Rolle bloß aus ein paar

Sätzen und einer Art Turnübung, denn sie musste den Becher, den des Königs, den sie gegen ihren eigenen eingetauscht hatte, mit der Fußspitze über die Bühne rollen, direkt auf Rustan zu, der versuchen würde, ihn unter dem diskriminierenden Mantel verschwinden zu lassen.

Juli blieb nicht viel Zeit. Sie starrte auf die Hände von Sr. Hildegard, die, während sie auf Julis Antwort wartete, an den Enden des unter dem gesteiften weißen Kragen liegenden schwarzen Capes zupfte oder das an langer Schnur um ihren Hals hängende Kruzifix leicht anhob und das Gesicht des Gekreuzigten, der aus ihrer Perspektive kopfstand, betrachtete.

Und?, sagte sie dann plötzlich mit einer Stimme, die auch im vollen Festsaal an und in jedes Ohr gedrungen wäre: Hast du dich entschieden?

Juli nickte: Ja, ich spiele die Hexe. Sr. Hildegard klatschte in die Hände, weniger als spende sie ihr Beifall, als um sie in den Probenraum zu scheuchen.

Du bekommst jetzt von mir die Niederschrift der Szene, in der du die Alte geben wirst, mit dem Davor und Danach, damit du weißt, wann du dran bist. Die Sätze, die ich rot unterstrichen habe, sind auswendig zu lernen; sie rollte das r so nachdrücklich, dass selbst einem Kleinkind klar geworden wäre, dass es diesen Befehl auszuführen galt, rücksichts- und gnadenlos.

Den Rest erfährst du bei den Proben. Hör genau zu, und achte vor allem auf die Sprache. Die Reime sollen keinesfalls betont werden. Sie gehören zur Notenschrift der Sprachmelodie, zu ihrer Nacktheit. Sobald du sie sprichst, bekleidest du sie mit deiner Stimme, verstanden?!

Juli hatte nicht einmal Zeit, zu nicken. Sie fühlte sich wie nach dem Schluck Sekt, den sie am Vorabend ihres

Geburtstags, wenn die Familie ihr gratulierte, trinken durfte. Eine Hotelierstochter muss so früh wie möglich über Alkohol Bescheid wissen. Schluck für Schluck, sagte Onkel Heini bei jedem diesbezüglichen Anlass: Und sie darf nie betrunken sein, höchstens inspiriert.

Juli nahm das Papier mit ihren Sätzen, von Sr. Hildegard handgeschrieben, an sich und sagte sie sich im Kopf immer wieder vor, nachdem sie sie gelesen hatte.

Die Mädchen aus der dritten Klasse begrüßten sie ein wenig von oben herab, schließlich waren sie mindestens ein Jahr älter. Aber offensichtlich waren sie auch froh darüber, dass sich jemand für die unbeliebte Rolle gefunden hatte und die Proben beginnen konnten.

Sogar Eddy und Mo, zwei riesige Zwölf-, vielleicht schon Dreizehnjährige (sie wirkten so erwachsen), schlugen ihr auf die Schulter. Mo sollte Rustan und Eddy, die schwarze Augen, schwarze Haare und einen etwas dunkleren Teint hatte, Zanga spielen, den schwarzen Sklaven, der Rustan in Bezug auf Macht in Versuchung führt. Die beiden galten als die Rudelführerinnen ihrer Klasse.

So mies ist die Rolle gar nicht, sagte Mo.

Hauptsache, du verschläfst deinen Einsatz nicht, meinte Eddy und zwinkerte ihr zu.

Der Gedanke, dass ihr Sprechen die Bekleidung der Sätze sein könnte, die sie und die anderen Mädchen auswendig lernen sollten, versetzte sie mit einem Mal in eine Welt, die sie nur langsam zu betreten wagte.

Sr. Hildegard las jedem Mädchen die Sätze, die es im Stück zu sprechen hatte, vor, und da sie trotz aller Literaturbesessenheit auch Realistin war, erklärte sie, was sie in Wirklichkeit bedeuteten. Und wie man sie sprechen sollte, damit sie auch bedeuteten, was sie bedeuten sollten. Wobei sie zugab, dass man beim Sprechen schon allein seiner Stimme wegen einen kleinen Spielraum habe, der aber nie zu groß werden dürfe, sonst verfälsche man die Aussage des Stücks.

* * *

Soweit Juliane sich daran erinnern konnte, war *Der Traum ein Leben* auf eine Stunde geschrumpft worden. Sr. Hildegard hatte selbst die Rolle der Erzählerin übernommen, die die Textbruchstücke zusammenleimen sollte. Sie tat das in ihrer alltäglichen Deutschprofessorinnen-Sprache, die in krassem Gegensatz zur Sprache des Stücks stand. Dabei kommentierte sie nicht, sondern erzählte die der Kürzung geopferten Handlungspassagen, damit sich der Verlauf klärte und der Zusammenhang erklärte.

Während der Studierzeit, die Aufgaben hatte Juli meist schnell gemacht, versuchte sie, Sätze ähnlich denen, die im Stück vorkamen, zu erfinden, es gelang ihr aber nicht. Es fehlten ihr die Worte, deren Gebrauch sie erst lernen musste. Aber wie sollte sie das, wenn auf dem Papier nur ihre Sätze und die der anderen als Stichworte für ihren Einsatz geschrieben standen und nicht jene, die die anderen zu sprechen hatten.

Niemand von den Schülerinnen kannte den ganzen Text. Sie fragte Sr. Hildegard nach Ende der Probe danach. Die hob die Brauen: Na so was! Du bist die Erste, die danach fragt. Dann überlegte sie: In der Internatsbibliothek haben wir eine Grillparzer-Gesamtausgabe. Dafür kannst du dich anmelden. Aber ich warne dich, diese Ausgabe ist fast immer verliehen. Und als sie Julis Enttäuschung bemerkte, sagte sie: Mach dir nichts draus, du würdest das meiste ohne Hilfe ohnehin noch nicht verstehen.

Juli ging dennoch zur Bibliotheksschwester. Auch die

hob die Brauen: Grillparzer ist, soviel ich weiß, verliehen. Sie beugte sich über das Vergabebuch: Ja, klar. Zurzeit hat Sr. Hildegard die Gesamtausgabe. Du wirst also noch etwas warten müssen. Aber ich habe etwas anderes für dich, sagte die Bibliotheksschwester, als wolle sie sie trösten: Da! Sie schob ihr einen Ackermann-Band zu: Noch spannender als der, den du dir zuletzt ausgeliehen hast.

Juli nahm das Buch. Sie las gerne Ackermanns prähistorische Romane aus der Hallstattzeit oder aus der Älteren Steinzeit, aber Grillparzer hätte sie jetzt lieber gelesen.

Die Bibliotheksschwester mochte sie, weil sie immer wiederkam: Ich lasse es dich wissen, wenn der Grillparzer frei ist. Und als Juli ihr Lächeln immer noch nicht erwiderte, meinte sie: Das ist ein Klassiker, da lohnt es sich schon, eine Zeitlang drauf zu warten.

Die Vorstellung war dann in Anwesenheit jener Eltern, die in der näheren Umgebung wohnten, des gesamten Lehrkörpers und aller Internatsschülerinnen sowie der Externen klaglos und heftig beklatscht vor sich gegangen und mit Orangen, damals noch selten im Angebot, belohnt worden. Danach wartete Juli genau ein Jahr, bis der Grillparzer wieder in der Bibliothek war, zumindest der Band mit allen Theaterstücken, die er geschrieben hatte. Und sie las ihn, nämlich genau diesen Band, von Anfang bis Ende.

Sie hatte, wie schon des Öfteren, mit ein bisschen erhöhter Temperatur ein paar grippöse Tage mit der Krankenschwester ausgehandelt, damit sie den Dramen-Band, ohne durch den laufenden Unterricht gestört zu werden, in einem Zug auslesen konnte. Die einzige Bedingung der Krankenschwester war, dass sie den wirklich kranken

Mädchen ein- bis zweimal am Tag eine Geschichte erzählte.

* * *

Robi war schon während der Volksschulzeit so gut wie ganz aus ihrem Blickfeld verschwunden. Sie sahen sich höchstens in den Sommerferien, wenn er bei seiner Mutter zu Besuch war, aber das war eher selten.

Tante Hanna hatte nach dem Krieg ein viertes Kind geboren, das nicht Onkel Leos Kind war und das traurigerweise starb, bevor es drei Jahre alt wurde.

Juliane konnte sich an die Kleine erinnern, nämlich als Tante Hanna sie für ein paar Tage in die Obhut der Mutter gegeben hatte, während sie selbst mit ihrem Widerstandsausweis, der sie die Grenzkontrolle zwischen amerikanischer und russischer Zone anstandslos passieren ließ, oft genug mit dem Mann, den sie später heiraten sollte, unterwegs war.

Die Kleine war ein stilles Kind, damals an die zweieinhalb Jahre alt, das weder schrie noch weinte, jedoch gegen Abend seine Sachen, die warme Jacke und eine kleine Umhängtasche, nahm und nach Haus wollte.

Die Mutter erklärte dem Kind, dass es bei ihnen schlafen würde, weil seine Mutter auf Reisen sei, aber in den nächsten Tagen ganz bestimmt wiederkommen würde. Die Kleine sagte nichts, wenn die Mutter ihr die Jacke und die kleine Tasche abnahm, holte sich aber beides kurz darauf wieder und stellte sich zur Tür, mit dem Rücken zu ihnen. Das wiederholte sich so lange, bis die Kleine sich neben die Tür setzte und vor Erschöpfung einschlief.

Die Kontakte zwischen der Mutter und Tante Hanna wurden von Jahr zu Jahr spärlicher. Juliane konnte sich zwar an keinen gravierenden Streit oder aufkommende Feindseligkeiten zwischen den beiden erinnern, es war einfach so.

* * *

Robi war jemand, der sie schon, als sie noch kleine Kinder waren, immer überrascht hatte. Sei es mit Mutproben oder verbalen Übertreibungen, wenn er zum Beispiel das Pinselwasser seines Malkastens, mit dessen Aquarellfarben er und seine Schwestern Malbücher, aber auch so manche Wand kolorierten, trank und damit erreichte, dass Juli ihm das Rot aus ihrem eigenen Malkasten abgab, weil das seine bereits verbraucht war. Oder mit Erzählungen seiner Bootsfahrten mit dem Opapa, bei denen er die Fische gefangen und der Opapa bloß gerudert habe.

Die letzte große Überraschung, mit der er sie noch im Alter von mehr als zehn Jahren, als sie bereits im Gymnasium war, beeindruckt hatte, war eher traurig, auch wenn Robi sich wieder einmal durchgesetzt hatte, ohne dass jemand ihm dabei geholfen hätte.

Die Besuchszeit im Internat war auf einen Sonntag im Monat begrenzt. An den anderen Tagen war es beinah unmöglich, die Internen zu sehen, außer an den Wochenenden, an denen man nach Hause fahren durfte. Diejenigen, die dennoch im Internat bleiben mussten, entweder weil die Entfernung zu groß war oder weil sie krank geworden waren, durften auch an diesen Tagen Besuch empfangen. Die Schülerinnen sollten, wie es hieß, weder vom Lernen noch von den sonstigen Vorbereitungen auf ihr späteres Leben abgelenkt werden.

Eines Tages jedoch, noch dazu an einem normalen Wochentag, schickte die Pförtnerin eine der Novizinnen ins

Lernzimmer hinauf, um Juli zu holen. Es sei dringlich. Juli konnte sich keine Dringlichkeit dieser Art vorstellen außer einen Todesfall. Kurz davor war sie ebenfalls während der Lernzeit gerufen worden, allerdings nicht zur Pforte, sondern in die Direktion, wo die Sr. Direktorin ihr mitteilte, dass ihr Onkel Wast gestorben sei. Eine andere Schwester, nämlich die Sr. Oberin, saß neben der Sr. Direktorin und befahl ihr, in die Kapelle zu gehen und für ihn zu beten. Es würde zwar nicht viel helfen, da ihr Onkel Selbstmord begangen habe, aber dennoch solle sie ein paar Gebete sprechen. Vielleicht ließe Gott dann doch Gnade walten.

Sie stieg die Treppe langsam hinunter, hoffend, es wäre nicht wieder jemand aus der Familie gestorben, wobei ihr Herz dumpf bis zum Hals herauf schlug. Sie legte sogar die Hand auf ihre Halsschlagader, was aber bewirkte, dass sie das Pochen nur noch stärker spürte. Als sie das Parterre erreicht hatte, versuchte sie noch immer, mit Gott zu handeln, indem sie jede Menge Bußgebete und Frühmessenbesuche versprach, wenn nicht jemand, den sie mochte, gestorben war.

Als sie Robi auf der Bank im Pförtnerinnenzimmer sitzen sah, japste sie vor Erleichterung, so als wäre er derjenige, den sie mit ihren Versprechungen zum Leben erweckt hätte.

Die Pförtnerin war gerührt und genehmigte eine Stunde.

Wie hast du denn das geschafft?, fragte Juli, nachdem sie sich im Park eine Bank gesucht hatten, die man vom Hauptgebäude aus nicht sehen konnte.

Robi grinste: Ich hab ihr gesagt, dass heute mein Geburtstag ist und niemand mir gratuliert hat. Weder die Kostfrau, bei der ich wohne, noch Papa oder Mama. Nicht einmal die Omama oder der Opapa. Und da wär mir eingefallen, dass meine Cousine in derselben Stadt wohnt, und da wollte ich, dass wenigstens sie mir gratuliert.

Aber du hast doch gar nicht Geburtstag. Juli war dermaßen verwundert, dass sie den Mund kaum zubrachte. Sie habe nicht einmal gewusst, dass er ebenfalls hier in die Schule ging.

Ja, sagte Robi, ins Stadtgymnasium, und ich wohn bei einer Kostschachtel, weil es hier kein Bubeninternat gibt.

Und warum ausgerechnet hier?

Weil die Mama wieder das Sorgerecht bekommen hat. Zuerst hat es der Papa gekriegt, dann wieder die Mama. Sie glaubt nämlich, dass sie und ich alles erben werden, das Hotel und alle Grundstücke, die dem Opapa sonst noch gehören, weil der Papa ohnehin Arzt ist und das Hotel mit dem Drumherum eh nicht braucht.

Und dieser Onkel Norbert, dein Stiefvater, wie ist der so?

Wenn ich die *Watschen* (Backpfeife klingt dagegen beinah poetisch) alle zusammenzähle, brauch ich länger als diese Stunde. Nur die Bigi lässt er in Ruh, weil die zu dünn ist.

Und dein Papa, der Onkel Leo? Du warst ja lang bei ihm.

Nicht bei ihm. Zuerst hat mich die Mama zusammen mit dem Onkel Norbert zu einer Familie in Niederösterreich gebracht.

Warum das?

Weil ich nicht hab merken sollen, dass sie im selben Bett

schlafen. Und gesagt haben sie mir auch nichts. Sie haben mich einfach dort gelassen. Und am nächsten Tag in der Früh waren sie nicht mehr da.

Und was hat dein Papa dazu gesagt?

Er hat mich einmal in der Woche zwei Stunden lang besucht.

Der Onkel Leo hat dich aber nicht gewatscht?

Manchmal schon, wenn ihm die Hand ausgerutscht ist. Aber es war nicht so schlimm. Er ist nicht so groß wie der Onkel Norbert und hat viel kleinere Hände.

Juli wusste nicht, ob sie das alles glauben sollte oder nicht. Robi hatte ihr schon so viel erzählt, was eher geflunkert war, andererseits, wie er es erzählte, klang es doch so, als sei was dran.

Und warum bist du jetzt ausgerechnet in dieser Stadt?

Robi schaute sie an und lächelte: Weil du hier bist.

Aber was, doch nicht wegen mir.

Die Mama hat gesagt, deine Mama würde schon wissen, wo sie dich hinschickt. Außerdem ist es viel näher zum Dorf als Wien.

Würdest du lieber in Wien sein?

Robi zuckte die Schultern: Schon, wenn der Papa mehr Zeit hätte.

Vielleicht kriegt er wieder das Sorgerecht, dann nimmt er dich sicher mit nach Wien.

Da muss ich dann zu den Schulbrüdern.

Zu den Mönchen?

So wie du zu den Nonnen. Auch nicht gerade lustig.

Sie saßen eine Weile da und schauten auf die Eiben, die hinter der nachgebauten Lourdes-Grotte ein Herz, diesmal das Herz der hl. Maria, formten.

Und wie ist es bei dir zu Hause?

Juli lehnte sich zurück, hob den Kopf und schaute hinauf in die kleine Wolke, die gerade ihre Gestalt wechselte: Jetzt sind sie zu zweit, Paps und Alwin. Und die Mama ist immer auf ihrer Seite.

Habt ihr die Holle noch?

Gott sei Dank! Sie hat sogar in der Küche ein Lackerl gemacht, so gefreut hat sie sich, wie ich zum ersten Mal nach Hause gekommen bin.

Sie lachten beide, Juli meckernd und Robi keckernd, und fingen immer wieder damit an, so als könne dieses krampfhafte Gelächter vor Ungemach schützen.

Wirst du hier im Gymnasium bleiben?, fragte Juli, als sie mit dem Gelächter endlich aufhören hatten können.

Robi zuckte wieder die Schultern: Ich schau mir den Zirkus noch eine Zeitlang an, und wenn ich es nicht aushalte, brenn ich durch.

Juli riss die Augen auf: Aber wohin willst du durchbrennen?

Wird sich schon weisen.

Juli schaute Robi fassungslos an.

Irgendwohin, wo ich es aushalte.

Ganz allein?

Ich hab ja auch ganz allein hierhergefunden.

Kühn, flüsterte sie.

Robi fing wieder an zu keckern: Immer der Nase nach.

Sie griff nach seinem Arm. Er hatte tatsächlich eine Armbanduhr um.

Ich muss jetzt zurück, sonst glauben sie noch, ich wär mit dir durchgebrannt. Auch sie meckerte wieder.

Vor der Pforte wartete schon die Pförtnerin, so als habe sie es bereits bereut, Juli mit ihrem Cousin in den Park gehen zu lassen. Höchste Zeit!, rief sie mit einem strafenden Blick auf die Wanduhr.

Robi, der mit allen Wassern gewaschen war, wusste, was zu tun war: Herzlichen Dank für Ihre Erlaubnis, sagte er lächelnd, und dann machte er einen Diener, das heißt, eine gekonnte Verbeugung und hielt der Pförtnerin seine linke Hand mit dem fehlenden Fingerglied hin.

Schon hellte sich die Miene der Pförtnerin wieder auf: Hat Juli dir wenigstens zum Geburtstag gratuliert?

Robi zögerte so kurz, dass nur Juli es merkte.

Aber ja, liebe Sr. Pförtnerin! Und er zog eine kleine Tafel Schokolade aus seiner Hosentasche: Die hat Juli mir zum Geburtstag geschenkt.

Juli war so perplex, dass sie sogar aufs Nicken vergaß.

Wieder zeigte die Pförtnerin eine Spur von Rührung: Auch von mir alles Gute! Dann zog sie Juli zur Tür hinein.

Die Glocke für den Engel des Herrn hatte gerade zu läuten begonnen, während Juli die Treppe hinaufrannte, um noch, wenn alle sich zum Gebet erhoben, unbemerkt zu ihrem Pult zu kommen. Und während sie die Hände bereits vorsorglich gefaltet hatte, entfuhr ihr ein Satz, der im von allen laut gesprochenen Gebet ungehört verhallte: Ich fass es nicht, er hat wirklich an alles gedacht, dieser Schlaumeier.

Nach dem Besuch im Internat hatten Robi und sie sich nur noch bei Hochzeiten und Begräbnissen getroffen. Als Teenager waren sie sich aus Gründen, an denen Onkel Heini und Tante Hanna nicht ganz unschuldig waren, er mit seiner Ablehnung von Robi und dessen Mutter, aber auch sie mit ihrer Ablehnung von Juli, die sie als Erbkonkurrenz sah, fremd geworden.

Alle Erbgeschichten waren inzwischen Geschichte. Onkel Heini hatte sich von seiner kinderlosen Frau scheiden lassen und eine andere geheiratet, die ihm nacheinander drei Kinder gebar, von denen ebenfalls eines Heini hieß, und war bereits gestorben wie alle Familienmitglieder seiner Generation, als sich Juliane und Robi als fortgeschrittene Erwachsene mit Nachwuchs wieder öfter begegneten. Meist bei einem Essen in dem einen oder anderen Haus oder in Restaurants, wo sie zwar viel über den derzeitigen Status der Familie sprachen, jedoch kaum über ihre Kindheit.

Sobald sie aber begannen, dieser Fährte zu folgen, taten sich Sichtweisen auf, geprägt von familiären Vorurteilen, gemischt mit Erklärungen, die das Gedächtnis herausforderten. Alle beide hatten sie das eine oder andere aus ihrem Erinnern gestrichen und machten einander auf Lücken aufmerksam, die sie, jeder für sich, zu deuten und zu schließen versucht hatten.

Auch mit Moni und Bigi hatte Juliane wieder Kontakt aufgenommen, was die eine oder andere Facette hinzufügte. Es lag wohl an der vielen vergangenen Zeit, dass sie sich wesentlich entspannter über diese Art von verschütteter Milch austauschen und auslassen konnten, vor allem wenn der Feind derselbe war.

Und langsam griffen sie tiefer in das, was damals geschehen war. Und sogleich kamen wieder Emotionen hoch, auch wenn sie einander damit nicht mehr aus der Fassung brachten, selbst bei den blinden Flecken, die sie als solche von der Familie übernommen hatten, ohne viel darüber nachzudenken.

Einer dieser blinden Flecken war der frühe Beitritt von Robis Vater, Onkel Leo, zur NSDAP, auf den Robi zu sprechen kam. Und was Juliane wie eine Verleumdung vorkam, aus dem einzigen Grund, weil sie nie davon gehört hatte. Ihre Mutter hatte tatsächlich in Sachen Familie wesentlich mehr geschwiegen als gesprochen. Und wenn sie hin und wieder etwas preisgab, dann nur etwas, was sich zum Erzählen eignete.

Auch Juliane hatte nicht sofort zu fragen begonnen, sondern erst als Robi in einem ganz anderen Zusammenhang darauf zurückkam

Ich kann es nicht glauben, sagte Juliane: Hanna, die Juden versteckt und sich dann dem hiesigen Widerstand angeschlossen hat, und Leo als Illegaler (der schon vor dem Anschluss Parteimitglied wurde). Wie konnte das gehen? Noch dazu mit drei Kindern?

Er hat ihr dabei geholfen, sagte Robi.

Wie geholfen?

Sie zu verstecken. Er kannte sie alle, vor allem Lilli, Mamas beste Freundin, die sie, wenn Gefahr im Verzug war, in einer winzigen Kammer hinter dem Küchenkasten versteckten.

Juliane schüttelte ratlos den Kopf.

Und noch etwas, sagte Robi. Er hat sie sogar in einem Weingartenhaus operiert. Ihr mit einem Küchenmesser den eitrigen Kiefer aufgeschnitten.

In einem Weingartenhaus?

Damit sie ihn und Mama nicht festnehmen konnten, wenn etwas schiefgegangen wäre. Sie mussten damals mit allem rechnen. Papa war Chirurg im Wilhelminen-Spital, das bedeutete, unabkömmlich. Aber wenn sie ihm draufgekommen wären, was er mit Lilli gemacht, nämlich sie versteckt und auch noch operiert hatte, und dass er womöglich auch noch die anderen Versteckten als Arzt behandelt hat, wäre er nicht nur seinen Job losgeworden wie Ende 1943, als sie ihm die Lizenz zu operieren aberkannt haben.

Wegen der versteckten Juden?

Robi holte tief Luft: Nicht deretwegen. Wegen deinem Vater!

Juliane ahnte, dass Robi nun etwas sagen würde, was ihre Sicht der Vergangenheit vollkommen verändern würde. Aber sie musste es wissen, was immer es war und was immer die Mutter ihr zeitlebens verschwiegen hatte.

Was hat denn das alles mit meinem Vater zu tun? Ich weiß so gut wie gar nichts über ihn. Und ich habe dieses *gar nichts* auch schon beinah vergessen. Er war jemand, an den ich nicht die geringste Erinnerung habe. Und was ich aus Erzählungen weiß, ist zu Kürzestgeschichten geschrumpft, die in meinem Hirn herumliegen, ohne dass ich wüsste was damit anfangen. Also erzähl!

Mein Vater hat deinen Vater unter der Vorspiegelung falscher Krankheitsbilder monatelang im Wilhelminen-Spital behalten. Eins davon war Gelbsucht, an die anderen kann ich mich nicht mehr erinnern. Dein Vater war so etwas wie ein Deserteur, und als die Geschichte aufflog, durfte mein Vater nicht mehr im Wilhelminen-Spital operieren, und dein Vater musste zurück an die Front, wo er zwei Wochen später krepiert ist. Dabei war das noch die harmlosere Version, weil mein Vater einen guten Ruf und viele Freunde hatte in Wien. Man hätte beide wegen Vaterlandsverrat hinrichten lassen können.

Und warum hat mir das nie jemand gesagt?

Wahrscheinlich weil du nie danach gefragt hast. Aber ich habe meinen Vater gekannt und gemocht, also hab ich ihn gefragt, immer wieder.

Einen Toten kann man nicht befragen, und von den Lebenden hat mir niemand Auskunft gegeben. Meine Mutter hat sich bedeckt gehalten. Wann immer ich sie nach meinem Vater gefragt habe, kam sie mit der politischen Unzuverlässigkeit und mit seinem Witz und dass er am liebsten ausländische Zeitungen las, solange das möglich war, indischen Tee trank und ein guter Unterhalter war, ähnlich wie ihr Bruder, nur eleganter. Warum hat sie mir das nie gesagt?

Robi schaute sie ebenfalls kopfschüttelnd an: Das fragst du noch? Sie wollte dir dieses Bild von ihm nicht zerstören und schon gar nicht, dass du dich schämen musst.

Ich hätte mich nie dafür geschämt, dass er nicht weiter in diesen grausigen Krieg wollte, um andere Menschen umzubringen.

Damals war das sehr wohl ein Grund, sich zu schämen. Auch für Menschen, die nicht in diesen Krieg wollten und dennoch ihrem Eid treu blieben.

Was heißt denn das, dem Eid treu bleiben?

Na ja, seinem Schwur gemäß leben. So wie mein Vater, der frühe Nazi, sagte Robi mit einer leichten Schärfe im Ton. Er hat sich immer an den hippokratischen Eid gehalten, wie bei Lilli. Und ich sage dir noch etwas: Er hat sogar viele psychisch Kranke sterilisiert. Als ich ihn fragte, was er sich dabei denn gedacht habe, sagte er, wenn er es nicht getan hätte, hätte man sie umgebracht. Und er wollte nicht, dass man Menschen umbringt, auch nicht Juden oder Behinderte.

Juliane wusste nicht, was sie darauf sagen sollte, und erinnerte sich an Onkel Leo, wie er auf ein Gläschen zur Mutter auf Besuch kam und ihr, Juli, das Afrika-Buch mitbrachte, und daran, wie ihre Mutter zum zweiten Mal

Diphtherie bekommen hatte und Juli bei Tante Hanna, Onkel Leo und den drei Kindern (damals wohnten sie noch immer im Stammhaus, wenn sie aus Wien zu Besuch kamen) untergebracht wurde. Und als sie, Robi, Moni und Bigi zu sehr herumtobten und alles, nur nicht damit aufhören wollten, hatte Tante Hanna Onkel Leo als Gespenst verkleidet, das die Kinder erschrecken sollte, damit sie endlich Ruhe gaben, und sie, Juli, kam drauf, dass das Gespenst Onkel Leo war. Sie hatte nämlich bemerkt, wie Tante Hanna sich in der Tür auf die Zehenspitzen gestellt und das weiße Tuch auf seinem Kopf zurechtgezupft hatte und es dann mit einer Sicherheitsnadel zusammenspendelte, damit man sein Gesicht nicht erkennen konnte. Dabei hatte Juli sich wie immer mehr vor Tante Hanna und ihren rollenden Augen gefürchtet als vor Onkel Leo, verkleidet oder nicht.

Aber sie hatte kein lebendiges Bild ihres Vaters, an das sie sich in Augenblicken wie diesen hätte erinnern können. Wohingegen Pierre zumindest seinen Schatten hinterlassen hatte, wie unsinnig diese ganze Geschichte auch sein mochte.

* * *

Es war schwierig für Juliane, ihre Ferien, die sie wie immer zu Hause im Dorf verbracht hatte, chronologisch einzuordnen. Am ehesten noch, was dem ersten oder dem letzten Jahr im Internat zuzuordnen war. Irgendwann dazwischen gab es Sommerferien, in denen sie die Rolle des jungen Kindermädchens übernommen hatte, das Alwin nicht gewachsen und bereits vor Beginn der Hauptsaison davongelaufen war. Die Mutter hatte niemanden gefunden, Klara hatte mittlerweile selbst ein Kind, und das Gehalt, das die Mutter zahlen konnte, stellte keinen Anreiz dar für junge Frauen, die in der Gastronomie auch als Hilfskräfte mehr verdienten.

Die Mutter war verzweifelt. Alwin, der den ganzen Herbst, Winter und Frühling über (zumindest bis Pfingsten) ihr kleiner Bub gewesen war, der alle Aufmerksamkeit bekam und sich zu Recht als im Schoß der Familie geborgen fühlen konnte, wollte nicht und nicht einsehen, dass die Mutter von einem Tag auf den anderen so gut wie nicht mehr zur Verfügung stand.

Juli, die das alles mitbekommen hatte, ergriff zum ersten Mal in ihrem Leben die Gelegenheit, den rettenden Engel zu spielen, und bot sich als Ersatz an. Sie musste zwölf gewesen sein, jedenfalls war Alwin, der im November geboren war, noch nicht eingeschult, und Juli traute sich zu, ihn zu bändigen.

Die Mutter war erleichtert. Die finanziellen Sorgen fraßen an ihr wie eine um sich greifende Krankheit, und die Hoffnung am jeweiligen Anfang der Saison, in diesem Jahr werde alles besser, sie würde die Schulden bezahlen und die anstehenden Reparaturen angehen können, glomm nur noch fahl durch ihre Gedanken und reichte kaum mehr für den Elan, mit dem sie sich in jede neue Saison hineinzustürzen hatte. Im Gegenteil. Ihre Nervosität übertrug sich gelegentlich auch aufs Personal, besonders bei Schlechtwetter, was wiederum den Gästen missfiel.

Paps blieb immer länger auf (damals nahm man das mit der Sperrstunde noch nicht so genau) und schenkte nicht nur an die Familienmitglieder der Gäste, sondern nach Mitternacht auch an einzelne allein reisende Gästinnen aus, die ihre Affären mit Einheimischen Jahr für Jahr zu erneuern pflegten.

Und immer später fand er aus dem Bett. Meist kam er erst während des Mittagsgeschäfts in die Hotelküche herunter, um zu frühstücken, verkatert und übellaunig, während die Mutter schwitzend am großen Herd stand anstelle eines Küchenchefs. Der letzte war in der Saison davor während einer manischen Phase nach dem Mittagsgeschäft abgehauen, weil er, wie er angab, jetzt unbedingt in die weite Welt hinausmüsse. Aber in Wirklichkeit hätte sie ihn sich ohnehin nicht mehr leisten können. Und da sie nach diesem spektakulären Abgang auch mit zwei jungen Küchenhilfen klargekommen war, ohne dass die Gäste mit dem Essen unzufrieden gewesen wären (eher mit den langen Wartezeiten), hatte sie in dieser Saison gleich gar keinen mehr zu engagieren versucht.

Wann immer Juli Onkel Heini und dessen Frau besuchte, was während der Saison ohnehin nicht oft der Fall war, ließ er durchblicken, dass die Mutter das Hotel mehr und mehr zur Pension herunterwirtschafte. Er wolle und könne ihr ja nicht dreinreden, aber sie, Juli, solle einen Blick dafür bekommen, was der Unterschied zwischen einem Hotel und einer Pension sei.

Alwin versprach der Mutter, seiner großen Schwester das Leben nicht schwer zu machen und ihr zu gehorchen, wenn es sich um die Mahlzeiten und ums Zu-Bett-Gehen handle. Auch wenn sie ihm sage, er solle sich wärmer anziehen oder nicht mit den Kindern der Gäste streiten.

Alwin, der froh war, das junge Kindermädchen vom Hals zu haben, sagte pauschal: Ja, ja, ja, ja, ja, bis die Mutter ihm den Mund zuhielt.

Und was ist, wenn ich bei der Omam schlafen will? (So nannten die meisten Einheimischen ihre Großmütter.)

Kann sie, und er bohrte Juli seinen Zeigefinger in den Bauch: Kann sie dann sagen, dass ich nicht darf?

Die Mutter schüttelte den Kopf: Wenn dich die Omam einlädt (es handelte sich dabei um die Mutter von Paps), über Nacht zu bleiben, dann darfst du das jederzeit, nur muss ich es wissen. Und zu Juli: Lass ihn ja nicht allein zu seiner Omam gehen. Der Verkehr hat zugenommen, und er muss über die Hauptstraße. Aber wenn sie ihn über Nacht behalten will, kann mir das nur recht sein.

Juli nickte und hoffte, dass die Omam ihn öfter behalten wollen würde, damit auch sie am Abend ehemalige Schulfreunde sehen und mit ihnen zum Platzkonzert gehen konnte. Oder zum Café direkt am See, wenn schon nicht hinein, dazu reichte das Taschengeld nicht, weder ihres noch das der Freunde und Freundinnen, dann zumindest so nahe heran, dass sie hören konnten, was die Jukebox spielte.

Ich kann dir nicht viel dafür anbieten, hatte die Mutter gesagt, dass du deine ganzen Ferien hindurch auf Alwin aufpasst, aber einen größeren Wunsch hast du frei. Denk gut darüber nach, du weißt ja, dass es nicht so gut läuft und wir auf bessere Zeiten hoffen müssen.

Ich brauch nicht lang nachzudenken, sagte Juli: Ich weiß, was ich mir wünsch. Ich hab es mir nur noch nie zu sagen getraut.

Na dann sag es jetzt.

Eine Agfa-Box.

Und was soll das sein?

Ein Fotoapparat. Ich möchte fotografieren lernen, damit ich, wenn ich später nach Afrika gehe, schon weiß, wie man es anstellen muss, um richtig gute Fotos hinzukriegen.

Die Mutter atmete laut. Offensichtlich wusste sie doch, was eine Agfa-Box ist. Irgendwie schien sie sogar erleichtert: Aber du weißt, dass auch die Filme und das Entwickeln der Filme Geld kosten.

Juli nickte: Wenn du mein Taschengeld ein bisschen erhöhst, müsste es reichen.

Na ja, die Mutter lächelte großmütig: Wenn du wirklich gut auf deinen kleinen Bruder achtgibst, lässt sich das machen. Ich weiß, dass er nicht leicht zu haben ist, aber wenn du ihm gut zuredest …

Und wenn ich ihn bei mir im Bett schlafen lasse, setzte Juli ein altbekanntes Mantra fort, und ihm vor dem Einschlafen eine Geschichte erzähle oder ein Märchen vorlese, dann wird es schon gehen …

Ja, sagte die Mutter: In Wirklichkeit ist er ein lieber kleiner Kerl. Man muss nur wissen, wie man ihn am leichtesten dazu bringt, zu tun, was man ihm sagt.

Alwin, der in der Ecke mit seinem Aufziehauto spielte, war darin doch nicht so vertieft, wie die Mutter angenommen hatte, und meldete sich sofort zu Wort: Und wenn sie mich zum Platzkonzert mitnimmt und mit ihrem Fotoapparat fotografieren lässt und mir nicht ständig sagt, dass ich mir die Hände waschen soll, und wenn ich in der Nacht auf den Topf gehen darf und nicht in das grausliche Klo mit den vielen Spinnen hinausmuss, dann mach ich eh, was sie sagt.

Juli hatte bald herausbekommen, womit sie Alwin das Fürchten lehren konnte, wenn er sich ihren Vorgaben widersetzte oder glaubte, ihr mit Paps drohen zu können. Aber selbst wenn Paps auf seiner Seite stehen würde, Paps war am Abend nicht da, und im Sommer kam er oft erst im Morgengrauen aus dem Stüberl herauf und schlief den ganzen Vormittag wie ein Stein. Wenn Alwin dennoch die Papskarte spielte, drohte sie ihm, ihn nicht mehr in ihr Bett zu lassen, und wenn das nicht half, drehte sie die Schraube um eine Windung weiter und schrie: Weder in mein Bett noch in mein Zimmer. Dann kannst du dich in deinem Zimmer allein wichtigmachen. Und auch wenn sich ein Gespenst zu dir verirrt, werd ich meine Tür zugesperrt lassen. Da wirst du schon sehen, wie lustig das ist.

Wenn Juliane an diesen Sommer zurückdachte, fiel ihr vor allem das Floß ein, das sie zusammen mit den Kindern der Gäste gebaut hatten und mit dem sie trotz der vielen Bremsenstiche (Stechfliege klingt zwar nicht authentisch, sagt aber genau, was die Biester tun) durchs Schilf ruderten. Alwin, der meist der Jüngste war, zeigte den anderen Kindern, wie gut er schwimmen und wo man nach Muscheln tauchen konnte. Er war ständig im Wasser, schon allein wegen seines *süßen Bluts*, auf das so gut wie alle Insekten, vor allem die Bremsen, scharf waren. Und wenn er doch einmal länger auf dem Floß saß, ließen die vielen Bissspuren seinen kleinen Körper punktuell rot anschwellen.

Abends, wenn er vor Müdigkeit kaum mehr schauen konnte, musste sie ihn mit einer schmerz- und entzündungshemmenden Salbe einschmieren, bevor er ins Bett ging. Dabei glühte er wie im Fieber und semperte (wehleidiges Vor-sich-hin-Jammern) leise, bis der Schlaf und die kühlende Salbe das Brennen und Jucken der vielen Stiche mit in die Empfindungslosigkeit nahmen. Er schien viel und heftig zu träumen, strampelte und sprach sogar von Zeit zu Zeit, so dass sie das Gefühl hatte, ihn aufwecken zu müssen, um ihn aus dieser Traumhektik zu befreien. Es dauerte ein Weilchen, bis er zu sich kam und der Traum sich als Traum entpuppte. Meist hatte er erst gegen Morgen seine wilde Traumphase. Oder Juli selbst hatte zu fest geschlafen und es erst gegen Morgen bemerkt, wenn er sich herumwälzte und Laute von sich gab. Er selbst konnte sich nur selten an etwas erinnern und bezichtigte im Gegenzug sie, ihn im Schlaf an die Wand zu drängen. Was sie ihm sogar glaubte, da auch Holle oft versucht hatte, sich mit den Pfoten gegen sie zu stemmen, wenn sie schlief, und sie sich dabei immer mehr eingeschränkt fühlte.

Manchmal geschah es, dass Juli morgens nicht mehr einschlafen konnte und mit Holle, die wegen Alwin mit dem Boden vorliebnehmen musste, vor die Tür ging.

Holle machte sich sofort auf den Weg und drehte neugierig schnüffelnd, als lese sie die noch druckfeuchten Hundenachrichten, ihre Runde übers Feld bis zum Kriegerdenkmal und dann über die Seepromenade zurück, während Juli sich in den Garten stahl, um zu sehen, wie viele Erdbeeren schon den richtigen Rotton hatten, um süß genug zu sein. Sie wusste, dass sie das Beet nicht einfach plündern durfte, schließlich waren die Erdbeeren für die Desserts im Restaurant gezogen worden. Aber das hinderte sie nicht, die Horste ein wenig auszulichten. Immer nur eine rote Beere pro Pflanze. Bis sie ans Ende des langgezogenen Beets kam, waren es, über den Daumen gepeilt, doch zwei bis drei Handvoll, die sie sich vor dem Frühstück genehmigt hatte.

Meist war das so zeitig am Tag, dass sie noch niemandem begegnete. Diejenigen, die schon wach und bei der Arbeit waren, die junge Mehlspeisenköchin und eine der Serviererinnen, trafen in aller Ruhe die Vorbereitungen fürs Frühstück, ohne Blick auf den Garten. Die meisten Gäste kamen erst gegen neun herunter, aber es gab auch Frühaufsteher, die die erste Umrundung des Sees oder (wenn die Temperatur es erlaubte) einen Sprung ins Wasser bereits hinter sich hatten, bevor sie am Frühstückstisch erschienen. Nur für die Frühaufsteher unter den Gästen musste sie sich, sobald sie einen oder eine erspähte, unsichtbar machen. Sie verschwand, den Erdbeeren nachschmeckend, aus dem Garten direkt hinters Wohnhaus, um auf der anderen, vom Hotel aus nicht einsehbaren Seite zurück in ihr Zimmer zu huschen.

Es war die Seite, an der sich auch die Waschküche und davor der Wäscheaufhängplatz befanden, gegen die Einsicht von der Promenade her von einer hohen Hecke geschützt. Oft machte Juli, bevor sie die Außentreppe emporschlich, auf dieser immer gemähten Wiese ein paar Hand- oder Kopfstände, aus denen sie sich in die Brücke zurückfallen ließ, um dann die Rolle rückwärts zu machen und sich mit demselben Schwung wieder auf die Beine zu stellen.

Das geschah, wenn noch keine Wäscherin da war, um den Kessel zu heizen. Doch während sie diesmal auf den Händen stand und den Kopf dabei ein wenig zur Seite drehte, um zu prüfen, ob sie ja weit genug von dem Pfosten, von dem ein Wäschestrick sich zum nächsten spannte, entfernt war, um sich beim Übergang zur Brücke nicht die Knie anzuschlagen, bemerkte sie, dass zwischen den Pfosten jemand lag. Sie verzichtete auf die Rolle zurück und weiter in den Stand, zog die Beine an, ließ sich in die Hocke fallen und sprang auf.

Im ersten Augenblick dachte sie, der Mann sei tot. Das wachsbleiche Gesicht wirkte, vom Tau besprengt, als schwitze es bereits in der Sonne, dabei war sein Kopf gerade noch im Schatten des Pfostens, was sich bald ändern würde. Sie konzentrierte sich auf das Gesicht des Mannes, der so leise zu atmen schien, dass sie nicht sicher war, ob er tatsächlich atmete oder ob es nur eine Morgenbrise war, die sein Atmen vortäuschte. Plötzlich kam ein minimales Röcheln oder vielleicht auch bloß der Nachhall eines Schnarchens, das gar kein richtiges Schnarchen war, aus seinem Mund. Der Mann war also nicht tot, nur im Tiefschlaf oder vielleicht vor lauter Rausch bewusstlos?

Juli wagte sich einen Schritt näher. In diesem Augenblick zog der erste Lichtstrahl über sein Gesicht, und sie erkannte den Mann. Es war einer von Paps' Freunden, der wahrscheinlich zu lange im Juli-Stüberl gesessen war (die Nacht war ungemein lau gewesen) und nun hier seinen Rausch ausschlief. Kein ganz neuer Anblick für Juli, diese Art von Besoffenen, die an der frischen Luft das Gleichgewicht nicht mehr halten können, umfallen und liegen bleiben, bis sie, hoffnungslos verkatert, irgendwo wieder aufwachen. Oder auch nicht. Juli wusste von so einem Fall, allerdings war das im Winter gewesen. Der Mann war den Heimweg nah am Bach entlanggegangen, ausgerutscht, die Böschung hinuntergekollert, auf der Eisschicht liegen geblieben und erfroren.

Und während sie noch versuchte, sich vorzustellen, wie ein Erfrorener auf dem Eis aussehen mochte, wurde ihr bewusst, was sie an diesem Ferdl, so hieß der Freund von

Paps, so irritierte. Er war weder ganz nackt noch ganz angezogen. Sein Hosenschlitz stand weit offen, und sein Zipfl lag leicht nach links gebogen auf seinem Beutel, unter dem sich der Gummizug der Unterhose von einem Schenkel zum anderen spannte. Dass die Dinger so hießen, wusste sie von ihrer Volksschulzeit her, als sie den größeren Buben zugeschaut hatten, wie sie auf dem Nachhauseweg, ebenfalls im Schutz einer Hecke, um die Wette brunzten.

Juli hatte noch nie den Zipfl eines erwachsenen Mannes so deutlich und bei Licht gesehen. Ein merkwürdiges Gefühl begann Druck auf ihre Blasengegend auszuüben. Oder war es unterhalb der Blase? Sie wusste ziemlich genau, wo die Blase im Körper ihren Dienst versieht, da sie letzten Winter gleich zweimal hintereinander Blasenkatarrh gehabt hatte. Aber das war kein Blasenkatarrh. Es brannte nicht, sondern zog bloß ein bisschen.

Einerseits ekelte es sic, denn dieser Ferdl hatte sich auch noch erbrochen. Die Spuren davon lagen einen halben Meter von seinem Gesicht entfernt. Andererseits war sie neugierig. Ungeheuer neugierig. Sie dachte daran, sich einen Zweig aus der Hecke zu brechen, ihn zu entblättern und damit diesen Zipfl leicht anzuheben, um zu sehen, ob darunter noch etwas anderes als der Beutel war. Gleichzeitig hatte sie Angst, dass jemand sie dabei erwischen könnte, wie sie sich alles genau anschaute oder womöglich noch mit einem Haselstöckchen daran herumfummelte. Sie blickte sich vorsichtig um. Alles war ruhig. Im Gastgarten klapperten noch keine Teller, die Waschküche war verschlossen. Die Mutter würde ungefähr in einer Stunde aufstehen, wenn sie gut geschlafen hatte, wenn nicht, würde sie wohl noch eine halbe Stunde dranhängen.

Juli näherte sich vorsichtig der Hecke, erspähte einen dünnen Ast, der leicht zu knacken schien, und als sie genau das, so geräuschlos wie möglich, hinter sich bringen wollte, kroch Holle durch die Hecke, sprang an ihr hoch, leckte ihr kurz übers Gesicht, bevor sie zu dem liegenden Ferdl lief, ihn offensichtlich erkannte, ihm ebenfalls kurz übers Gesicht leckte, dann seinen Körper als Ganzes beschnüffelte, und bevor Juli sie noch zurückrufen konnte, war sie an seinem Zipfl angelangt, stieß ihn mit der Nase kurz an, leckte dann ebenfalls wie beiläufig drüber und schnüffelte sich die Beine entlang bis zu den Füßen, die sie einer besonderen Identifizierung unterzog.

Juli hatte es kommen sehen und setzte sich in Richtung Wohnhaus in Bewegung. Ferdl war tatsächlich aufgewacht, röchelte ein wenig und begann sich aufzurappeln, was Holle mit einem hellen Japsen zur Kenntnis nahm. Juli, die ihre Neugier nicht so schnell in den Griff bekam, rief nach Holle, drehte sich auch ein paarmal nach ihr um, denn sie wollte genau wissen, was dieser Ferdl tun würde, mit sich, seinem nackten Zipfl und Holle.

Und da konnte sie ihn auch schon fluchen hören: Häng auf, du narrische Holle, du, häng auf und putz di! Was so viel bedeutete wie, dass Holle sich verbröseln solle.

Juli pfiff Holle mit zwei Fingern an ihrer aufgerollten Zunge zu sich. So zu pfeifen, hatte sie erst in den letzten Sommerferien gelernt. Es war sie hart genug angekommen, aber es funktionierte, und Holle kam zu ihr gesprungen, als sei überhaupt nichts geschehen. Sofort schrie Juli: Verschon mich, verschon mich! Und packte sie am Halsband, damit sie ja nicht auf die Idee kam, ihr noch einmal mit der Zunge übers Gesicht zu fahren.

Vom oberen Küchenfenster aus konnte sie sehen, wie dieser Ferdl am Fuß der Böschung noch ausführlich gegen die Eibe pinkelte, danach seinen Zipfl sorgfältig schüttelte und ihn in seine Hose verräumte. Anschließend klomm er die Böschung zum oberen Wiesenweg hinauf, und so, wie sein Mund sich bewegte, schien er den Brand in seinem Hals zu verfluchen, den zu löschen ihm auf seinem Nachhauseweg erst beim Fischerbrunnen möglich sein würde.

* * *

Es musste Anfang der vierten Klasse im Gymnasium gewesen sein. Die Einnahmen während der Saison hatten wieder nicht gereicht, um die Schulden loszuwerden, und der Erlös für das gegenüber am Bachufer gelegene Grundstück hatte nicht einmal sämtliche notwendigen Reparaturen sowie die obligatorischen Wäsche- und Geschirrzukäufe abdecken können.

Wann immer Juli jetzt über ein Wochenende nach Hause fahren durfte, fand sie eine Rumpffamilie vor, die sich auf die vier kleinen Räume im ersten Stock beschränkte.

Die Parterrewohnung, in der d'Anna und Xaver gewohnt hatten, war nun das ganze Jahr über an einen Facharbeiter samt Frau und Sohn vermietet, wobei der Sohn, gleich alt wie Juli, nur in den Ferien ins Dorf kam und ansonsten weiter in Wien zur Schule ging, wo er bei seiner Tante bleiben konnte.

Den Facharbeiter hatte sich die einzige Fabrik in der Gegend mangels zum Werkzeugbau ausgebildeter Einheimischer aus Wien geholt und bezahlte auch die Miete für ihn und seine Familie. Nur ein Tropfen auf dem heißen Stein, aber immerhin ein Tropfen.

Im Viertel des Grundstücks, das im Gegensatz zu dem Viertel, das mit Springbrunnen, Palmen und gerundeten Kieswegen ausgestattet war, eher eine Art Landschaftsgarten repräsentieren sollte, mit Blutbuche, Hängebirke, Haselnussstauden und einem Rondeau aus Fichten, wurden die Fichten gefällt und an einen Holzhändler verkauft, aber auch dieser Ertrag versickerte in längst fälligen Begleichungen.

Die Mutter hatte von der Hausschneiderin aus einem ihrer alten Mäntel einen Wintermantel für Juli nähen lassen, der ein wenig zu eng geraten war, so dass sie ihn nur über ihren Sommersachen zubrachte und nicht über einem wärmenden Wollpullover. Die Schneiderin zog sich mit der Begründung, sie habe ja gleich gesagt, dass der Stoff des aufgetrennten Mantels nicht ausreichen würde, aus der Verantwortung. Aber vif, wie sie war, empfahl sie Juli, sich einen dicken Schal in lustigen Farben (sie sei doch bei den Nonnen in Handarbeiten unterrichtet worden?) zu stricken. Den könne sie dann über dem Mantel drapieren. Das sehe fesch aus und wärme ebenfalls.

Die Mutter selbst habe sich ja bereits aus einem der Vorhänge (beste Vorkriegsware) ein Sommerkleid nähen lassen, das ihr eine Reihe von Komplimenten eingetragen habe. Meistens trug die Mutter die Saison über ohnehin nur weiße Mäntel, wie sie für die Küche üblich waren.

Juli genierte sich immer ein wenig, wenn sie ihre Kleidung mit der der anderen Internatsschülerinnen verglich, und hätte gerne selbst etwas für sich genäht. Doch blieb es bei dem einen karierten Sommerrock, den sie sich, als sie einmal über ein Wochenende zu Gudrun nach Hause gefahren war, genäht hatte. Der Stoff stammte aus der Gemischtwarenhandlung, die Gudruns Mutter in dem oberösterreichischen Dorf betrieb, wo ihr Mann als Tierarzt der Region arbeitete.

Das Ergebnis gefiel Juli nicht besonders. Der Rock hatte auf der Skizze, die Gudrun als Vorlage gezeichnet hatte, so viel besser ausgesehen. Auch der gezogene Rock, den Gudrun sich nähte, hatte wesentlich mehr Schick als der ihre.

Stell dich doch nicht so an, sagte Gudrun, als sie ihr beim Ziehen zu Hilfe kam. Es ist gar nicht so kompliziert, wie du denkst. Du musst dich nur drauf einlassen.

Worauf Juli antwortete, da würde sie sich lieber aufs *Kaiblziehen* einlassen wollen. Da gehe es nämlich wirklich um was.

Gudrun lachte: Da wird sich mein Vater aber freuen. Vielleicht nimmt er dich sogar mit, wenn wieder eine schwierige Geburt ansteht.

Auch am Sonntag? Der heilige Sonntag war eine Internatssache, denn im Hotel wurde während der Saison sonn- und feiertags gearbeitet.

Ich glaube nicht, meinte Gudrun, dass eine Kuh, wenn es so weit ist, bis Montag warten kann. Da wäre das Kaiberl längst erstickt.

Juli nickte und beschloss, das Kleidernähen sein zu lassen, was bedeutete, weiterhin das Zeug tragen zu müssen, das die Hausschneiderin aus Vorkriegsstoffen nach Vorkriegsmodellen anfertigte.

Als Juli vier Wochen darauf wieder nach Hause fuhr, gab es die nächste Überraschung. Für den Fiaker hatte es seit der ersten Heimkehr aus dem Internat nicht mehr gereicht, und damit sie den Koffer mit der Schmutzwäsche nicht die ganze Strecke von der Bushaltestelle bis nach Hause schleppen musste, kamen Paps mit dem Fahrrad und Alwin mit dem Tretroller sie abholen.

Wenn Paps gut gelaunt war, klemmte er Julis Koffer in den Gepäcksträger und hieß sie, sich auf die Fahrradstange zu setzen. Dann tat er so, als würde er mit Alwin um die Wette fahren. Dabei musste er sich ziemlich vorsichtig bewegen, damit weder sie noch der Koffer auf der Straße landeten, während Alwin sich mächtig anstrengte, Paps wenigstens in der Zielgeraden zu überholen.

Diesmal hatte Paps den Koffer nicht fest genug eingeklemmt, er begann zu rutschen, und Paps bremste zu jäh. Juli fiel von der Stange, Alwin, der sich im Endspurt befand, fuhr auf den mittlerweile zu Boden gefallenen Koffer auf, und Paps, der versucht hatte, das Gleichgewicht zu halten, wurde von seiner durch die abrupte Bremsung sich gegen ihn richtenden Lenkstange nach vorne katapultiert, worauf auch noch das Fahrrad umfiel.

Einen Augenblick lang war es still, nur die Pedale drehten sich ein wenig, und der Staub der geschotterten Straße legte sich sanft und nachhaltig auf alle Darniederliegenden.

Als die Schrecksekunden vorüber waren, begann Paps zu fluchen, Juli kreischte als zweite Stimme dazu, und Alwin quietschte in hohen Schmerztönen.

Blessiert, wie sie alle drei waren, rappelten sie sich langsam wieder auf. Paps kontrollierte sein Fahrrad, Juli sammelte die Wäschestücke ein, da der Koffer nach dem Aufschlag auf dem Schotter aufgesprungen war und alles erbrach, was Juli in ihn hineingestopft hatte, während Alwin sich die Tränen im Gesicht verschmierte, sein blutiges Knie leckte und die verbogene Lenkstange seines Tretrollers befingerte. Vor lauter Schluchzen war er noch immer nicht in der Lage zu sprechen, aber seine Finger sprachen deutlicher, als seine Stimme es gekonnt hätte.

Als die Mutter, die sie schon erwartet hatte, sie alle drei die Einfahrt entlanghumpeln sah, schüttelte sie erst nur den Kopf, aber als Alwin auf sie zugelaufen kam, um ihr sein blutiges Knie zu zeigen, und sie merkte, wie Juli, die nun den Koffer auf dem Rad festhalten musste, sowie Paps, der mit der einen Hand die Lenkstange führte und in der anderen eine Zigarette hielt, tatsächlich hinkten, seufzte sie kurz auf und blies dann auf Alwins Knie, auf dem das Blut bereits getrocknet war.

Ich hab uns was zur Jause gerichtet, sagte sie in resignierendem Ton: Das Julerl wird sicher was Ordentliches essen wollen nach all der Klosterkost. Aber wascht euch bitte alle gründlich. Ihr seht ja aus wie Clowns nach einer Bruchlandung. Erst jetzt bemerkte Juli den Staub in Paps' Gesicht und ging davon aus, dass ihr Gesicht nicht viel anders aussah. Zuvor aber brachte sie ihren Koffer noch in die Waschküche, und Paps stellte sein Fahrrad in den Kohlenkeller.

Als Juli von der anderen Seite des Hauses zurückkam, sah sie über die Außentreppe des Nebentrakts einen Mann herunterkommen, der ihr auf den ersten Blick vorkam, als wäre er soeben aus Tausendundeiner Nacht, einem ihrer Lieblingsbücher, gestiegen. Er trug einen Seidenschal, wie eine Schärpe um seinen Kopf gebunden, und dazu einen mit Kranichen bedruckten Morgenmantel, der über dem weißen Hemd und der schwarzen Hose bloß von einem Gürtel zusammengehalten wurde. Als er die Hand hob und auf sie zeigte, bemerkte sie an seinem Zeigefinger den Ring, aus purem Gold mit einem Siegel in der Größe einer Zehn-Schilling-Münze, und ein Gedankenblitz wollte ihr weismachen, dass es sich dabei nur um einen Zauberring handeln konnte.

Sie müssen das Fräulein Juliane sein, sagte er mit einer Stimme, die viel zu tief für seinen schmalen Körper klang.

Juli nickte.

Er stand nun schon beinah vor ihr: Dann werde ich mich Ihnen in aller Form vorstellen. Bruno Abendrot, von Beruf Rechtsbeistand, inzwischen Rentner und Besitzer eines Schlosses in dieser Gegend. Aber das ist mir zu unwirtlich, um meine Zeitung drin zu lesen. Und darum wohne ich lieber hier.

Juli schluckte und räusperte sich danach: Hier bei uns?

Im Schoße Ihrer Familie. Er dachte kurz nach: Ihre Mutter ist meine Kostfrau. So sagt man doch, wenn man nicht in einem Internat von Nonnen oder sonstigem Betreuungspersonal versorgt wird, sondern sich in einer Familie einquartiert, in der gut gekocht und man individuell behandelt wird.

Juli war dermaßen baff, dass sie ganz vergessen hatte, was der Staub möglicherweise mit ihrem Gesicht gemacht hatte. Und als es ihr wieder einfiel, beeilte sie sich zu sagen, dass sie sich auf der Stelle das Gesicht waschen müsse. Sie, Paps und Alwin hätten einen kleinen Unfall gehabt, der sie alle drei zu Boden habe gehen lassen.

Schon gut, mein Fräulein, wir sehen uns bei den Mahlzeiten. Inzwischen werde ich meine tägliche Runde durch den Park ziehen und das Ausatmen der Bäume genießen.

Als sie alle vier bei der Jause saßen (Dr. Abendrot jausnete nicht, gabelfrühstückte stattdessen in einem Café des Nachbarorts, kam jedoch zum Mittag- und zum Abendessen), wollte Juli genauer wissen, wer er sei, warum er gerade hier bei ihnen wohnen wollte und ob das mit dem Schloss auch stimmte.

Die Mutter und Paps sahen einander an. Das Schloss gehört ihm tatsächlich, sagte die Mutter dann: Man hat es ihm kurz vor Kriegsanfang weggenommen und es ihm 1949 wieder zurückgegeben.

Juli zerbröselte ein Stück Guglhupf auf ihrem Teller.

Mein Gott, sagte die Mutter: Man hat damals so vielen Menschen so vieles weggenommen, und plötzlich war Krieg. Und der hat vielen noch viel mehr weggenommen und alles kaputt gemacht. Sei froh, dass du damals zu klein warst, um das mitzukriegen.

Aber wenn er das Schloss zurückbekommen hat, warum wohnt er dann bei uns?

Weil, und wieder wechselte die Mutter einen Blick mit Paps: Weil das Schloss unter Kuratel steht, so wie er. Er ist nämlich entmündigt worden.

Juli ahnte, was das heißen konnte, sie war selbst ein Mündel mit sogar zwei Vormunden. Einem privaten, dem Steuerberater des Hotels, der gelegentlich aus der Bezirkshauptstadt kam, um die Steuersachen zu erledigen, und einem bestellten, nämlich dem Richter, der im Nachbarort Recht sprach.

Das heißt, sagte die Mutter, ohne dass Juli gefragt hatte:

Dass er im Kopf nicht ganz richtig ist und dass man ihn mit dem Schloss nicht allein lassen kann.

Ist er verrückt?, fragte Juli.

Nein, nicht wirklich, versuchte die Mutter zu erklären: Eigentlich ist er ein sehr netter Mensch, nur ein bisschen schrullig. Man glaubt, dass er allein im Schloss nicht zurechtkommen würde. Du musst wissen, er war acht Jahre in China, in Shanghai. Wer weiß, wie es ihm dort all die Jahre hindurch ergangen ist, was er alles erlebt hat. Das kann einen schon durcheinanderbringen.

In China? Juli war starr vor Bewunderung. Hatte sie sich doch nach ihrer ersten Lektüre von Tausendundeiner Nacht eine Art Phantasie-Ort ausgedacht, der noch dazu von hier aus erreichbar war. Zumindest im Traum. Nur musste man zuerst den See durchschwimmen und am anderen Ende, wo zwei Bergmassive aneinandergeraten, eine Höhle durchtauchen, jenseits deren schellenbaumtragende Wächter standen, die bestimmten, ob man zu diesem geheimen Ort weiterschwimmen durfte oder nicht. Einem Ort, der China sehr ähnlich sah, mit Menschen, die in bestickten und bedruckten Seidengewändern mit seitlichen Schlitzen steckten und merkwürdige Kappen oder Hüte aufhatten. Es war ein Ort, wie er, seit sie sich ihn ausgedacht hatte, immer öfter in ihren Träumen vorkam. Und sie konnte es kaum glauben, dass nun jemand, der offensichtlich von einem solchen Ort kam, bei ihrer Familie leben wollte. Irgendwann würde sie anfangen, diesen Dr. Abendrot auszufragen. Vorsichtig, nach Möglichkeit, ohne ihn zu nerven, ganz nebenbei.

Paps hatte begonnen dazwischenzureden, wie er es immer tat, wenn er glaubte, es besser zu wissen: Ja, ja, sagte er, weil der Herr ehemalige Obersturmbannführer, der

Herr Doktor und der Herr Bankdirektor im Nachbarort ein Gymnasium haben wollen, damit sie ihre Gschrappen (den Nachwuchs) nicht in die teuren Internate stecken müssen. Dazu brauchen sie das Schlössl als Internat, damit auch von anderswoher Schüler kommen und sich das Ganze rentiert. Wirst sehen, und wenn sie es dann haben, braucht der Abendrot keinen Vormund mehr und kriegt statt dem Schlössl eine Rente, von der er halbwegs leben kann.

Juli hatte nicht wirklich verstanden, was Paps da vor sich hin geredet hatte, es interessierte sie auch nicht. Was war das alles gegen acht Jahre China samt Rückkehr ins Dorf, an das ihr phantastischer Ort, zu dem man hinschwimmen musste, anschloss.

Die Mutter reagierte knapp und ein wenig süffisant: Du wirst schon recht haben, Alwin. Aber was soll die Juli damit anfangen? Sie will wissen, wer dieser Dr. Abendrot wirklich ist und warum er bei uns wohnt und mit uns isst.

Isst er noch mit Stäbchen? Juli war in Gedanken verstrickt, die alle mit China zu tun hatten. Das mit den Stäbchen wusste sie aus dem Buch über den Dalai-Lama. Einer von Paps' Freunden, ein Bergsteiger, hatte ihm das Buch geliehen, und während Paps noch immer vorhatte, es sich demnächst genauer anzuschauen, hatte sie es bereits an ihrem letzten Wochenende zu Hause von Anfang bis Ende gelesen.

Die Mutter schüttelte den Kopf: Im Gegenteil. Er besteht auf Silberbesteck als Vier-Gänge-Gedeck, obwohl er den Nachtisch fast immer stehenlässt.

Am nächsten Vormittag, es war Sonntag, und sie würde am Nachmittag wieder zurück ins Internat fahren müssen, saß sie auf dem Balkon mit der Außentreppe. Auf einer Decke, an Holle gelehnt, die hinter ihr lag, las sie in dem Roman *Vom Winde verweht*, der diesen Herbst in einem der Hotelzimmer liegengeblieben war. Sie durfte ihn nicht ins Internat mitnehmen, einerseits weil er zu dick war und zusammen mit der sauberen Wäsche und den Gläsern voller Marmelade, die die Mutter ihr mitgab, den Koffer zu schwer gemacht hätte, und andererseits weil die Nonnen wohl keine Freude mit dieser Art von Lektüre gehabt hätten. Also blieb Juli nichts anderes übrig, als das Buch etappenweise an den nächsten Heimfahrwochenenden zu lesen.

Um die hl. Messe schwänzen zu können, hatte sie über leichte Halsschmerzen geklagt, und da sie sehr oft im Jahr Halsweh hatte, das in eine schmerzhafte fiebrige Angina überging, hatte die Mutter nichts dagegen, dass sie zu Hause auf dem windgeschützten Balkon las, und bat sie auch nicht, ihr in der Küche beim Sonntagsessen zu helfen.

Kurz bevor die Mutter sie alle zum Essen erwartete (Paps war mit Alwin auf einen Sprung zu Omam und Odat gegangen, um ein paar frische Eier zu holen), kam Dr. Abendrot die Treppe herauf. Es war ein goldener Oktobertag, der See lag da wie unter Glas, die Wälder leuchteten bis hinein in den See, und die Berge schienen so nah, dass man auch noch die einzelnen Zwergkiefern oberhalb der Baumgrenze erkennen konnte.

Eigentlich wäre Juli am liebsten zum See hinuntergegangen und hätte zumindest die Füße ins Wasser gesteckt, aber dann hätte das Argument mit den Halsschmerzen nicht mehr gegriffen.

Dr. Abendrot keuchte ein wenig auf der steilen Außentreppe und rief, als er sich am Geländer festhielt und sich dabei einen Schiefer einzog: Scheiße!

Der blanke Ausruf: Scheiße!, verwunderte Juli ein wenig, denn im Dorf sagte man in so einer Situation: So ein Scheißdreck! oder einfach: Scheißdreck! Und im Internat höchstens: So was Blödes!

Als Dr. Abendrot sie erblickte, entschuldigte er sich sofort: Tut mir leid, Fräulein Juliane, aber was ich soeben gesagt habe, wird in Frankreich als *merde!* und in England als *shit!* wesentlich entspannter und häufiger gebraucht als in diesem Land. Jedenfalls sollte es keinen Affront bedeuten, war es doch bloß gegen das raue Holz des Geländers gerichtet, denn dieser unsinnige Holzsplitter beeinträchtigt nun mein haptisches Vermögen.

Machtnix!, erwiderte Juli: Wenn Sie wollen, nehme ich eine Nadel, brenn sie mit dem Zündholz aus und hol mir den Schiefer.

Sehr nett! Aber der Holzsplitter ist nicht zur Gänze in meinem Fleisch verschwunden. Das eine Ende ist noch gut sichtbar, Sie bräuchten ihn bloß mit Ihren zarten kleinen Fingern herauszuziehen.

Julis Finger waren diesbezüglich geübt, hatte sie doch schon viele solche Schiefer aus ihren und Alwins Händen gezogen oder genadelt, und bevor Dr. Abendrot ihr noch die Stelle an seinem Handballen zeigen konnte, an der er steckte, hatte sie ihn bereits entdeckt und beinah im selben Augenblick herausgezupft.

Bravo! Küss die Hand, Fräulein Juliane. Ich könnte mir vorstellen, dass Sie eine Karriere in der Medizin anpeilen.

Tierärztin, erwiderte Juli: Wenn schon. Oder Afrikaforscherin, wenn das *Kaiblziehen* doch zu anstrengend ist.

Chapeau!, sagte Dr. Abendrot. Ich habe mir gleich gedacht, dass in Ihnen die Begeisterung für angewandte Wissenschaft, aber auch für Bücher ihr Wesen treibt. Darf ich sehen, was Sie gerade lesen?

Juli klappte das Buch zu, damit er den Titel lesen konnte.

O lala! *Vom Winde verweht*! Ein großartiger Roman, für die Verfilmung bestens geeignet, selbst wenn nicht alles stimmt, was die Autorin da verschriftlicht hat.

Was denn zum Beispiel? Juli war überrascht, dass Dr. Abendrot es wagte, etwas an diesem weltweit bekannten Roman auszusetzen.

Ist Ihnen denn nichts aufgefallen, liebes Fräulein Juliane? Gleich auf den ersten Seiten?

Juli runzelte die Stirn und dachte nach. Dann schüttelte sie andeutungsweise den Kopf.

Zum Beispiel an Scarlett O'Hara, der Protagonistin?

Juli verneinte zögerlich. Sie ahnte zwar, was Protagonistin heißen sollte, war aber nicht hundertprozentig sicher.

Diese Scarlett O'Hara wird doch als grünäugige irischstämmige Frau mit schwarzen Haaren beschrieben.

Juli nickte.

Mein liebes Fräulein, Frauen mit grünen Augen haben eine weiße Haut, manchmal auch Sommersprossen, aber in jedem Fall rotes Haar, verstehen Sie?

Sind Sie sicher?

Ganz sicher. Ich war bis zum verfluchten Jahr 1938 mit einer grünäugigen, weißhäutigen, rothaarigen Irin verheiratet. Warum sollte ausgerechnet eine grünäugige, weißhäutige Scarlett O'Hara schwarze Haare haben?

In diesem Augenblick eilten Paps und Alwin die Treppe

herauf. Paps mit einem alten ausgebeulten Eierkarton unterm Arm und Alwin mit einem Netz voller Äpfel.

Für dich, sagte er zu Juli: Die Omam sagt, du sollst sie dir mit ins Internat nehmen, damit du gesund bleibst.

An apple a day …, murmelte Dr. Abendrot begleitend.

Die Mutter rief zum Essen, und Holle nutzte den Augenblick, sich unauffällig und geräuschlos davonzumachen. Jimmy, der schwarz-gelbe Schäferhund von Onkel Heini, wartete bereits unten an der Hecke auf sie.

Alwin schlief noch, wie immer nach dem Mittagessen am Sonntag, als Paps sie mit dem Koffer im Gepäckträger zum Bus brachte. Vom Ende der Einfahrt drehte sie sich noch einmal um und schaute zu den beiden Zimmern im Nebentrakt hinauf. Am Außengeländer hoben sich weiße Tücher gelegentlich ein wenig in der nachmittäglichen Brise, dabei sahen sie aus wie frisch gewaschene Windeln.

Was ist das denn?, fragte Juli. Paps drehte sich ebenfalls um, und sie zeigte mit dem Finger darauf.

Ah, das sind die Schweißtücher des Dr. Abendrot.

Juli kannte nur das Schweißtuch der Veronika aus dem Religionsunterricht.

Der war von 1938 bis 1939 ein Jahr lang in Buchenwald.

Buchenwald?

Im Lager Buchenwald.

Und was hat das mit den Schweißtüchern zu tun?

Er hat noch immer Albträume von seiner Zeit dort. Und dann schwitzt er so, dass er sich von oben bis unten abtrocknen muss.

Aber er war doch in China?!

Danach! Er hatte wichtige gute Freunde in Wien, die

ihn aus Buchenwald rausgeholt haben. Erst danach hat er sich über Triest nach China absetzen können. Juli schwieg. Sie wusste nicht, wie sie sich dieses Lager vorstellen sollte, von dem Dr. Abendrot noch immer Albträume hatte. Aber so, wie Paps das sagte, war ihr klar, dass er gesagt hatte, was er sagen wollte, und kein Wort mehr.

* * *

Vier Wochen später hatte der erste Schnee seine Spuren bis ins Tal herunter gesetzt, die jedoch von der Mittagssonne rasch verwischt worden waren, so dass bloß noch aus den Schattenzonen ein wenig Weiß hervorblinkte. Und Juli saß wieder in dem Bus vom Bahnhof Richtung Dorf, als an der Station Hauptplatz des Nachbarorts Dr. Abendrot zustieg. Er erkannte sie erst, als sie ihn grüßte.

Welch wunderbarer Zufall! Er verbeugte sich: Gestatten, dass ich neben Ihnen Platz nehme, verehrtes Fräulein Juliane, schließlich haben wir denselben Weg.

Juli rückte ein wenig gegen das Fenster: Bitte sehr! Einerseits war es ihr peinlich, dass Dr. Abendrot sie vor allen anderen Fahrgästen, von denen die meisten sie kannten, als verehrtes Fräulein ansprach, wo sie doch noch keine vierzehn war. Andererseits fühlte sie sich geschmeichelt. Sie gehörte zu den Kleinsten in ihrer Klasse und wurde beim Völkerballspiel immer erst als Vorletzte oder Letzte in eine Mannschaft gewählt beziehungsweise nicht gewählt, sondern als Übriggebliebene der Mannschaft zugeteilt.

Eine Weile schwiegen sie beide, bis Dr. Abendrot auf halber Strecke wieder das Wort an sie richtete.

Darf ich fragen, in der wievielten Klasse Sie sich gerade Ihr Wissen holen?

Juli überlegte, ob sie versuchen sollte, seiner Diktion zu folgen, aber sie war nicht sicher, ob ihr das gelingen würde, und so sprach sie lieber so, wie zu sprechen sie gewohnt war: Vierte Klasse, erstes Trimester.

Heißt das, dass Sie bereits das vierte Jahr in Latein und das zweite in Griechisch unterrichtet werden?

Juli schüttelte den Kopf: Das vierte Jahr in Englisch und das zweite in Latein. Ich gehe ins Realgymnasium, nicht ins akademische.

Verstehe! Dr. Abendrot zupfte ein paarmal hintereinander an seiner Unterlippe und sagte dann unerwartet: Would you please inform me, how many pupils join your class?

Juli war nicht darauf gefasst, dass er sie auf Englisch ansprechen würde, reagierte aber prompt: Fortyeight!

Are you kidding? Fortyeight? That's too much for learning anything.

There have never been less throughout all the four years. At the beginning we were fiftytwo. But meanwhile four left the convent-school.

Dr. Abendrot wiegte ungläubig den Kopf: It's hard to believe, but you seem to have learned a lot. Who is teaching you? A native speaker?

Juli spürte, wie eine kleine Schweißperle auf ihrer Oberlippe landete, so sehr konzentrierte sie sich auf das, was sie Dr. Abendrot antworten wollte, und gab dann doch klein bei: What's a native speaker?

Somebody who speaks in his *Muttersprache*.

Juli schüttelte den Kopf: She is an Austrian nun, and she talked to us in English from the very beginning.

Verstehe! Dr. Abendrot lächelte: Eine interessante Methode, die für den Fremdsprachenunterricht sehr geeignet zu sein scheint. Gratuliere, Fräulein Juliane, Sie haben den Test bestanden.

Was für einen Test?, fragte Juli verdattert.

Verzeihen Sie, wertes Fräulein Juliane, aber ich wollte herausfinden, auf welchem Niveau die Schulen heutzutage unterrichten. Zugegeben, ich war ein wenig skeptisch hinsichtlich dessen, was die Nachkriegspädagogik zu leisten imstande ist. Sie haben mich positiv überrascht. Sagen Sie mir nur noch, wann Sie in Ihrer Schule endlich mit dem Griechisch-Unterricht beginnen werden, dann lasse ich Sie schon wieder in Ruhe. Sie haben ein schulfreies Wochenende wahrlich verdient.

Juli klang beinah erleichtert: Gar nicht. Wir lernen kein Griechisch mehr. Dafür kommt in der fünften Französisch dazu.

Dr. Abendrot schwieg eine Weile und sagte dann nachdenklich: Ist vielleicht sogar besser für die innereuropäischen Beziehungen.

Der Autobus hielt an der vorletzten Station, direkt vor dem Gemeindeamt, und würde dann bis zum Stammhaus weiterfahren.

Dr. Abendrot machte sich erbötig, Julis Koffer aus dem Bus zu hieven, und wäre beinah dabei gestürzt, hätte Paps ihn nicht aufgefangen.

* * *

Monate später und wieder an einem Wochenende, an dem Juli nach Hause gekommen war, hatte die Mutter wie fast immer das Radio aufgedreht, um das landesweit beliebte klassische Sonntagskonzert zwischen elf und dreizehn Uhr zu hören. Nur wenn Wagner im Programm war, blieb das Radio stumm, sie konnte Wagner einfach nicht leiden. Und Paps war ohnehin mit Alwin unterwegs.

Dr. Abendrot war ein wenig zu spät zu seinem Stammplatz im Wohnzimmer gekommen, das zuvor einmal Julis Zimmer gewesen war. Paps und seine Freunde hatten die Wand vor dem Zimmer, in dem früher Alwin und seine Kinderfrauen geschlafen hatten, ungefähr in der Mitte durchbrochen und den entstandenen Durchgang oben mit einem Bogen versehen, so dass aus den beiden kleinen Zimmern so etwas wie ein Wohnzimmer entstanden war, wobei der Kachelofen im ehemaligen Zimmer von Juli nun beide Räume heizen sollte.

Da Dr. Abendrot nicht aufhörte, ihr gelegentlich Fragen zu ihrem Bildungs- und Ausbildungsstand zu stellen, hatte sie sich zu merken versucht, was bei dem jeweiligen Sonntagskonzert zu hören sein würde, um nicht auf dem falschen Fuß erwischt zu werden. Inzwischen hatte auch sie begonnen, ihn auszufragen, vor allem über China. Und je besser sie seine Fragen beantworten konnte – an diesem Sonntag war es das Forellenquintett, mit dessen Erkennung sie sich wieder einmal in seine Wertschätzung geschummelt hatte –, desto williger stellte er sich den ihren.

Als er wissen wollte, warum sie an China so interessiert sei, gestand sie ihm allmählich, dass es ihr nicht nur um China, sondern auch um Tibet gehe, das ja von den Chinesen besetzt wurde, vor allem aber um den Dalai-Lama, über den er ihr vielleicht gar nicht viel mehr erzählen könne, als sie ohnehin wisse. Aber China grenze eben an Tibet und sei schon deswegen interessant für sie. Und als er nachfragte, warum sie sich gerade für den Dalai-Lama so interessiere, erzählte sie ihm von dem Buch *Sieben Jahre in Tibet* von Heinrich Harrer, das Paps noch immer nicht gelesen habe, während sie bereits im Geografie-Unterricht darüber referieren habe dürfen. Es sei ihr sogar gelungen, aus der Illustrierten, die die Mutter für Paps abonniert habe, heimlich ein Foto vom Dalai-Lama herauszureißen, das sie unter der Matratze in ihrem Bett im Internat versteckt halte.

Unter der Matratze? Dr. Abendrot grinste so sehr, dass Juli rot wurde und zu erklären versuchte, warum das nötig sei. Ein Großteil der Mädchen des Internats sammelten nämlich die Fotos von Schauspielern und versteckten sie dann in ihren Nacht- und Kleiderkästen, wo sie bei gelegentlichen Kontrollen der Schwestern entdeckt und zerrissen würden. Ihre eigene Mutter habe, als sie selbst im Internat war, ein Foto von Rudolph Valentino aufgegessen, da es bereits zu spät war, es anderswo unterzubringen, und sie es keinesfalls der kontrollierenden Schwester überlassen wollte. Während unter ihrer, Julis, Matratze noch nie eine Nonne nachgeschaut habe.

Dr. Abendrot verkniff sich weiteres Grinsen und äußerte gewisse Zweifel daran, dass die Fotos unter der Matratze tatsächlich sicher wären: Liebes Fräulein Juliane, ich wünsche Ihnen, dass es so bleibt, aber klären Sie mich bitte darüber auf, was Sie an diesem Dalai-Lama so anziehend finden.

Juli zuckte die Achseln.

Es muss doch irgendein Detail geben, das Ihnen an diesem zölibatären Wiedergeborenen ins Herz schneidet.

Und plötzlich wusste Juli es: Aber Sie dürfen mich bitte nicht auslachen.

Dr. Abendrot verbeugte sich kurz und hob seinen Schwurfinger: Sie können fix damit rechnen, wertes Fräulein Juliane, dass ich keine Miene verziehen werde.

Juli atmete tief ein: Die Löcher in seinen Schuhen!

Wie Juliane später erfuhr, hatte Dr. Abendrot oft genug

Mandanten in den schwierigsten Fällen mit steinernem Gesichtsausdruck verteidigt und, wie die allgemeine Einschätzung seiner Person noch vor dem Krieg lautete, nie einen Prozess verloren. Bis auf seinen eigenen, als es um eine brenzlige Form von Veruntreuung gegangen war, deren er bezichtigt wurde. Man sagte ihm nach, Kommunist zu sein, und außerdem sei er Jude. Die NS-Bevölkerung des Nachbarorts empfand seine weitere Anwesenheit angeblich als unerträglich und beantragte daher bei der Bezirksleitung die Überstellung in ein Konzentrationslager.

Dr. Abendrot lachte nicht über die Löcher in den Schuhen des Dalai-Lama und fragte weiter: Warum gerade die Löcher in seinen Schuhen?

Juli überschlug sich plötzlich mit Begründungen: Weil er so viel zu Fuß gegangen ist. Und obwohl er das Oberhaupt der Tibeter ist, hat er sich nie für die Löcher in seinen Schuhen geschämt. Vielleicht hat er sie gar nicht bemerkt. Und Juli beschrieb Dr. Abendrot das Foto, das sie aus Paps' Illustrierter gerissen hatte und auf dem der Dalai-Lama von hinten zu sehen war, während er gerade den Fuß zu einem nächsten Schritt hob und das Loch in seinem linken Schuh sichtbar wurde.

Nach einer Weile sagte Dr. Abendrot: Auch meine Schuhe waren löchrig, als ich nach Shanghai kam, aber dort hat ein Schuster sie mir geflickt. Und da sie von bester Qualität waren, habe ich sie danach noch lange getragen.

Juliane konnte sich nicht mehr erinnern, wie lange Dr. Abendrot bei der Familie gewohnt hatte. In der folgenden Saison war er jedenfalls nicht mehr da. Er soll es leid gewesen sein, jeden Tag mit dem Autobus in sein Lieblingscafé im wesentlich größeren Nachbarort fahren zu müssen, und zog dorthin. Je länger die Begegnung mit ihm zurücklag, desto phantastischer kam sie ihr vor, und als sie mit Mitte zwanzig E. T. A. Hoffmann zu lesen begann, erschien er ihr wie ein Wiedergänger aus dessen Erzählungen.

* * *

Und wieder gab es eine Überraschung am Wochenende. Paps hatte im tiefsten Winter in der einzigen Fabrik des Nachbarorts zu arbeiten begonnen. Da er keine abgeschlossene Berufsausbildung hatte, fing er als Hilfsarbeiter an mit der Aussicht, wenn er sich entsprechend einarbeite, in den Status eines regulären Arbeiters zu kommen.

Juli hatte eine Woche freibekommen, während die anderen Mädchen ihrer Klasse am obligatorischen Schikurs teilnahmen. Die Mutter war weder in der Lage, ihr die nötige Ausrüstung zu beschaffen, noch das Geld für den Schikurs sogleich zu bezahlen. Um Julis Nichtteilnahme zu begründen, hatte sie sich von der Frau des Gemeindearztes, mit der sie befreundet war, ein Attest schreiben lassen, das von einer Herzschwäche Julis, die bei der letzten Untersuchung festgestellt worden sei, ausging.

Juli selbst war froh darüber, eine Woche lang zu Hause sein und, wenn die Sonne schien, auf einem südseitigen Balkon des Hotels, von Holzwänden geschützt, sich in einen Liegestuhl legen und lesen zu können. Das taten gelegentlich auch die Mutter und ihre Freundin, weniger um zu lesen, sie hatten genügend Gesprächsstoff, als um sich zu bräunen.

Paps war tagsüber in der Arbeit, und als Juli eines Morgens sehr früh auf die Toilette musste, sah sie die Mutter im Schlafrock in der Küche stehen, das Frühstück für Paps machen und die Jausenbrote einpacken.

Sie wusste, dass Paps erst in der letzten Minute aufstehen würde, und dann musste alles blitzartig vonstattengehen. Übellaunig, wie er um diese Tageszeit war, wollte sie ihm auf keinen Fall über den Weg laufen und beeilte sich, so rasch wie möglich wieder hinauf in ihr Bett zu kommen.

Sie schlief nun, wenn sie zu Hause war, in einem der Dachbodenzimmer, in denen während der Saison Serviererinnen oder Stubenmädchen untergebracht waren. Es gab weder fließendes Wasser noch einen Ofen, aber Juli war froh, nun zumindest dieses Zimmer für sich allein zu haben. Sie baute sich eine Art Bettenburg mit einer Reihe von Kissen, Decken und einer Tuchent (Daunendecke) und teilte sie mit Holle, die sie zusätzlich wärmte.

In den wirklich kalten Nächten entstanden auf der zuoberst liegenden Decke aus der Feuchtigkeit ihres Atems winzige Eiskristalle, und an den Fenstern wuchsen Eisblumen. Wichtig war vor allem, dass sie sich nachts nicht abdeckte

Morgens polterten Holle und sie um die Wette nach unten in die Wohnküche, in der sich ein Waschbecken befand. Das Wasser musste auf dem Herd gewärmt werden, wenn man sich nicht ausschließlich kalt waschen wollte. Auch im Internat war es nicht anders. Die Woche über kaltes Wasser und einmal in der Woche warm baden im Keller des Hauptgebäudes oder zu Hause, wenn der Boiler im Hotel drüben geheizt wurde.

Wann immer sie bei Onkel Heini im Stammhaus eingeladen war, fragte er nach der Mutter und wie es um das Hotel stehe. Der Opapa war im Sommer an einem Herzversagen während des Mittagsschlafs in seinem Ohrenstuhl gestorben, und Onkel Heini war nun nicht mehr der Junior-Chef, sondern endgültig der Chef, der niemanden fragen musste, wenn er in seinem Hotel etwas veränderte.

Manchmal steckte er ihr etwas Geld zu und fragte, ob sie sich nicht langsam für die Gastronomie zu interessieren beginne, immerhin werde sie im Sommer vierzehn, da sollte sie schon auch ein wenig an ihre Zukunft denken. Juli tat wie immer, als wisse sie nicht, worauf er hinauswolle, und erzählte ihm lieber von ihrer Deutsch-Professorin, die einen ihrer Aufsätze sogar in den höheren Klassen vorlesen habe lassen.

Die Omama war fast gar nicht mehr im Stammhaus anzutreffen. Tante Ricarda hatte gerade ihr zweites Kind geboren, und die Omama tat, was sie sich immer gewünscht hatte, nämlich sich am Großziehen ihrer Enkel zu beteiligen.

Juli wusste, dass es schlecht um das Hotel stand, aber sie machte sich keine allzu großen Sorgen deswegen. Die Saisongläubigkeit hatte sie geprägt, und außerdem hätte sie ohnehin nicht eingreifen können. Doch dann kam der Vorschlag der Mutter, in der kommenden Saison im Hotel mitzuarbeiten. Sie werde zu Sommeranfang vierzehn, ein Alter, in dem man normalerweise zu arbeiten anfange. Sie solle zuerst einmal im Service mit Hand anlegen, zum Beispiel beim Frühstück, mittags und abends dann bei den Getränken.

Juli fand daran nichts, aber auch schon gar nichts Erfreuliches, aber da die Saison und damit ihre Sommerferien noch Monate entfernt waren, verdrängte sie alle Gedanken an die Hotellerie und beschäftigte sich auf andere Art und Weise mit dem, was aus ihr werden sollte.

Inzwischen war sie von der Veterinärmedizin immer weiter abgerückt, und ihr geografisches Interesse hatte sich schon länger von Afrika auf Asien verschoben. Aber seit Tante Ricarda ihr einmal erklärt hatte, dass das Fach, das sie studieren müsse, wenn sie Afrika- oder Asienforschung betreiben wolle, Völkerkunde beziehungsweise Ethnologie heiße, stellte sie fest, dass sie gar nicht mehr so erpicht darauf war. Und als die Deutsch-Professorin (keine Nonne) nicht nur den bereits erwähnten Aufsatz, sondern auch die anderen Aufsätze, die sie schrieb, lobte und die Nonne, die sie vier Jahre hindurch in Englisch unterrichtet hatte, ihr Mut zu einem Sprachenstudium machte, fing sie an, in eine andere Richtung zu denken. Ihrer Berechnung nach würde sie ja noch mindestens vier weitere Jahre Zeit haben, eine Entscheidung zu treffen, was sie studieren wolle. Das *dass* war für sie keine Frage.

Während der Schikurs-Woche hatte Juli es endlich geschafft, *Vom Winde verweht* zu Ende zu lesen, obwohl Alwin an den Nachmittagen immer darauf aus war, dass sie sich mit ihm beschäftigte. Sie hatte im letzten Sommer, als sie sein Kindermädchen gewesen war, gelernt, wie sie sich bei ihm Respekt verschaffen konnte. Er war bereits eingeschult und empfänglich für spannende Geschichten, vor allem für erzählte.

Da Paps den ganzen Tag nicht zu Hause und die Mutter mit Hausarbeit beschäftigt war, versuchte Alwin, sie in seine Spiele mit einzubeziehen. Sie sollte mit ihm *Schlittgoaß reiten* oder auf den zugefrorenen See gehen, um den Eisstockschützen zuzuschauen, und noch anderes mehr.

Um sich nicht ganz von ihm vereinnahmen zu lassen, schloss sie einen Handel in der Art von *Wenn, dann* mit ihm ab. Wenn du mich danach in Ruhe lesen lässt, erzähle ich dir die Geschichte vom *Rübezahl.*

Und noch eine, rief Alwin dazwischen.

Und morgen die vom *Zauberpferd.*

Heute die beiden und morgen die von *Ali Baba*, rief Alwin.

Heute keine und morgen keine, erwiderte sie, wenn du immer mehr willst, als ausgemacht ist.

Sie verbrachten viel Zeit damit, genau festzulegen, wann welche Geschichte in voller Länge erzählt werden sollte und dass es keine Extra-Geschichten geben würde, wenn er trotzdem mehr forderte. Oder überhaupt keine, wenn er sich nicht an das Beschlossene halte.

* * *

Zurück im Internat, erzählte ihr Gudrun, noch immer ihre beste Freundin, dass der Schikurs sie sehr genervt habe. Sie habe sich zum Glück gleich am Anfang einen Knöchel verstaucht und konnte daher in der Hütte bleiben und zeichnen. Sie zeigte ihr den Stoß von Blättern, die sie mit Modeentwürfen vollgezeichnet hatte.

In der vierten Klasse schliefen sie nicht mehr in den großen Schlafsälen, sondern in Drei- und Vierbettzimmern. Das neue Zimmer, das Gudrun, ihre um ein Jahr jüngere Schwester Gerhild und sie sich nun teilten, befand sich in der Villa, die am weitesten vom Hauptgebäude entfernt lag.

Gudrun zeichnete alles, was ihr in den Sinn kam. Während der täglichen Mittagsspaziergänge, in denen sie weiterhin in Zweierreihen gehen mussten, erzählten sie einander wie auch all die Jahre davor Geschichten, wobei diese Aufgabe zunehmend Juli zufiel, während Gudrun sich bereits Gedanken darüber machte, wie sie die Geschichten illustrieren würde.

Die kleineren Schlafräume waren, was Schlafenszeit und Schwätzen anging, nicht ganz so leicht zu kontrollieren wie die Säle. Außerdem hatte es sich eingebürgert, zueinander ins Bett zu kriechen, wenn man sich noch etwas zu erzählen hatte und die dritte oder vierte Mitbewohnerin lieber schlafen wollte. Das große Flüstern war Teil jener Abendstunden, in denen das Licht schon gelöscht war.

Wenn Gudrun und Juli sich gerade keine Geschichte zu erzählen hatten, zogen sie die Schlafröcke an, dazu dicke Socken und setzten sich ins Klo, um zu lesen. Das taten nicht bloß sie, das taten alle, die gerne lasen.

Wenn man das erste Mal dabei erwischt wurde, gab es eine Verwarnung mit angehängter Drohung. Beim zweiten Mal eine festgesetzte Strafe, zum Beispiel mindestens eine ganze Woche lang Frühmesse und eine verschlechterte Betragensnote im Zeugnis. Beim dritten Mal hieß es: Ausweisung aus dem Internat.

Mit der Taschenlampe unter der Bettdecke zu lesen war wegen daraus erwachsenden Schlafmangels ebenfalls verpönt. Wurde eine Taschenlampe gefunden, wurde sie sofort eingezogen. Das Klo war zwar noch am sichersten, aber nicht immer verfügbar. Nach den ersten Verwarnungen ließ man es für eine Weile sein, was dazu führte, dass die Kontrollen insgesamt nicht mehr so strikt durchgeführt wurden, und das wiederum führte dazu, dass man wieder zueinander ins Bett kroch oder zum Lesen ins Klo ging, usw. usf.

Im Frühsommer ließ man das alles sein. Zeit der Prüfungen. Ein Teil der Mädchen würde im nächsten Jahr ohnehin nicht mehr wiederkommen, sondern in Berufsschulen wie Handelsakademien oder, wenn es schneller gehen sollte, in Handels- und Hauswirtschaftsschulen wechseln, und dazu war es wichtig, sich mit einem guten Abschluss der Unterstufe ausweisen zu können. Die Professorinnen (ob Nonne oder nicht) und die beiden Professoren taten alles, um ihre Schülerinnen sich dieses gute Abschlusszeugnis unter Einsatz aller Kräfte erkämpfen zu lassen. Die Schule hatte schließlich einen Ruf zu verlieren, und der sollte alle anderen Institutionen dieser Art überstrahlen. Nichts blieb dem letzten Moment überlassen. Was auch der Grund dafür war, dass sich die letzten zwei Wochen des Schuljahrs eher entspannt anfühlten. Alles, was die Noten betraf, stand bereits fest. Einige Abschiedsfeiern waren geplant. Die Internatszöglinge, die nicht wiederkommen würden, sollten das Internat zumindest in guter Erinnerung behalten, damit sie sich später dankbar erweisen konnten für alles, was man ihnen in diesen vier Jahren beigebracht hatte.

So das Vorhaben. Aber mit einem Mal lief alles aus dem Ruder und vollkommen anders, als es geplant war.

Während die Mädchen bereits ihre großen Koffer von den Kleiderkästen heruntergeholt hatten, um all ihre Habe samt Schulheften und Büchern Stück für Stück nach dem letzten Gebrauch unter ihrer Wäsche verschwinden zu lassen, konnte eine der Nonnen, die auch sonst als übereifrig galt, es nicht lassen, in den letzten Tagen und im Alleingang eine Art Razzia zu veranstalten, die für sie erfolgreich verlief.

Wie der Teufel es haben wollte, ertappte sie zwei oder drei Mädchen-Paare, die noch dazu nackt (immerhin war Anfang Juli) zueinander ins Bett gekrochen waren, um sich dem großen Flüstern hinzugeben. Zwei der Paare wohnten sogar im selben Zimmer, was die Erregung der umtriebigen Schwester nur noch mehr hochkochen ließ.

Juli hatte wieder einmal Glück gehabt. Ihr Gehör war äußerst empfindlich, und während Gudrun noch am Wort war, hörte sie bereits die bekannten Schritte, stürzte aus dem Bett, und da der Weg zu ihrem Bett zu weit gewesen wäre, hüpfte sie in Gudruns großen Koffer und zog von innen den Deckel drüber.

Die Schwester, die im Laufschritt daherkam, machte sofort das Licht an, bewegte sich schnurstracks auf Gudruns Bett zu und riss ihr die Decke weg. Die nackte Gudrun tat so, als hätte die Schwester nicht bloß die Decke weg-, sondern auch sie aus dem Schlaf gerissen, und fröstelte demonstrativ. Gerhild, die wirklich geschlafen hatte, seufzte nur, als sie ebenfalls entblößt wurde.

Julis Bett war so offensichtlich leer, dass die Schwester, ohne es aufgeschlagen zu haben, fragte, wo denn Juliane sei.

Gudrun tat noch immer so, als müsse sie sich an den Wachzustand erst wieder gewöhnen, gähnte heftig und antwortete mit gedehnter Stimme: Wahrscheinlich auf dem Klo!

Die Schwester stürmte sofort hinaus und ins nächste Zimmer, hoffend, wenigstens dort noch etwas Tatverdächtiges zu finden, während Juli sich aus dem Koffer eins von Gudruns Büchern schnappte und so geräuschlos wie möglich im Klo verschwand.

Nachdem die Schwester mit den oberen Zimmern durch war und prompt noch ein nacktes Paar gefunden hatte, das während des großen Flüsterns offenbar eingeschlafen war, kam sie auch zu den drei Klos, und als sie eines davon versperrt fand, klopfte sie wie wild an die Tür: Mach sofort auf, Juliane, ich weiß genau, dass du drin bist.

Juli öffnete behutsam, mit dem Buch unterm Arm, die Tür. Das Buch hieß *So kam der Mensch auf den Hund* und war von dem späteren Nobelpreisträger Konrad Lorenz Anfang der fünfziger Jahre publiziert worden. Der Tierarztvater hatte es seinen beiden Töchtern ins Internat mitgegeben, damit sie die Tierwelt nicht ganz aus den Augen verlören. Juli hatte es natürlich längst gelesen.

Da die Schwester andere Vergehen gesucht hatte, ließ sie diesmal bei Juli Milde walten und sagte bloß: Du weißt aber schon, dass das Lesen bei so schlechtem Licht nicht gut für deine Augen ist.

Juli zuckt die Achseln und trat auf dem kalten Steinboden von einem Fuß auf den anderen. Da alles so schnell hatte gehen müssen, hatte sie in die Hausschuhe zu schlüpfen vergessen.

Die Schwester fuhr fort: Du wirst bald eine Brille brauchen, wenn du so weitermachst. Und du wirst dir auch noch einen Blasenkatarrh holen, so ohne Hausschuhe.

Juli zuckte wieder mit den Achseln, womit sie beinah die Milde der Schwester gefährdet hätte.

Na ja!, die Schwester machte eine Handbewegung, als

wolle sie sie verscheuchen: Ist schließlich deine Sache. Und jetzt schau, dass du so schnell wie möglich in deinem Bett verschwindest.

Am nächsten Tag hatte sich das große Flüstern nach sämtlichen Bereichen hin ausgebreitet. Von nichts anderem war mehr die Rede als von der Art der Bestrafung und ob es tatsächlich zu Ausweisungen aus dem Internat kommen werde.

Niemand schien genau zu wissen, wen es betreffen würde, wer einfach nur beim großen Flüstern im selben Bett ertappt worden und wer dabei auch noch nackt gewesen war.

Sämtliche Abschlussfeiern wurden abgesagt, was zu einem Sekundärskandal gedieh, da die Nonnen auch die von den Eltern der Mädchen für die Abschiedsfeiern gespendeten Spirituosen (vorzüglich Eierlikör, da man wusste, dass die Nonnen ihn mochten) an die Mädchen zurückgaben. Mit dem Effekt, dass die eine oder andere die zurückgegebene Flasche, das *Nonnengesöff*, heimlich zur Selbstverkostung öffnete. Worauf einige Mädchen etwas später in die Waschbecken kotzten und ziemlich darniederlagen, aber in Wahrheit kümmerte sich niemand mehr darum. So tief saß die Enttäuschung der Erziehenden.

Der Gesichtsausdruck der Direktorin war dermaßen angewidert, dass man lieber gar nicht hinschaute. Dabei ließ eine der Novizinnen durchblicken, dass die Direktorin Razzien dieser Art ohnehin für überzogen halte und alles, nur keinen Skandal brauchen könne, der auf die eine oder andere Art auf das Internat zurückschlagen würde.

Juli und Gudrun sprachen mit niemandem darüber, was für Glück sie gehabt hatten. Nach vier internen Jahren wussten sie, dass kein Wort in diesem Gemäuer verhallte, indem die Wände es aufsaugten. Im Gegenteil, sie speicherten es und spuckten es bei Bedarf wieder aus.

* * *

Skandal hin, Skandal her, am letzten Tag schien wieder alles klar und gelaufen. Man musste bloß noch sein Zeugnis in Empfang nehmen und hoffen, dass sich auf dem Bahnhof jemand finden würde, der bereit war, einem zu helfen, den Koffer in den Zug zu heben, und dass dasselbe auch beim Aussteigen geschehen möge.

Als Juli dann wirklich aufgerufen wurde, übergab ihr die Deutsch-Professorin, die zugleich Klassenvorstand war, ihr Zeugnis mit den Worten: Gratuliere zum Vorzug, Juliane. Schau dir dein Zeugnis genau und in Ruhe an. Juli warf einen Blick darauf und war zufrieden. Wieder einmal davongekommen, dachte sie und wollte das Zeugnis zusammenfalten. Da nahm die Professorin es ihr wieder aus der Hand: Tut mir wirklich leid, aber ich muss dein Zeugnis einbehalten.

Juli glaubte nicht richtig gehört zu haben.

Warte, bis alle anderen draußen sind, dann erkläre ich dir, warum.

Wie betäubt ging Juli auf ihren Platz zurück und blieb dort sitzen, bis die Klasse sich geleert hatte.

Ich warte draußen auf dich, flüsterte Gudrun, die ihr Zeugnis bereits eingepackt hatte.

Dann kam die Professorin zu ihr und legte den Arm um ihre Schultern: Glaub mir, Juliane, es tut mir persönlich sehr leid. Beinah hätte ich mich geweigert, die Zeugnisse zu verteilen, aber als Klassenvorstand kann ich nicht anders.

Juli war endlich so weit, dass sie wieder sprechen konnte: Aber warum kann ich mein Zeugnis nicht mitnehmen?

Die Professorin räusperte sich: Weil deine Mutter seit Monaten das Internatsgeld nicht bezahlt hat. Sobald sie das Geld überwiesen hat, bekommst du dein Zeugnis zugeschickt.

* * *

Zu Anfang der Saison, in der Juli im Hotel mitarbeiten musste und dabei immer besser zu verstehen begann, was ihr alles blühen würde, wenn sie sich auf die Hotellerie einließ, bestellte Onkel Heini sie ins Stammhaus zur Jause. Er fragte sie, wie sie es finde, im Service zu arbeiten, und überhaupt.

Sie holte tief Luft: Ich komme nicht einmal mehr dazu, ein Buch zu lesen. Untertags muss ich servieren, und wenn die Serviererinnen Zimmerstunde haben und schwimmen gehen, muss ich den Boden im Speisesaal aufreiben (was nach Schrubben riecht).

Na ja, meinte Onkel Heini: Das ist die harte Tour. Deine Mutter will dir damit zeigen, dass nur Fleiß einen Preis kriegen kann.

Sie schwiegen beide eine Weile.

Und als Tochter des Hauses darf ich keinen Groschen Trinkgeld nehmen, auch wenn ich mich noch so bemühe.

Onkel Heini lachte: Als Tochter des Hauses gehörst du auch nicht zum Personal. Du sollst nur lernen, wie das geht, was du später, als Chefin, anordnen wirst.

Wenn es das Hotel dann überhaupt noch gibt, maulte Juli. Sie war so voller Skepsis, dass sie Dinge sagte, über die auch nur nachzudenken sie sich bisher gescheut hatte.

Onkel Heini, der Spötter, wurde plötzlich ernst: Jetzt hör mir gut zu, ich habe anderes vor mit dir. Ich weiß, dass das Hotel so nicht weiterexistieren kann, auch nicht als Pension. Aber ich verspreche dir, es für dich zu halten. Unter einer Bedingung, dass du in die Hotelfachschule gehst.

Juli riss die Augen auf und wusste nicht, was sie darauf sagen sollte.

Onkel Heini klopfte ihr auf die Schulter: Überleg es dir gut. Du musst nicht gleich antworten. Ich lasse dir Zeit bis Mitte August. Das ist der letzte Termin für die Anmeldung. Ich kenne die Direktorin, sie hält uns bis dahin den Platz frei.

Juli sagte noch immer nichts.

Du weißt, was du riskierst, wenn du mein Angebot nicht annimmst. Also sei klug. Du wirst sehen, bis Mitte August weißt du, wie Servieren geht, du bist ja nicht auf den Kopf gefallen. Und was du noch nicht weißt, bringen sie dir in dieser Schule bei. Aber jetzt iss deine Erdbeertorte und trink deinen Kakao!

Eine Zeitlang dachte Juli, dass Mitte August ohnehin nie kommen würde. Beim ersten Frühstück, das sie servierte, noch dazu einer holländischen Diplomatenfamilie (die Mutter und das ganze Personal schauten durchs Küchenfenster zu), schaffte sie es, das weiche Ei des Familienoberhauptes in dessen Tasse fallen zu lassen, dass der Kaffee nur so spritzte und den khakifarbenen Sommeranzug seiner Exzellenz sprenkelte.

Da die holländische Familie zu den echten Stammgästen gehörte, verzieh man ihr. Aber als die alte Frau von Zweibrück zu lange auf ihren gespritzten Apfelsaft warten musste (der Speisesaal und der Gastgarten waren bis auf den letzten Platz gefüllt), drohte sie damit, sich ein anderes Hotel zu suchen.

Die junge Serviererin lachte sie aus, wenn sie sich beim Einschenken vertat, und meinte, sie würde es mit ihren zwei linken Händen eher schaffen, die Palatschinken an den Spitzen des Lattenzauns aufzuspießen, als sie unbeschadet zum Tisch der Gäste zu bringen.

Aber Mitte August kam und damit auch ihr Zeugnis. Ihr war bewusst, dass Onkel Heini, wenn er Mitte August sagte, auch Mitte August meinte. In der Nacht davor schlief sie schlecht, wiederholte andauernd ihre Argumente und traf um fünf Uhr früh zwei Entscheidungen. Endgültig.

Die erste lautete: Nein, ich werde nicht in die Hotelfachschule gehen.

Und die zweite: Nein, ich werde nicht mehr ins Internat zurückkehren.